HAYMON taschenbuch 150

Gedruckt mit freundlicher Unterstützung
durch die Kulturabteilung der Stadt Wien.

Auflage:
4 3 2 1

2016 2015 2014 2013

HAYMON tb **150**

Originalausgabe

www.haymonverlag.at

ISBN 978-3-85218-950-5

Umschlag- und Buchgestaltung, Satz:
hœretzeder grafische gestaltung, Scheffau/Tirol
Umschlagfoto: © David L. Ryan/Lonely Planet Images/GettyImages
Autorenfoto: Rainer Wölzl

Gedruckt auf umweltfreundlichem,
chlor- und säurefrei gebleichtem Papier.

Edith Kneifl

Die Tote von Schönbrunn

Ein historischer Wien-Krimi

Die Kunst des Detektivs besteht darin,
etwas zu finden, was er gar nicht gesucht hat.
Georg Kreisler

Edith Kneifl

Die Tote von Schönbrunn

1

Die Kaiserin ermordet! stand in großen Lettern auf der Titelseite der Neuen Freien Presse.

Gustav von Karolys Augen füllten sich mit Tränen. Er hatte sie geliebt, obwohl er sie nur ein einziges Mal aus nächster Nähe gesehen hatte. Damals war er fünf Jahre alt gewesen. Sein Großvater Albert von Karoly, der Stallübergeher beim Kaiser war, hatte ihn mit ins Oktogon in den k.k. Hofstallungen genommen. Gustav hatte zusehen dürfen, wie Ihre Majestät an der Longe eine Reitstunde nahm. Ihr Antlitz war von überirdischer Schönheit und ihre Haltung wahrhaft königlich gewesen. Sie hatte einem der Engel auf den Gemälden im Schlafzimmer seiner Großeltern geglichen. Und jetzt ist sie selbst ein Engerl, dachte Gustav.

Er hatte nicht nur die Sonderausgabe der Neuen Freien Presse gekauft, sondern auch das Extrablatt und andere Zeitungen, die er für gewöhnlich nicht las. Überall in der Stadt liefen Zeitungsverkäufer herum und schrien: „Unsere geliebte Kaiserin ist tot! Ihre Majestät, die durchlauchtigste Kaiserin Elisabeth von Österreich-Ungarn, wurde ermordet …“

Die Menschen rissen den Kolporteuren die Ausgaben buchstäblich aus der Hand.

Die schreckliche Neuigkeit verbreitete sich wie ein Lauffeuer in Wien. Auf den Straßen bildeten sich Menschentrauben. Die Leute steckten die Köpfe zusammen und sprachen im Flüsterton. Handwerker und Dienstboten drängten aus den Häusern, blieben an den Toren stehen und baten die Vorübergehenden um Auskunft. Die ganze Stadt schien plötzlich in einen schwarzen Schleier gehüllt. Dunkle Regenwolken verstärkten noch die düstere Stimmung.

Als Gustav gegen halb acht Uhr abends seine Wohnung betrat, wurde er von Vera von Karoly im Vorzimmer empfangen.

„Hast du die entsetzliche Nachricht schon vernommen?“ Seine Tante, mit der er die Wohnung über den k.k. Hofstallungen teilte, war bleich im Gesicht. Der dicke Knoten in ihrem Nacken hatte sich gelöst. Lange graublonde Haarsträhnen hingen ihr ins Gesicht, und ihre Hände zitterten.

„Von wem hast du es erfahren?“

„Mein Fenster ist offen. Ich habe die Kutscher unten tratschen gehört. Ist es wahr? Ist sie tatsächlich ermordet worden? – Nein, sag nichts. Ich sehe es dir an. Hast du etwa geweint?“ Sie umarmte ihn und drückte ihm einen Kuss auf die Wange. Dann entriss sie ihm unversehens eine der Zeitungen, ging damit in die Küche und las ihm laut aus der Sonderausgabe der Neuen Freien Presse vom Samstag, dem 10. September 1898, vor:

„Eine niederschmetternde Nachricht ist soeben eingetroffen. Unsere edle Kaiserin Elisabeth, aus deren Händen die Welt nur Gutes empfing, ist an den Ufern des Genfer Sees, wohin sie gekommen war, um Heilung für ihre Leiden zu finden, von einem Elenden ermordet worden.

Sehr prosaisch“, lautete Veras Kommentar. „Mal sehen, was die Kollegen von der Konkurrenz zu bieten haben.“ Sie griff nach der Gratisausgabe des Illustrierten Wiener Extrablatts.

„Unsere Kaiserin todt!

Ermordet von einem Anarchisten in Genf.

Eine entsetzensvolle Nachricht durchläuft die Stadt. Unser schwergeprüfter Kaiser ist abermals von einem furchtbaren Schicksalsschlage getroffen worden, seine hohe Gemahlin unsere geliebte Kaiserin, wurde von ruchloser Hand ermordet.

Gott gebe unserem armen Kaiser Kraft, dieses Entsetzliche zu überwinden!“

„Hör auf, Vera, ich kann selber lesen“, sagte Gustav, der die Neue Freie Presse wieder an sich genommen hatte.

„Kaiserin Elisabeth hatte heute eine Spazierfahrt mit dem Dampfer über den Genfer See unternommen. Als das Schiff in Genf landete und die Passagiere das Schiff verließen, näherte sich der Kaiserin ein Individuum, das ihr ein Dolchmesser in die Herzgegend stieß. Die Kaiserin wurde blutend aufs Schiff gebracht. Da sich ihr Zustand sichtlich verschlimmerte, trug man die Kaiserin ans Land und bettete sie auf eine Tragbahre, wo sie den Geist aufgab.

Der Mörder, ein Italiener, wurde von der Menge sofort festgehalten und in Haft gebracht. Er gab an, ein Anarchist zu sein. Als die Kaiserin ins Hotel gebracht wurde, war sie bereits eine Leiche.“

„Blödsinn. Hier steht etwas ganz anderes“, sagte Vera und las ihm wieder vor:

„Genf, 10. September, 3 Uhr 40 Minuten nachmittags. Ihre Majestät Kaiserin Elisabeth verließ um 12 Uhr 40 Minuten mittags das Hotel Beau Rivage, um sich nach dem Landungsplatze der Dampfer zu begeben. Auf dem Wege dahin stürzte sich ein Individuum auf Ihre Majestät und führte einen heftigen Stoß gegen Allerhöchstdieselbe. Ihre Majestät fiel zu Boden, erhob sich jedoch wieder und erreichte den Dampfer, wo sie bald darauf in

Ohnmacht fiel. Der Kapitän des Schiffes wollte das Schiff nicht abgehen lassen, gab indeß, später über Bitten des Gefolges Ihrer Majestät, das Zeichen zur Abfahrt. Das Schiff hielt jedoch, nachdem es den Hafen verlassen hatte, wieder an und kehrte zum Landungsplatze zurück. Ihre Majestät hatte das Bewusstsein nicht wiedererlangt und Allerhöchstdieselbe wurde auf einer rasch hergestellten Tragbahre nach dem Hotel Beau Rivage gebracht. Die Kleider Ihrer Majestät zeigten Blutflecken. Der Thäter wurde festgenommen.

Ihre Majestät Kaiserin Elisabeth gab einige Augenblicke, nachdem Allerhöchstdieselbe in das Hotel gebracht worden war, den Geist auf. Es wurde festgestellt, dass Ihre Majestät einen Dolchstich in die Herzgegend erhalten hatte. Der Mörder ist ein in Paris geborener italienischer Anarchist namens Lucheni.“

Vera runzelte ihre hohe Stirn.

„Merkst du etwas? Deine Lieblingszeitung ist wieder einmal schlechter informiert als dieses Boulevardblatt.“

„Selbstverständlich unterscheidet sich die Berichterstattung der beiden Zeitungen fundamental! Das brauche ich dir wohl nicht zu erklären. Die Neue Freie Presse beschränkt sich eben auf die Fakten.“

„Und die scheinen nicht zu stimmen. Die Kaiserin ist nicht bei ihrer Ankunft in Genf, sondern erst bei ihrer Abreise ermordet worden.“

„Macht das einen Unterschied?“, fragte Gustav.

„Wer weiß. Wir werden es erfahren. Jedenfalls ist das, was hier steht, sicher nicht die ganze Wahrheit. Was denkst du? Wurde sie wirklich von einem Anarchisten umgebracht? Ich kann das nicht ganz glauben ...“

„Wer soll es sonst getan haben? Es ist allgemein bekannt, dass sich in der schönen Schweiz jede Menge Anarchisten herumtreiben."

„Bestimmt war es ein gedungener Mörder. Vielleicht wurde sie im Auftrag des englischen oder russischen Herrscherhauses ermordet? Oder es steckt gar jemand vom Wiener Hof dahinter? In letzter Zeit war sie dem Hochadel richtiggehend verhasst."

„Deine Fantasie geht wieder einmal mit dir durch, Vera. Vielleicht solltest du auch Kriminalgeschichten schreiben, so wie deine Freundin Auguste Groner."

„Gustav, denk nach. Wer könnte Interesse am Tod der österreichischen Kaiserin haben? Die Kriegstreiber in ganz Europa natürlich. Ihre Majestät war für den Frieden, auch wenn sie Bertha von Suttners Briefe nie beantwortet hat. Und trotz ihrer ständigen Abwesenheit von Wien hatte sie großen Einfluss auf Seine Majestät den Kaiser."

„Und wem sollen wir jetzt bitte den Krieg erklären? Vielleicht gar der Schweiz? Nein, liebe Tante, das sind reine Hirngespinste. Ich fürchte, du leidest ein bisschen unter Verfolgungswahn. Als sich Kronprinz Rudolf umgebracht hat, hast du auch geglaubt, dass ihn die Geheimen am Gewissen haben."

„Ich sehe schon, du bist für logische Argumente nicht zugänglich. Ich muss mit Dorothea reden", beendete Vera das Gespräch und erhob sich.

2

Dorothea, die fünfundzwanzigjährige Tochter von Veras verstorbener Freundin Valerie Palme, wohnte vorübergehend bei ihnen. Sie wartete auf einen Studienplatz in Zürich, da sie unbedingt Medizin studieren und so wie ihr Vater Arzt werden wollte.

Veras Jugendfreundin hatte einen Hamburger jüdischer Herkunft geheiratet, der in Wien Medizin studiert hatte. Nach Dorotheas Geburt war sie ihm in die deutsche Hansestadt gefolgt, wo er ein paar Jahre später an der Cholera starb. Doktor Palme hatte sich in dieser Stadt der reichen Pfeffersäcke um die Ärmsten der Armen gekümmert und sich bei ihnen angesteckt. Valerie war nach seinem Tod mit ihrer Tochter nach Wien zurückgekehrt. Vergeblich hatte sie in der Kaiserstadt darum gekämpft, Medizin studieren zu dürfen. Da sie jahrelang mit ihrem Mann zusammengearbeitet und viel von ihm gelernt hatte, setzte sie seine Tätigkeit in den Elendsvierteln von Wien fort, behandelte hauptsächlich Kinder und Frauen, die unter Keuchhusten, Bronchitis oder der Krätze und Ekzemen litten.

Als sie wegen Kurpfuscherei angezeigt und verhaftet wurde, hatte sie einen Nervenzusammenbruch und wurde in die k.k. Irrenanstalt auf dem Michelbeuerngrund eingeliefert. Ihre ohnehin angegriffene Gesundheit verschlechterte sich rapide durch die brutalen und rückständigen Behandlungsmethoden der Ärzte. Man versetzte sie in Schockzustände, indem man in ihrer unmittelbaren Nähe Pistolenschüsse abfeuerte, und schmierte ihren kahl geschorenen Kopf mit Zugsalbe ein. Die Güsse mit eiskaltem Wasser mitten im Winter überlebte sie nicht. Sie starb vor nunmehr fast drei Jahren an einer Lungenentzündung. Vera sprach damals von Mord.

Dorothea war nach dem Tod ihrer Mutter allein in der Zwei-Zimmer-Wohnung in der Josefstadt geblieben und hatte als Gasthörerin eifrig Vorlesungen an der Medizinischen Fakultät besucht. Auf einen ordentlichen Studienplatz in Wien hatte sie aber keine Aussicht. Vor einem halben Jahr hatte ihr Vermieter, nachdem sie seine lästigen Annäherungsversuche energisch abgewiesen hatte, plötzlich kein alleinstehendes junges Frauenzimmer mehr in seinem Haus haben wollen. Daraufhin war Dorothea zu ihrer Patentante Vera von Karoly gezogen.

Gustavs Verhältnis zu Dorothea konnte man nicht gerade als entspannt bezeichnen. Valerie Palme hatte ihre Freundin Vera fast jedes Jahr mit ihrer Tochter in Wien besucht. Gustav hatte damals oft mit der Kleinen gespielt oder auf sie aufgepasst, wenn die beiden Damen zu sehr ins Gespräch vertieft gewesen waren und auf das Mädchen fast vergessen hatten.

Als Kleinkind hatte er sie entzückend gefunden und sich gefreut, wenn sie über seine Grimassen und Blödeleien gelacht hatte. Heute stritten sie oft über Gott und die Welt und hatten nur mehr selten Spaß miteinander. Obwohl – Dorotheas perlendes Lachen gefiel Gustav heute noch. Aber er fühlte sich von der um elf Jahre jüngeren Frau nicht ernst genommen, da sie des Öfteren und meist zu den unpassendsten Gelegenheiten über ihn lachte.

Der böhmische Kutscher Edi, der früher zur Untermiete bei ihnen gewohnt hatte, musste, solange Dorothea bei ihnen weilte, in den Stallungen schlafen. Edi hatte ohnehin fast nie die Miete bezahlt.

Dorothea würde eines nicht allzu fernen Tages von einer Großtante väterlicherseits ein kleines Vermögen erben. Einstweilen erhielt sie nur eine monatliche Rente. Sie bestand jedoch darauf, für Essen und Unterkunft einen Beitrag zu leisten. Vera schämte sich, dass sie von ihrem Patenkind Geld annahm. Aber sie waren darauf angewiesen, denn das Wasser stand ihnen bis zum Hals. Mit Gustavs Einkünften aus seinen detektivischen Ermittlungen bestritten sie momentan mehr schlecht als recht ihren Lebensunterhalt. Vera schrieb Artikel für die Österreichische Illustrierte und redigierte Dissertationen reicher, aber fauler Studenten. Die mickrigen Honorare, die sie dafür bekam, gingen für Sonderausgaben wie Konzertkarten, Bücher und Kleidung drauf. Wäschermädeln und Weißnäherinnen wollten ebenso bezahlt werden wie Kutscher und Dienstmänner, die man hin und wieder gezwungen war, in Anspruch zu nehmen.

Zum Glück führte ihnen Josefa, Gustavs ehemaliges Kindermädchen, den Haushalt praktisch gegen Kost und Logis. Sie bekam zwar fast jeden Monat ihren Lohn ausgezahlt, aber die paar Kronen gab sie meistens im Delikatessengeschäft aus. Denn Gustav war in ihren Augen viel zu dünn. Schon als Kind war er ein schlechter Esser gewesen und bis heute äußerst heikel. Nur das Beste vom Besten war ihrer Meinung nach gerade gut genug für ihren Liebling. Dazu kam sein empfindlicher Magen, den er von seinem Großpapa geerbt hatte. Die alte Frau lebte in der ständigen Angst, dass er, genauso wie Albert von Karoly, ein Magengeschwür bekommen könnte.

Dorothea pflegte sich hin und wieder über Josefas Fürsorglichkeit lustig zu machen, die in ihren Augen schwer übertrieben war. Sie beteuerte manchmal, dass sie ja irgendwann einmal relativ wohlhabend sein würde und Josefa dann ihrem geliebten Gustav täglich ein zartes Filetstückchen oder gar Beluga-Kaviar servieren könne.

Gustav musste an Dorotheas Spötteleien denken, als Josefa ihn nötigte, ein paar Löffel warme Hühnersuppe zu sich zu nehmen. „Du hustest schon wieder“, sagte sie, die selbst unter schwerem Asthma litt.

„Raucherhusten, das weißt du doch.“

„Du musst viel Milch trinken. Das ist gut für die Lunge.“

„Bitte, Josefa, lass mich in Frieden. Mir ist heute nicht nach Essen zumute.“

Josefa verzog das Gesicht.

„Sei nicht immer gleich beleidigt. Ich hab’s nicht bös gemeint. Unsere Kaiserin ist ermordet worden, ich bekomme jetzt keinen Bissen hinunter!“

Die alte Frau wandte sich ab und begann mit dem Geschirr zu klappern.

„So hilf mir doch, Vera“, bat er seine Tante, die das Geplänkel amüsiert verfolgt hatte.

„Ich werde mich hüten“, sagte sie leise.

Wieder einmal beklagte Gustav sein Schicksal. Mit drei starrköpfigen Frauen zusammenzuleben, war kein Honiglecken. Pflichtschuldig kostete er die brühend heiße Hühnersuppe.

„Vorsicht, heiß!“

„Verdammt!“, fluchte er.

„Hast du dir die Zunge verbrannt?“ Vera lächelte ihn spöttisch an.

Dorothea würde bald von ihrem Konzert im Musikverein nach Hause kommen. Gustav war sich sicher, dass alle Theatervorstellungen und Konzerte abgesagt worden waren. Er war auf dem Heimweg einigen Besuchern des k.k. Hofoperntheaters begegnet.

Da er keine Lust hatte, sich heute mit den drei streitbaren Frauen in seinem Haushalt auseinanderzusetzen, machte er sich bald wieder auf den Weg in die Innere Stadt und mischte sich unters Volk.

Hunderte Wiener zogen durch die Hofburg und standen eine geraume Zeit dicht an dicht im großen Hof, wo sie lautlos verharrten, so als wollten sie dem Kaiser, den sie in der Burg wähnten, hierdurch ihr Beileid ausdrücken.

Gegen acht Uhr abends strömten die Massen aus den Vorstädten, wohin die traurige Kunde inzwischen ebenfalls gedrungen war, in den ersten Bezirk. Viele hofften, hier genauere Auskunft über das Verbrechen zu erhalten. Andere wiederum fuhren aus dem Zentrum hinaus in die Vororte, um ihren Familien die furchtbare Nachricht zu überbringen. Die Pferdetramways waren ebenso überfüllt wie die Elektrische. Die Fiaker hatten Hochbetrieb.

Ein richtiger Ansturm erfolgte auf die Telegrafenämter, besonders auf dem Haupttelegrafenamt am Börseplatz drängten sich die Menschen um den Schalter. Die Telefone ruhten keinen Moment. Auch die Kaffeehäuser waren voller als an gewöhnlichen Abenden, denn hier versammelten sich die Leute, um von dem einen oder anderen Bekannten neue Mitteilungen zu erhalten.

Gustav betrat das Café Schwarzenberg am Ring. Dort kam ihm sogleich der erste Satz zu Ohren, den Seine Majestät der Kaiser angeblich gesagt hatte, nachdem ihm die Botschaft von Sisis Ermordung überbracht worden war: „Mir bleibt wirklich nichts erspart." Der Egoismus und die Gefühllosigkeit des alten Herrschers empörten ihn. Plötzlich bildete er sich ein, diese Anarchisten verstehen zu können. Nicht dieses Schwein, das Ihre Majestät umgebracht hatte. Vielleicht hätte der Lucheni lieber deren alten Gatten ins Jenseits befördern sollen, dachte Gustav und bestellte einen zweiten Einspänner.

In seinem Stammcafé hatten sich viele Besucher aus dem Musikverein und dem Konzerthaus eingefunden. Ausnahmsweise befanden sich heute zahlreiche Damen der guten Gesellschaft in dem beliebten Kaffeehaus, das sonst eher den Männern vorbehalten war. Dieser Samstag, der 10. September, war eben ein ganz besonderer Tag, ein Tag, der in die Geschichte eingehen würde.

Gustav kehrte erst spät abends nach Hause zurück. Er saß noch lange im Dunkeln in dem bequemen Ohrensessel seines Großvaters beim Fenster, starrte auf die nächtliche Stadt hinaus und sann über sein eigenes Leben nach.

Sein Großvater Albert von Karoly war Ungar gewesen und wegen seiner Verdienste als Stallübergeher des Kaisers nicht nur geadelt worden, sondern hatte auch eine geräumige Dienstwohnung über den k.k. Hofstallungen zugewiesen bekommen. Er hatte eine schöne Frau von älterem Adel geheiratet und gemeinsam mit ihr und den beiden Töchtern ein relativ sorgenfreies Leben geführt. Als er starb, ließ er seine Töchter und seinen Enkel nicht unversorgt zurück. Da beide Töchter nie geheiratet hatten, war das väterliche Erbe bald aufgebraucht. Gisela, Gustavs Mutter, hatte als stadtbekannte Operettensängerin auch ein eigenes Einkommen gehabt, doch als sie mit kaum vierzig Jahren schwer erkrankte, schrumpfte ihr Vermögen rasch dahin. Während seiner acht Jahre bei der Armee war es Gustav mit seinem Sold und dem Geld, das ihm seine Mutter hin und wieder geschickt hatte, gelungen, seine Extravaganzen zu bestreiten. Als er nach dem Abschied vom Militär und dem Tod seiner Mutter ein paar Monate in Paris und anschließend ein Jahr in London lebte, brachte er die letzten Ersparnisse durch. Der Karoly'sche Haushalt stand damals kurz vor dem Bankrott. Seit Gustav als Privatdetektiv arbeitete, ging es wieder ein bisschen bergauf. Allerdings hatte er kein regelmäßiges Einkommen. Meistens bezahlten Vera und er von seinen Honoraren die Schulden, die sich in den vergangenen Wochen oder Monaten angehäuft hatten.

3

Kurz nach acht Uhr abends machte sich Gustav auf den Weg zum Kaiserin-Elisabeth-Bahnhof.

Der Schienenstrang, der nach Westen, in die ehemalige Heimat der Kaiserin führte, hatte einst ihren Namen erhalten, und auf diesen Schienen vollendete sie nun ihre letzte Reise.

Durch die Mariahilfer Straße schoben sich die Menschenmassen. Gustav kam kaum voran.

Plötzlich tauchte Militär auf. Bataillone der Infanterie und Artillerie errichteten ein Spalier. Sie sperrten die Gegend um den Bahnhof hermetisch ab, doch es kam zu keinerlei Protesten. Bevölkerung und Militär schienen in der Trauer eins.

Gegen halb neun fuhren die ersten Wagen zum Bahnhof, vorüber an der schnurgeraden Kette von Soldaten, deren Uniformknöpfe, Rosetten und Adler in der Dunkelheit blitzten.

Das Bahnhofsgebäude selbst war in schwarzes Trauergewand gehüllt. Mächtige Fahnen wehten von den Türmen und dem Giebel.

Gustav traf seinen Freund, Polizei-Oberkommissär Rudi Kasper, vor dem Bahnhof. Rudi nahm ihn mit auf den Perron, wo sich neben der kaiserlichen Familie der gesamte k.u.k. Hofstaat und die wichtigsten Würdenträger des Reiches versammelt hatten, um die Kaiserin zu empfangen und ihr das letzte Geleit zu geben. Inmitten der hochherrschaftlichen Trauergemeinde erblickte Gustav Bürgermeister Lueger. Plötzlich war er froh, Dorothea nicht mitgenommen zu haben. Sie hasste den Wiener Bürgermeister aufgrund seiner deutschnationalen Gesinnung und seiner antisemitischen Äußerungen und hätte andauernd missbilligende Bemerkungen von sich gegeben. Falschheit und Heuchelei waren ihr ein Gräuel. Sie machte ihrem Herzen immer und überall Luft. Es schien ihr völlig egal zu sein, wie unpassend oder gar taktlos ihr Benehmen auf andere wirken mochte.

Zehn Uhr abends. Aus der Ferne hörte man das Husten und Schnauben der Lokomotive. Die acht Waggons fuhren nahezu lautlos im Bahnhof ein. Fackelträger beleuchteten den Perron. Das Feuer spiegelte sich in den hohen Scheiben des Salonleichenwagens. Gustav erhaschte einen Blick auf den mit schönen Kränzen geschmückten Sarg Ihrer Majestät und sogleich kamen ihm wieder die Tränen.

„Reiß dich gefälligst zusammen", fauchte sein Freund Rudi ihn an. Bald darauf ließ er Gustav wortlos stehen und begab sich zum Hofsalon, wo die tote Kaiserin aufgebahrt und eingesegnet werden sollte. Gustav wagte nicht, ihm zu folgen, da in diesem Augenblick die Offiziere am Perron Front machten und salutierten. Der Tambour schlug den Generalmarsch auf die mit einem Trauerflor umhüllte Trommel und der Trauerzug setzte sich in Bewegung. Gustav wurde an die Mauer gedrückt, konnte keinen zweiten Blick mehr auf den Sarg werfen, der von acht Edelknaben mit

Wachsfackeln, sechs Arcièren und sechs ungarischen Leibgarden sowie mehreren Leibgardereitern begleitet wurde.

Rudi hatte gemeint, die Einsegnung in dem zu einer Kapelle umgestalteten Hofsalon des Bahnhofs würde nicht lange dauern. Daher eilte Gustav über die mit schwarzen Teppichen bedeckte Freitreppe hinaus, um vor dem Bahnhof einen guten Platz zu ergattern.

Als der von acht Lakaien getragene Sarg in Sicht kam, geriet die Volksmenge in großen Aufruhr. Die Frauen schluchzten und viele Männer wandten sich erschüttert ab, um ihre Tränen zu verbergen, als der Sarg in den Leichenwagen geschoben wurde.

Mittlerweile hatte das Gefolge der toten Kaiserin die Trauerkarossen bestiegen und langsam setzte sich der düstere Zug in Bewegung, glitt wie eine schwarze Riesenschlange durch die Mariahilfer Straße, dann die Babenbergerstraße entlang auf die Ringstraße und durch das äußere Burgtor in die Hofburg. Wo auch immer die gespensterhafte Prozession vorüberkam, erklang gedämpfter Trommelwirbel. Das Militär leistete die Ehrenbezeugung und die Menge entblößte das Haupt, wenn sie des Trauerwagens ansichtig wurde. Die Leute achteten nicht auf die goldstrotzenden Uniformen der Garden, nicht auf die spanische Tracht, die weiß gepuderten Perücken des Geleites, nicht auf die seltsam altherkömmlichen Laternenträger zu Pferde. Alle Blicke waren auf den hohen, feierlich dunkel verhängten Wagen gerichtet, der Ihre Majestät barg.

Eine weitere Einsegnung fand in der Hofburgpfarrkirche statt. Zur Hofburg hatten die Massen keinen Zutritt. Dennoch blieben viele auf der Baustelle bei der Neuen Burg. Eine merkwürdige Stille kehrte ein. Die sonst so tratschfreudigen Wiener hielten schweigend

Andacht. Nur hin und wieder ertönte ein Hüsteln oder verlegenes Räuspern.

Gustav machte sich bald auf den Heimweg.

Vor dem Eingang zu den k.k. Hofstallungen stolperte er über eine alte Frau, eine der unzähligen Obdachlosen, die in der Reichshaupt- und Residenzstadt ums Überleben kämpften. Statt Schuhen hatte sie mit einer Schnur Fetzen um ihre geschwollenen Füße gebunden. Obwohl sie ihn nicht anbettelte, griff Gustav nach seinem Portemonnaie und wollte ihr ein paar Kreuzer geben, da stand sie plötzlich auf und trat ganz dicht an ihn heran.

„Du kommst zu spät. Sie ist tot“, murmelte sie und blies ihm ihren stinkenden Atem ins Gesicht.

Angeekelt wandte er sich ab und ging weiter. Die Alte folgte ihm. „Es wird noch viele schöne Tote geben. Er ist wieder da und holt sich eine nach der anderen.“

„Wer ist wieder da? Von wem sprichst du?“, herrschte Gustav sie an.

„Der Teufel“, flüsterte die zahnlose Alte.

4

Um acht Uhr früh ließ man das Publikum in die Hofburgpfarrkirche ein, wo es Ihrer Majestät im geschlossenen Sarg, der auf einem Schaubette ruhte, die letzte Ehre erweisen konnte. Gustav wartete schon seit einer Stunde vor dem Tor. Vor ihm standen an die hundert Leute. Die Menschenschlange hinter ihm war schier endlos.

Als er schließlich die Kapelle betrat, wurde ihm speiübel. Dieser verdammte Weihrauch! Kirche und Oratorien waren schwarz spaliert, die Betstühle dunkel überzogen, die Altäre mit schwarzen Kreuztüchern behängt, auf denen die Wappen Ihrer Majestät angebracht waren. Über dem ringsum beleuchteten Schaubett schwebte ein schwarzer Samtbaldachin. Auf dem Bette waren die Kaiser- und Königskrone, der Erzherzoghut, die Insignien des Sternkreuzordens, ein Paar weißer Handschuhe und der Fächer Ihrer Majestät auf schwarzen, goldbordierten Samtpölstern ausgelegt.

All das Gold und Geschmeide drohte sich vor Gustavs Augen in totaler Schwärze aufzulösen. Er klammerte sich an eine der roten Absperrungskordeln und tastete sich langsam vor zum Sarg.

Gerade wurde eine Seelenmesse gelesen. Als er endlich bis zur Kaiserin vorgedrungen war, hoben die Sänger der Hofmusikkapelle zum „Miserere“ an.

Gustav fühlte sich einer Ohnmacht nahe. Da packte ihn plötzlich jemand am Arm. Er schaute auf und blickte in die Augen seines Freundes Rudi Kasper.

„Mir ist schle...echt“, stammelte Gustav.

Rudi zerrte ihn von dem Schaubett weg und geleitete ihn aus der Kapelle. „Du brauchst einen Schnaps.“ Er hängte sich bei ihm ein und schleppte ihn ins Café Central.

Dieses Kaffeehaus im Bank- und Börsengebäude in der Herrengasse, das der berühmte Architekt Heinrich von Ferstel im toskanischen Neorenaissance-Stil errichtet hatte, war besonders bei Literaten beliebt. Genau das war auch der Grund, warum Gustav das Central eher mied. Es zählte jedenfalls nicht zu seinen Lieblingslokalen. Er fühlte sich in Gesellschaft der literarischen und anderer geistiger Größen der Kaiserstadt nicht wohl, kam sich deplatziert vor. Das präpotente Gehabe dieser Leute schüchterte ihn ein. Außerdem hatte er keine Lust, Graf Batheny zu begegnen, der ebenfalls

Stammgast im Café Central war. Gustav hielt den Grafen für seinen Vater. Der Graf hatte die Vaterschaft auch nie geleugnet, seinen Sohn jedoch nicht offiziell anerkannt. Und das verübelte Gustav ihm bis heute.

Kaum hatten sie Platz genommen, berichtete Rudi seinem Freund von dem Attentäter.

„Der Mörder heißt Luigi Lucheni, 1873 in Paris geboren. Ein Jahr später hat ihn seine Mutter nach Parma gebracht und dem Findelhaus übergeben. Danach kam er zu einer Bäuerin in Pflege. Mit zehn Jahren wurde er auf die Straße gesetzt und musste sich sein Brot selbst verdienen oder stehlen. Später hat er an der Eisenbahnlinie Parma–Spezia gearbeitet, ist daraufhin eine Zeit lang in die Fremde gegangen und wurde nach seiner Rückkehr in das 13. Kavallerieregiment eingereiht. Nach dem afrikanischen Feldzug hat man ihm den Posten eines Gefängniswärters angeboten, den er aber ausschlug. In letzter Zeit hat er als Steinhauer in Lausanne gelebt. Er ist ein armes Schwein, das sag ich dir."

„Hast du etwa Mitleid mit ihm?"

„Für einen Polizeikommissär der k.u.k. Monarchie ist Mitleid ein Fremdwort", antwortete Rudi. Sein Blick strafte ihn Lügen. Gustav wusste seit langem, dass Rudi ein verkappter Revolutionär war. Er fragte sich nicht zum ersten Mal, was ein Mann mit seiner politischen Gesinnung bei der Polizei verloren hatte.

Rudi stammte aus einfachen Verhältnissen. Sein Vater führte ein Wirtshaus in Margareten, in der Nähe des Wienflusses. Der alte Kasper hatte sich das Geld buchstäblich vom Mund abgespart, um seinen gescheiten Sohn ins Gymnasium zu schicken und danach studieren lassen zu können. Rudi hatte sein Studium der Jurisprudenz in Mindestzeit absolviert, während

Gustav, der mit ihm bereits das Gymnasium besucht hatte, wegen Betrügereien von der Universität geflogen war.

„Dieser Lucheni ist ein wütender, verzweifelter Mann, ein typischer Anarchist eben."

„Und was wird nun mit ihm geschehen?"

„Nach der Jurisdiktion des Kantons Genf, der Lucheni untersteht, ist die Todesstrafe ausgeschlossen. Er hat also Glück gehabt oder er hat es gewusst. Egal. Ich nehme an, er wird zu dreißig Jahren Kerker verurteilt. Das Mordinstrument ist übrigens eine dreieckige einfache Feile, elf Zentimeter lang. Der obere Teil ist zugeschliffen und die äußerste Spitze abgebrochen. Der Griff ist ganz primitiv aus einem viereckigen Stück Fichtenholz geschnitzt. Auf dem Mordinstrument waren keine Blutspuren sichtbar. Trotzdem ist es eindeutig die Waffe, mit der die Kaiserin ermordet worden ist."

Ein großer hagerer Mann mit einem dichten, sehr gepflegten grauen Schnurrbart betrat das Kaffeehaus, nahm seinen Hut ab und übergab ihn dem Garderobier.

Obwohl nicht mehr der Jüngste, war er ein auffallend gut aussehender Mann. Ein eigensinniges, intelligentes Gesicht, fein geschnittene Züge, tief liegende, dunkle Augen und volles graues Haar. Seine Ähnlichkeit mit Gustav war verblüffend.

Rudi hielt in seiner Schilderung inne und starrte Graf Batheny unverblümt an.

Gustav drängte zum Aufbruch.

Rudi, der die komplizierte Familiengeschichte seines Freundes kannte, zeigte Verständnis und rief: „Herr Ober, zahlen!"

Ausnahmsweise gerieten sie sich nicht in die Haare, wer von ihnen beiden die Rechnung begleichen dürfe.

Gustav war bereits aufgesprungen, während Rudi noch auf das Restgeld wartete.

Als sie das Lokal verließen, mussten sie am Tisch des Grafen vorbei. Gustav nickte knapp. Rudi verbeugte sich tief vor Graf Batheny.

Vor dem Kaffeehaus verabschiedeten sich die beiden Freunde mit einem kurzen „Servus" voneinander und gingen in verschiedene Richtungen.

Am Fuße des Denkmals der Kaiserin Maria Theresia zwischen den neuen Museen hockte eine Obdachlose. Gustav erkannte sie sogleich wieder. Es war dieselbe alte Hexe, die ihm gestern Abend beinah ein wenig Angst eingejagt hatte.

Sie sah ihm dabei zu, wie er einen großen Bogen um sie machte.

„So viele schöne Leichen", kicherte sie.

Gustav reagierte nicht auf ihre Worte.

„Und es werden noch mehr sterben", murmelte die Alte, die gar nicht so alt war, wie Gustav ursprünglich gedacht hatte. Wahrscheinlich war sie kaum älter als seine Tante.

„Er kennt keine Gnade. Er wird sie alle aufspießen."

„Wer? Von wem redest du?"

„Vom Satan höchstpersönlich!"

Die ist komplett verrückt, dachte Gustav und ging weiter.

„Er holt sie alle zu sich in die Hölle!", rief sie ihm nach.

5

Dorothea vermutete nach wie vor ein politisches Komplott hinter der Ermordung der Kaiserin und erging sich in allen möglichen Spekulationen. Vera schien nicht mehr so ganz von dieser Verschwörungstheorie überzeugt. Die Ellbogen auf die Tischplatte gestützt, ein Zigarillo in der rechten Hand, hörte Gustav den beiden aufmerksam zu.

„Wenn man sie damals ermordet hätte, zu der Zeit, als sie die ungarischen Aufständischen unterstützt und angeblich ein Verhältnis mit dem Grafen Andrássy gehabt hat, ja, dann würde ich dir Recht geben, dann könnte tatsächlich die österreichische Geheimpolizei ihre Finger mit im Spiel gehabt haben. Aber in den letzten Jahren war sie einfach nicht mehr präsent. Sie hatte jedes Interesse an Politik verloren“, sagte Vera.

Die Geheimpolizei respektive Staatspolizei war eine gefürchtete Organisation, über deren Aktivitäten allerlei schlimme Gerüchte im Reich kursierten.

„Ich glaube, sie litt unter einer tiefen Traurigkeit und war deswegen in den Augen der autoritätshörigen Beamten völlig unbrauchbar als höchste Repräsentantin des Kaiserreichs. Außerdem könnte ich mir vorstellen, dass gewisse reaktionäre Kräfte in diesem Land der Meinung sind, dass ein Vielvölkerstaat wie Österreich-Ungarn in schwierigen Zeiten eine starke Hand benötigt und keinen senilen, starrköpfigen Kaiser mit einer eitlen Schauspielerin als Freundin und einer Melancholikerin als Ehefrau“, sagte Dorothea.

„Kaiserin Elisabeth war vor allem symbolisch unheimlich wertvoll für das Reich“, widersprach Vera. „Ganz Europa war hingerissen von ihr, als sie jung war.“

„Das mag schon sein, aber seit ich erwachsen bin, habe ich sie so gut wie nie wahrgenommen. Dafür hab ich Geschichten über Geschichten über sie gehört. Anscheinend war sie schon zu ihren Lebzeiten ein Mythos. Ein Volk braucht nicht nur Mythen, sondern auch präsentable Regenten, zumindest denken das die Leute, die wirklich regieren."

„Ich glaube nicht an ein Komplott der Aristokratie, diese Leute sind viel zu dekadent und viel zu faul und zu feige, um einen politischen Umsturz herbeizuführen, liebe Dorothea. Und die Geheimen machen so was nicht ohne Anweisung von oben. Die sind die Lakaien der Herrschenden."

„Ich kann nur hoffen, dass du Recht hast."

„Soviel man hört, hat die Kaiserin keinerlei Sicherheitsvorkehrungen auf ihren Reisen geduldet, sie wollte anonym bleiben und war daher ohne jegliche Bewachung unterwegs. Ihr lächerliches Inkognito, als Gräfin von Hohenembs aufzutreten, hat man bestimmt bald durchschaut. Ich bin überzeugt, dass jeder in Genf wusste, wer die Gräfin in Wirklichkeit war."

„Willst du damit etwa andeuten, dass sie selbst schuld an ihrer Ermordung war?", warf Gustav ein.

„Nein. Ich denke nur laut nach", meinte Vera ungehalten.

„Das würde meine andere Theorie unterstützen", sagte Dorothea, ohne Gustavs Einwurf zu beachten. „Sie sehnte sich nach dem Tod. Vielleicht hat sie es selbst darauf angelegt, dass sich ihre Todessehnsucht erfüllt ..."

„Hör auf zu fantasieren, Dorothea. In der Zeitung stand, ein Anarchist hat sie ermordet, weil das Opfer, das er für sich auserkoren hatte, zufällig gerade nicht greifbar war."

„Es gibt keine Zufälle, Gustl, glaub mir!“

Gustav war froh, als sich die Damen nach dem Mittagessen, das sie, wie immer, wenn sie keine Gäste hatten, in der Küche einnahmen, in ihre Zimmer zurückzogen, um sich für das Begräbnis umzuziehen. Er konnte und wollte sich vor allem Dorotheas haarsträubende Theorien nicht länger anhören.

Dorotheas Räumlichkeiten befanden sich links von der Eingangstür. Ihr Zimmer war etwas kleiner als die anderen beiden, dafür war ihr Ankleideraum doppelt so groß wie Veras. Dorothea hatte ihn mit Hilfe eines Schreibtisches und eines Bücherregals in ein Arbeitszimmer verwandelt. Deshalb kam sie auch kurz darauf mit einer Hand voller Kleider wieder in die Küche und störte Gustav beim Genuss eines Zigarillo und eines kleinen Verdauungsschnäpschens.

„Musst du dir Mut antrinken fürs Begräbnis deiner geliebten Kaiserin?“

„Zieh dich endlich um. Du bist dieselbe Trödelliese wie Vera“, sagte Gustav ungalant.

Grinsend verschwand Dorothea in Veras Ankleidezimmer, das sich im hinteren Teil der Küche neben der Dienstbotenkammer befand.

Daraufhin suchte auch Gustav sein Zimmer auf. Er hatte den ehemaligen Salon, in dem nach seiner Geburt seine Großeltern gewohnt hatten, für sich allein. Es war der schönste und größte der drei Räume, hatte aber keinen eigenen Ankleideraum.

Er zog seinen schwarzen Anzug an und schlüpfte in seine alten schwarzen Schuhe, die ihm Josefa aufpoliert hatte. Wenn er auf seine Schuhspitzen hinabblickte, konnte er fast sein Antlitz im spiegelglatten Lackleder sehen. Ungeduldig schritt er in der Küche auf und ab.

„Setz dich endlich hin und trink deinen Kaffee“, sagte Josefa. „Die Damen benötigen sicher noch eine Weile.“

Vom Küchentisch aus erhaschte er so manchen Blick auf Dorothea und Vera, die sich vor dem großen Spiegel im Ankleidezimmer seiner Tante kritisch beäugten.

„Ihr seht fantastisch aus. Kommt endlich. Sonst werden wir die Zeremonie versäumen!“, rief er, nachdem sich Dorothea zum dritten Mal mit einem von Veras Schals im Spiegel betrachtet hatte.

„Es ist völlig egal, was ihr anhabt, Hauptsache ihr seid schwarz gekleidet.“

In Tante Veras Ankleidezimmer herrschte das übliche Chaos. Amüsiert beobachtete Gustav, wie sich Dorothea auf die Knie begab, um in den unteren Schubladen von Veras Schrank schwarze Handschuhe zu finden.

„Schau lieber in den Bücherregalen oder auf ihrem Schreibtisch nach. Vera pflegt ihre Handschuhe dort abzulegen, wenn sie spät abends von ihren Frauenversammlungen nach Hause kommt“, riet Gustav seiner jungen Mitbewohnerin.

„Josefa, könntest du diesem sinnlosen Treiben nicht endlich ein Ende bereiten? Bitte hilf den Damen beim Ankleiden, sonst versäumen wir den Beginn der Feierlichkeiten“, wandte er sich hilfesuchend an sein altes Kindermädchen.

Und tatsächlich, kaum hatte sich Josefa eingeschaltet, waren die Damen ausgehfertig.

Sie hängten sich links und rechts bei Gustav ein und spazierten zu Fuß zur Kapuzinergruft. Die drei schönen schwarz in schwarz gekleideten Menschen ernteten so manch bewundernden oder neidischen Blick auf ihrem Weg.

„Ich fürcht mich so", flüsterte die blutjunge Zofe. „Wollen Sie das wirklich tun? Es ist nicht richtig. Was, wenn uns jemand erwischt?"

„Sei still, du dummes Ding!", fauchte ihre Herrin sie an. Die Gräfin hatte immer davon geträumt, sich einmal im Leben wie die Kaiserin höchstpersönlich zu fühlen. Heute würde ihr Traum endlich wahr werden. So eine Gelegenheit kam nie mehr wieder.

Zitternd folgte die neue Zofe der Hofdame über die Geheimtreppe hinauf in die Privaträume Ihrer Majestät. Immer wieder blickte sie sich ängstlich um. Dabei schwappte Wasser aus den beiden großen Krügen in ihren Händen auf die Stufen.

„Kannst du nicht aufpassen!", schimpfte die Gräfin, als ihr Kleid ein paar Spritzer abbekam.

„Entschuldigen Sie bitte. Ich tu das nicht absichtlich. Ich hab die Krüge zu voll gemacht."

„Damit du nicht so oft auf und ab laufen musst, du faules Geschöpf." Trotz ihres Geschimpfes schien die Gräfin bester Laune zu sein. Als die Wanne im Toilettezimmer der Kaiserin halb voll war, ließ sie sich von der Zofe aus ihren Kleidern schälen und von ihr helfen, ein großes, weißes Handtuch um ihr langes, rötlichbraunes Haar zu schlingen. Danach schickte sie das Mädchen um weitere Krüge mit heißem Wasser in die Küche.

In ihrem eigenen Haus hatte sie Fließwasser. Sie fragte sich, wie die Kaiserin es bloß in diesem alten Barockschloss ohne jeglichen modernen Komfort ausgehalten hatte. Wahrscheinlich hatte Ihre Majestät Schönbrunn nicht zuletzt wegen der primitiven Ausstattung gemieden.

„Es wurde schön langsam Zeit. Das Badewasser ist nur mehr lauwarm", sagte die Gräfin, als die Zofe mit den Krügen zurückkam.

„Entschuldigen S' bittschön, der Herd ist ausgegangen, ich hab erst wieder nachlegen müssen."

„In der Tasche meines Kleides steckt ein Brief. Reich ihn mir bitte und dann verschwinde. Ich brauche dich nicht mehr."

Die Zofe tat, wie ihr geheißen.

Versonnen lächelnd las die Gräfin zum zehnten Mal die paar Zeilen, deren Wortlaut sie ohnehin auswendig wusste.

„Ma Clementine! Erwarte mich während der Begräbnisfeierlichkeiten im kaiserlichen Boudoir. Ich werde zu dir eilen, sobald es mir möglich ist, mich davonzustehlen. Ich kann es kaum mehr erwarten, dich aus dem Bade steigen zu sehen, so wie Gott dich schuf, meine schöne Nymphe! Auf ewig der Deine." Die Unterschrift war kaum lesbar, wie in all seinen Briefen. In diesem Moment öffnete sich die Tapetentür neben dem Kamin.

„Mon ami, du hast mich zu Tode erschreckt!" Ihr koketter Blick sagte etwas ganz anderes. Sie ließ den Brief ins Wasser fallen und schlang ihre schlanken schneeweißen Arme um seinen Hals, als er sich über sie beugte und sie küsste.

Es ging alles sehr schnell. Mit der Rechten umklammerte er ihr Handgelenk. In seiner Linken blitzte die Klinge einer Schere auf. Ihr wurde plötzlich warm ums Herz. Sie sah noch, wie ihr Blut das Wasser verfärbte, und wunderte sich, wie dickflüssig es war. Kurz darauf schwanden ihr die Sinne.

6

Tausende Wiener waren gekommen, um Ihrer Majestät das letzte Geleit zu geben. Trotzdem brach keine Massenhysterie aus. Der erste Schock war vorüber, die ersten Tränen vergossen. Gustav hatte den Verdacht, dass die meisten aus reiner Sensationsgier und weniger aus Trauer gekommen waren. Kaiserin Elisabeth hatte sich ihrem Volk entfremdet. Wie Dorothea richtig bemerkt hatte, gab es eine junge Generation von Österreichern, die ihre Kaiserin gar nicht kannte, nie zu Gesicht bekommen hatte.

Die Begräbnisfeierlichkeiten erinnerten Gustav eher an einen der Festumzüge zu Fronleichnam oder zu diversen kaiserlichen Thronjubiläen. Die vielen Gaffer bestaunten die prächtigen Galauniformen der Offiziere von den diversen Regimentern, besonders die farbenfrohen ungarischen, und die edlen Gewänder der aristokratischen Damen, die ihre neuesten und extravagantesten Modelle trugen – oder besser gesagt, sich darin zur Schau stellten. Es fehlte gerade noch, dass die Menge zu applaudieren begann. Der Großteil der Trauergäste war ganz in Schwarz gekleidet und hatte sich, trotz des warmen Wetters, mit kostbaren Pelzen und Straußenfedern geschmückt. Seine schönen Begleiterinnen, die Bekannte vom Österreichischen Frauenverein getroffen hatten, verlor Gustav bald aus den Augen.

„Was für ein Aufmarsch der Eitelkeiten", flüsterte ihm plötzlich eine bekannte Stimme ins Ohr.

„Rudi! Du bist auch da."

„Schon länger als du. Ich wurde zum Sicherheitsdienst abkommandiert. Was für ein Spektakel", meinte er leise. „Hat sich Ihre Majestät das verdient?"

Gustav wollte seinen Freund schon zurechtweisen, als er die Ironie, die in Rudis Worten lag, erkannte. „Du hast Recht. Sie hat für das spanische Hofzeremoniell nie viel übrig gehabt. Vor dem strengen Protokoll bei Hof ist sie gern geflohen."

Der Kaiser und die Mitglieder des Herrscherhauses begaben sich vor der Überführung der Leiche zu den Kapuzinern und wurden am Kaiser-Einfahrtstor von den Patres empfangen.

Nachdem die Meldung, dass der Leichenzug herannahte, erstattet worden war, gingen die allerhöchsten Herrschaften in dic Kirche.

„Das Innere der Kapuzinerkirche ist schwarz ausspaliert, selbst die Kniebänke sind schwarz überzogen und der Fußboden ist schwarz belegt. Ich war vorher kurz drinnen, habe alles inspizieren müssen", sagte Rudi. „Grauenhaft, ich sag's dir. Dort unten könnte selbst ich das Fürchten lernen."

„Hör auf zu blödeln. Hast du denn überhaupt kein Feingefühl?"

„Nein, hab ich nicht."

Als der Leichenwagen an der Hauptpforte der Kapuzinerkirche angelangt war, wurde der Sarg herabgehoben und in die Kirche getragen.

Es folgte die feierliche Einsegnung durch den Kardinal Fürsterzbischof Gruscha und die Sänger der Hofmusikkapelle stimmten das „Libera" an. Der Sarg wurde von den Kammerdienern und Leiblakaien unter Trauergebeten und Fackelbegleitung in die Gruft hinabgetragen. Alle Angehörigen des Kaiserhauses, die gesamte österreich-ungarische Hocharistokratie und viele ausländische Würdenträger folgten dem Sarg.

Rudi und Gustav mussten, so wie alle anderen Schaulustigen, zurückbleiben.

„In der Gruft wird noch einmal eine Einsegnung vorgenommen“, flüsterte Gustav seinem Freund ins Ohr.

„Ihre Majestät die Kaiserin ist nun schon zum x-ten Mal eingesegnet worden. Wo wird sie bloß landen? Außer dem Himmel gibt es keine Zuflucht, oder hat die Aristokratie auch dort oben ein spezielles Plätzchen?“, spottete Rudi leise.

„Hör auf zu lästern!“

„Nach Beendigung der Gebete wird der Erste Obersthofmeister dem Kapuziner den Schlüssel zum Sarge der allerhöchsten Leiche übergeben und dieselbe in seine Obhut empfehlen, worauf die Begleitung aus der Gruft in die Kirche zurückkehren wird“, sagte Rudi. „Es ist also bald vorbei.“

„Stimmt es, dass es keine separate Herzbestattung geben wird?“

„Fast unglaublich, aber die Habsburger sind anscheinend endlich in der Gegenwart angekommen. Zumindest scheint bis zu ihnen durchgedrungen zu sein, dass man heutzutage Formaldehyd zur Konservierung eines Leichnams verwendet. Der bisher Letzte, dem sie Herz und Eingeweide entfernt haben, war Erzherzog Franz Karl, der Vater von Kaiser Franz Joseph I.“

„Bist du dir sicher?“

„Ja! Warum beschäftigt dich diese Frage so sehr?“

„Die Vorstellung, dass man sie aufschneidet und ihr die inneren Organe entnimmt, war mir schrecklich zuwider. Das Herz ist der Sitz der Seele und des Charakters einer Person.“

„Jetzt bist aber du im tiefsten Mittelalter angelangt. Genau deshalb hat man früher ja diese getrennte Bestattung vorgenommen. Die Körper wurden in der Kapuzinergruft beigesetzt, die Herzen in der Loretokapelle in der Augustinerkirche und die Eingeweide in der

Herzogsgruft im Stephansdom. Dadurch hatten gleich drei Kirchen was von den Überresten der Regenten."

„Du kannst manchmal richtig degoutant sein", schimpfte Gustav.

Sobald Seine Majestät aus der Gruft kam, verließ der allerhöchste Hof die Kirche, aus der sich dann auch alle übrigen Anwesenden entfernten. Damit war die Beisetzung beendigt.

Gustav und Rudi zündeten sich eine Zigarette an und beobachteten die Abfahrt der hochherrschaftlichen Wagen, die um den Donnerbrunnen geparkt hatten.

Plötzlich erklang ein ohrenbetäubender Knall.

Ein Schuss?

Rudi rannte sofort los. Gustav zögerte, überlegte, ob er seinem Freund folgen oder sich zu Boden werfen sollte.

Ein zweiter Schuss folgte.

Auch Gustav sah zu, dass er weiterkam. Er eilte nicht in dieselbe Richtung wie sein Freund, sondern bahnte sich den Weg durch die Massen an der Albertina vorbei und ging über die Ringstraße nach Hause.

Vera von Karoly und Dorothea waren gerade erst vom Begräbnis zurückgekommen. An der Leichenfeier hatten auch sie nicht teilnehmen dürfen, aber sie hatten es ebenfalls geschafft, bis in die Nähe der Kapuzinergruft vorzudringen und einen Blick auf den gramgebeugten Kaiser und vor allem auf Erzherzogin Marie Valerie zu werfen.

„Sie tut mir am meisten leid", sagte Dorothea. „Ich weiß, wie schlimm es ist, in jungen Jahren die Mutter zu verlieren."

„Habt ihr von der Schießerei nach dem Begräbnis nichts mitgekriegt?", fragte Gustav.

„Eine Schießerei?“ Vera runzelte die Stirn.

„Ja, irgendeiner hat, als die hohen Gäste aufbrachen, zwei Schüsse abgegeben.“

Die Frauen blickten ihn irritiert an.

„Egal, Rudi wird mir schon berichten, was da los war.“

„Ich wollte dir eigentlich ganz was anderes erzählen. Stell dir vor, ich weiß zufällig, was bei der Autopsie der Leiche Ihrer Majestät herausgefunden worden ist.“

„Ich bitte dich, Dorothea, sei nicht so pietätlos.“

„Sei du lieber nicht so scheinheilig, Gustl. Ich weiß genau, dass dich dieser Autopsiebericht brennend interessiert. Die Ärzte haben festgestellt, dass eine dreieckige Wunde eine innere Blutung hervorgerufen hat. Alle Gerüchte, dass die Kaiserin an einem Herzleiden litt und den Aufregungen erlegen sei, müssen also als hinfällig betrachtet werden, sagt Professor Abendrot. Ihr Tod ist durch den Stich mit einer dolchartigen Feile herbeigeführt worden, daran gibt es keinen Zweifel mehr.“

„Woher weißt du das?“

„Ich habe eben gute Beziehungen zur Gerichtsmedizin.“ Sie zwinkerte Vera belustigt zu.

„Professor Abendrot zählt zu Dorotheas Verehrern“, klärte Vera ihren Neffen auf. „Wir haben ihn zufällig bei den Begräbnisfeierlichkeiten getroffen.“

„Es gibt keinen Zufall, hat Dorothea letztens behauptet.“

„Hast du mir überhaupt zugehört, Gustl? Professor Abendrot meinte, die Mordwaffe sei eine zugespitzte Feile gewesen.“

Mit gelangweilter Miene zündete sich Gustav ein Zigarillo an.

„Musst du dauernd rauchen?“, fragte ihn Vera gereizt.

„Wenn es euch stört, lass ich euch beide gern allein.“ Gustav traf Anstalten aufzustehen.

„Bleib sitzen!“, sagte Dorothea. „Du willst doch sicher wissen, was bei der Sektion herausgekommen ist.“

Gnädig nahm Gustav wieder Platz.

„Also, die Sektion hat ergeben, dass der Mörder den Stoß mit enormer Kraft geführt hatte. Das Mordinstrument drang auf Höhe der vierten Rippe in den Körper, nahm seinen Weg an dieser Rippe entlang, durchstach die Lunge und den Herzbeutel, durchschnitt die linke Herzkammer und trat im unteren Teile derselben wieder aus dem Herzen aus. Der Tod ist infolge des Blutergusses im Herzbeutel eingetreten, vermutet der Herr Professor“, berichtete sie stolz, während Josefa ihnen einen Milchrahmstrudel servierte.

„Der Herr Professor meint, der Herr Professor vermutet ... weiß er denn irgendetwas mit absoluter Sicherheit, dein Herr Professor?“

„Hör auf, Gustav!“ Vera bedachte ihren Neffen mit einem strafenden Blick.

„Wenn's wahr ist! Der Abendrot ist ein honetter Mensch. Aber ist er nicht viel zu alt für dich?“

„Er ist keine siebzig“, warf Dorothea scheinbar entrüstet ein.

„Aber mindestens neunundsechzig. Und soviel ich gehört habe, ist er in Fachkreisen nicht ganz unumstritten.“

„Warum wohl? Natürlich weil er Jude ist. Meiner Seel, Gustav, du bist manchmal richtig naiv.“ Dorothea stand auf. „Ich komme gleich wieder.“ Sie schnappte sich den großen Schlüssel vom Bord im Vorzimmer und verließ die Wohnung.

„Nimm eine Kerze mit. Es wird schon finster!“, rief Vera ihr nach. Der Abort befand sich draußen am dunklen Gang.

„Du wirst doch nicht etwa auf den alten Abendrot eifersüchtig sein, lieber Gustav“, spöttelte Vera, nachdem Dorothea die Wohnungstür hinter sich ins Schloss fallen hatte lassen.

Gustav wartete nicht auf Dorotheas Rückkehr. Er zog sich in sein Zimmer zurück, setzte sich in den großen Ohrensessel, schenkte sich einen Cognac ein und wollte vor dem Zubettgehen in aller Ruhe ein Zigarillo rauchen. Doch er fand keine Ruhe. Ständig musste er an die Schüsse am Neuen Markt denken. Wem hatten sie gegolten? War es ein erneuter Attentatsversuch gewesen?

7

Die mysteriösen Schüsse nach dem Begräbnis der Kaiserin wurden am nächsten Tag in keiner der Sonntagszeitungen erwähnt. Die Beschreibung der feierlichen Beisetzung Ihrer Majestät in der Kapuzinergruft nahm hingegen in allen Blättern mehrere Seiten ein.

Nach ausgiebiger Lektüre der Zeitungen und mehreren Tassen Kaffee beschloss Gustav, seinen Freund Rudi zu Hause in seiner Wohnung in der Schlossgasse zu besuchen.

Ein warmer Spätsommertag. Gustav spazierte zu Fuß hinüber in den fünften Bezirk. Als er die Hofstallungen durch den Seiteneingang an der Mariahilfer Straße verließ, fiel ihm auf, dass die normalerweise sehr belebte Straße heute wie ausgestorben war. Es schien nach wie vor ein riesiger schwarzer Trauerflor über der Stadt zu hängen. Auch der Kaiser, der in der warmen Jahreszeit sonst jeden Morgen in einem eleganten schwarzen Coupé von Schönbrunn in die Hofburg fuhr, und zwar immer zur selben Stunde, sodass die Wiener ihre Uhren nach ihm richteten, ließ sich nicht blicken. Ach Gott, heute ist ja Sonntag, dachte Gustav. Bestimmt wohnte Kaiser Franz Joseph der Messe bei, die für die Verstorbene im Stephansdom gehalten wurde.

Am Wienfluss, zu dieser Zeit einem der lautesten Plätze von Wien, war es ebenfalls auffallend ruhig. An normalen Tagen tobte hier der Lärm der Baumaschinen begleitet von viel Staub und Dreck. Heute standen alle Maschinen still.

Neugierig näherte sich Gustav der riesigen Baustelle. Das tiefe Betonbett, das für den Wienfluss errichtet worden war, um die verheerenden Hochwasser in Zukunft zu verhindern, war zum Großteil schon fertiggestellt. Aber die Arbeiten an der Wientallinie waren noch in vollem Gange.

Eine hohe Mauer grenzte die Wiener Stadtbahn vom Flussbett ab. Otto Wagner, der geniale Gestalter der neuen Stadtbahn, hatte sich dafür eingesetzt, den Fluss im Zuge der Bauarbeiten von Schönbrunn bis zum Karlsplatz einzuwölben und über der Einwölbung eine Prachtstraße, die Wienzeile, zu errichten. Zwei fast bezugsfertige Häuser auf der linken Seite des Flusses ließen erahnen, wie repräsentativ und modern diese Häuserzeile in Zukunft aussehen würde, eben eine ideale Verbindung zwischen Oper und Schloss, zwischen Kultur und Macht. Die Einwölbung war aber nur für eine kleinere Teilstrecke von der Pilgrambrücke flussabwärts bewilligt worden. Für die städtischen Abwässer errichtete man beidseitig des kanalisierten

Flusses Sammelkanäle, die sogenannten Cholerakanäle, die aber Überläufe ins Flussbett hatten.

Vor dem Haus Nummer 38 in der Linken Wienzeile blieb Gustav stehen und bewunderte die Dekorationen von Koloman Moser, der ebenso der Wiener Secession angehörte wie Othmar Schimkowitz, der die wundervollen floralen Ornamente an der Fassade und die am Dach thronende Ruferin geschaffen hatte.

Daneben auf Nummer 40 befand sich das Majolikahaus. Das mit glasierten Majolikafliesen verkleidete Gebäude war in Gustavs Augen eines der schönsten Häuser der Stadt. Er konnte sich nicht sattsehen an den mit Blumenmotiven geschmückten Fliesen. Wie sehr bewunderte er den großen Architekten Otto Wagner, der auf Hygiene so viel Wert legte. Denn die Keramikfliesen waren witterungsbeständig, pflegeleicht und abwaschbar. Gustav beneidete alle zukünftigen Bewohner dieses Gebäudes.

Je weiter er stadtauswärts spazierte, desto schäbiger wurde die Gegend. Als er auf der Pilgrambrücke den Wienfluss überquerte und nach Margareten kam, wurden die Gebäude niedriger und die Straßen schlechter. Nur der riesige Margaretenhof, den die Theaterarchitekten Fellner und Helmer in der Mitte des Jahrhunderts als eine Art Wohnhof mit Allee errichtet hatten, hielt dem Vergleich mit den Prachtbauten am Beginn der Wienzeile stand. Vom Schloss Margareten war nicht mehr viel übrig. Handwerksbetriebe und Fabriken säumten die schmalen, gewundenen Gassen rund um das ehemalige Schloss. Über dem Brunnen am Margaretenplatz, aus dem sich die Anrainer mit Trinkwasser versorgten, triumphierte die heilige Margareta von Antiochia über den bösen Drachen. Sie war zur Namensgeberin der unlängst erst eingegliederten Vorstadt geworden. Hin und wieder tauchten zwischen den zweigeschoßigen Häusern mit morschem Gebälk kleine Gärten mit Maulbeerbäumen auf. Ein Relikt aus längst vergangenen Zeiten, als diese Gegend fruchtbares unverbautes Land war. Sogar Weingärten soll es hier gegeben haben, hatte zumindest der alte Kasper behauptet.

Rudi wohnte bei seinem Vater in der Schlossgasse in einer Zimmer-Küche-Wohnung über dessen Wirtschaft „Zum schwarzen Elephanten".

In dem engen, dunklen Stiegenhaus stank es nach Abfällen, ranzigem Fett und Urin. Als Gustav die schmale Treppe hinauf in den ersten Stock stieg, kam ihm plötzlich eine dicke Ratte entgegen. Das Tier fauchte ihn an. Erschrocken wich er zurück, besann sich seiner Männlichkeit und trat nach ihr. Sie war schneller, entkam seiner Stiefelspitze und lief die Stufen hinunter in den Keller.

Nicht zum ersten Mal fragte sich Gustav, warum sein Freund nach wie vor in dieser miesen Absteige hauste, noch dazu, wo er mit seinem ständig besoffenen Vater auf Kriegsfuß stand.

Rudi behauptete, dass er sich von seinem Gehalt keine eigene Bleibe leisten könne und dass er sowieso nur zum Schlafen heimkommen würde. Sein Bett stand in der schlauchförmigen Küche, die die beiden Männer nicht benutzten. Sie aßen unten in der Wirtschaft. Vater Kasper verbrachte auch die meisten Nächte in seiner Wirtschaft, auf der Bank vor dem großen Kamin. Er selbst war sein bester Gast und nach der Sperrstunde meist nicht mehr fähig, die Stufen zu seiner Wohnung im ersten Stock hinaufzusteigen. Rudis Mutter war gestorben, als er in die Volksschule kam.

Die Wohnung war äußerst dürftig eingerichtet. Ein Kasten, ein Tisch und zwei Stühle. Rudi hatte in der Küche, neben seinem Bett, eine Kommode und einen kleinen Kohleofen stehen. Das Fenster war vergittert und ging auf den Gang hinaus. Gustav war sich schon als Jugendlicher immer wie in einem Gefängnis vorgekommen, wenn er seinen Schulfreund besucht hatte.

Als auf sein Klopfen niemand reagierte, ging er hinunter ins Gasthaus.

Der alte Kasper stürzte sich sofort auf ihn. „Schön, dass S' wieder einmal bei uns vorbeischauen, gnädiger Herr", sagte er so laut, dass es jeder im Lokal hören konnte. Er führte Gustav zum besten Tisch.

Seit der Alte hinter dem Wirtshaus eine Kegelbahn angelegt hatte, entwickelte sich sein Lokal zu einer echten Goldgrube, hatte Rudi unlängst behauptet. Rudi hätte das Lokal lieber „Silberwirt" genannt, aber sein Vater hatte auf dem Namen „Zum schwarzen Elephanten" beharrt, weil die Wiener das Exotische so sehr liebten.

Der alte Kasper überredete Gustav zu einem Wiener Schnitzel mit Erdäpfelsalat. Aus langjähriger Erfahrung wusste Gustav, dass die Schnitzel und vor allem der Erdäpfelsalat im „schwarzen Elephanten" hervorragend schmeckten. Er nahm also die Einladung dankend an.

Der Wirt stellte eine Karaffe mit Weißwein auf den Tisch und schenkte Gustav und sich selbst ständig nach.

Während Gustav das wunderbar dünne Kalbsschnitzel aß, blieb der Alte bei ihm sitzen und erzählte ihm, dass es einen Mord gegeben habe und Rudi nach Schönbrunn abberufen worden sei.

„Wieso nach Schönbrunn? Doch eher in die Hofburg?"

„Nein, die Leich wurde im Schloss gefunden. Der Rudi war ziemlich aus dem Häuschen. Schließlich gibt's ja nicht so oft eine Leich in Schönbrunn ..."

Er ist wieder einmal besoffen, bringt alles durcheinander, dachte Gustav. Bestimmt ging es um die Schüsse gestern nach dem Begräbnis in der Inneren Stadt.

Nach dem Essen wankte er auf dem holprigen Kopfsteinpflaster die Pilgramstraße hinunter. Als er beim Wienfluss einen Fiaker erblickte, stieg er ein und ließ sich mit vollem Bauch und leicht beschwipst nach Hause bringen.

8

Vera und Dorothea waren ausgegangen. Josefa wusste nicht, wohin sich die Damen begeben hatten. Da seine Tante höchst selten ausging, vermutete Gustav, dass heute wieder einmal ein Treffen der Österreichischen Frauenbewegung stattfand.

Er legte sich angezogen auf die Chaiselongue in seinem Zimmer und schlief sogleich ein.

Als ihn Josefa zum Abendessen weckte, erschien er in seinem zerknitterten Anzug bei Tisch.

Vera und Dorothea waren noch nicht zurück. Er verschwendete keinen weiteren Gedanken an sie, genoss allein den Kaiserschmarrn, den niemand so gut hinbekam wie Josefa.

„Weißt du eigentlich, woher dieses Gericht seinen Namen hat?", fragte Gustav sein ehemaliges Kindermädchen.

Josefa zuckte mit den Achseln.

„Komm, setz dich her, ich erzähl dir die Geschichte."

Josefa, die die Mahlzeiten nie mit den Herrschaften gemeinsam einnahm, sondern allein in ihrer Kammer, setzte sich mit einer Schale Milchkaffee zu ihm an den Tisch.

„Als der Kaiser einmal mit einer Jagdgesellschaft in den Wäldern bei Bad Ischl unterwegs war, ist ein Gewitter aufgekommen. Die hochherrschaftliche Partie hat sich in eine Almhütte geflüchtet. Sie waren hungrig und haben die Sennerin gebeten, ihnen eine kleine Mahlzeit zuzubereiten. Die Sennerin hat fast nichts gehabt, angeblich nur ein paar Eier. Sie hat vorgeschlagen, den hohen Herrschaften ein Eieromelett zu machen. Vor lauter Aufregung, weil sie den Kaiser unter den Gästen erkannt hat, ist ihr das Omelett misslungen. In ihrer Verzweiflung hat sie es zerschnipselt, einen Schmarrn daraus gemacht und ihn kräftig gezuckert. Dem Kaiser hat dieses zerstückelte Omelett angeblich so gut geschmeckt, dass es ab diesem Zeitpunkt als Kaiserschmarrn in allen gehobenen Lokalen des großen Reiches auf der Speisekarte stand."

Josefa gefiel die Geschichte. Im Gegensatz zu Gustav und seiner Tante verehrte sie Kaiser Franz Joseph seit ihrer Kindheit.

Nach dem Essen zog sich Gustav wieder in sein Zimmer zurück. Er hatte viel Schlaf nachzuholen. Doch er konnte nicht einschlafen. Der alte Kasper hatte von Mord gesprochen. Seit Gustav seine private Detektei eröffnet hatte, fühlte er sich für jeden Mord in der Reichshaupt- und Residenzstadt, der ihm zu Ohren kam, zuständig. Er war wütend auf seinen Freund Rudi, der ihn über dieses neue Verbrechen nicht informiert hatte.

Als er Vera und Dorothea heimkommen hörte, rührte er sich nicht, sondern wartete, bis sie zu Bett gegangen waren. Auf leisen Sohlen verließ er die Wohnung.

Der morsche Holzboden in der Diele knarrte bei jedem Schritt. Weder Dorothea noch Vera streckte ihre Nase zur Tür heraus.

Er spazierte hinauf zum Spittelberg, da er sich ziemlich sicher war, seinen Freund Rudi in einer der Bier- und Weinschenken dort anzutreffen. Rudi war zwar ein ehrenwerter Mann, aber beileibe kein Unschuldslamm. Sein größtes Laster waren die Frauen. Rudi hatte ihm einmal anvertraut, dass er es kaum eine Nacht ohne ein Weib aushalten würde. Da er unverheiratet war, trieb er sich meist in den schmutzigen Häusern am „Venusberg“ herum. Gustav hatte für die Spittelbergnymphen nicht viel übrig, fürchtete, sich etwas einzufangen. Lieber bandelte er mit einem hübschen, halbwegs anständigen Mädel an. Er hatte vor allem einen Hang zum Ballett, aber auch gegen ein Techtelmechtel mit einer sauberen Putzmacherin oder Probiermamsell hatte er nichts einzuwenden. Polizei-Oberkommissär Rudi Kasper hingegen behauptete, für solche Liebeleien keine Muße zu haben. Zugegeben, diese Affären waren meist komplizierter und vor allem zeitaufwendiger als ein kurzer Besuch bei den Schnepfen hier.

Gustav kannte die meisten Wirte von früheren gemeinsamen Besuchen mit Rudi. Aber egal, wen er fragte, keiner hatte den Polizei-Oberkommissär heute Abend gesehen.

Als der schöne Gustav der aufdringlichen Bierhäuslmenscher, die ihn in die winzigen Gaststätten locken wollten, kaum mehr Herr wurde, gab er die Suche auf und machte sich wieder auf den Heimweg.

Eine stockfinstere Nacht. Haben wir gar schon Neumond?, fragte er sich, als er im schwachen Schein der Gaslaternen über das unregelmäßig verlegte Kopfsteinpflaster die Spittelberggasse hinunterstolperte.

Es hatte leicht zu nieseln begonnen. Zwar fürchtete er sich nicht in dieser unheimlichen Gegend, aber es war ihm ein wenig mulmig zumute. Dauernd wurde er von Dirnen angesprochen, die plötzlich in einem der niedrigen dunklen Hauseingänge erschienen. Er legte einen Schritt zu.

Die alten, ehemals recht hübschen Biedermeierhäuser waren längst dem Verfall preisgegeben. An allen Mauern bröckelte der Verputz ab und bei der kleinsten Windböe kamen die Dachziegel herunter. Man konnte sich seines Lebens nicht mehr sicher sein. Am Platzl verschnaufte er kurz unter einer hohen Linde, die ihn vor dem Nieselregen schützte. Er wollte sich gerade ein Zigarillo anstecken, als er eine Hand auf seiner Schulter spürte. Erschrocken drehte er sich um und blickte in ein pockennarbiges Gesicht.

„Nein!“ Abwehrend streckte er seine langen Arme aus.

Das unheimliche Wesen ließ nicht locker, grapschte nach ihm und fuchtelte mit der anderen Hand, die voller Krätze war, vor seinem Gesicht herum.

Er stieß sie weg, brachte die unförmige Gestalt unabsichtlich zu Fall. Ihr irres Gelächter machte ihm erst recht Angst.

Gustav verbrachte erneut eine unruhige Nacht. Die Frau, die er am Spittelberg niedergestoßen und die ihn mit ihrem grausigen Lachen verfolgt hatte, als er im Laufschritt zur Burggasse hinuntergeeilt war, suchte ihn in seinen Träumen heim. Er hatte die alte Hexe nicht gleich erkannt, weil sie diesmal bessere Kleider angehabt hatte. Welcher vornehmen Dame mag sie bloß diesen langen schwarzen Wollmantel mit Pelzbesatz gestohlen haben, überlegte Gustav. Offensichtlich verfolgte ihn die Alte. Aber warum? Diese Frage hielt ihn bis in die Morgenstunden wach.

9

Den ganzen Vormittag wartete Gustav zu Hause auf eine Nachricht von seinem Freund Rudi.

Dorothea, die am Küchentisch saß und in einem Lehrbuch für Anatomie las, hatte ihm dabei zugesehen, wie er in der Wohnung auf und ab lief.

„Was ist los mit dir? Warum bist du so nervös?"

„Ich verstehe nicht, warum sich Rudi nicht meldet. Er benimmt sich überhaupt sehr merkwürdig in letzter Zeit", beklagte sich Gustav über seinen besten Freund.

„Und was hindert dich daran, ihn einfach zu fragen? Geh zu ihm und frag ihn, warum er sich nicht anschauen lässt."

„Ach, misch dich nicht ein. Das ist Männersache."

„Mein Gott, seid ihr Männer kompliziert!" Dorothea widmete sich wieder ihrer Lektüre.

Um die Mittagszeit wurde Gustavs Unruhe so groß, dass er beschloss, Dorotheas Rat doch zu befolgen und Rudi in seinem Büro in der Polizeidirektion am Schottenring 11 aufzusuchen.

Das Büro seines Freundes befand sich am Ende eines langen düsteren Ganges in einem ehemaligen Hotel, das die Regierung 1874 von der Austria Hotel Aktiengesellschaft erworben hatte. Das Hotel war für die Weltausstellung 1873 in Wien erbaut worden. Die Umbauten zu einer zeitgemäßen Polizeidirektion hatten, dank des resoluten Anton Ritter von Le Monnier, des ersten Polizeipräsidenten von Wien, nicht viel Zeit beansprucht. Nach seiner Beförderung zum Polizei-Oberkommissär hatte Rudi Kasper mit einer ehemaligen Dienstbotenkammer als Büro vorlieb nehmen müssen.

Mittlerweile residierte er in einer repräsentativen Suite des Gebäudes.

Rudi thronte auf einem bequemen, mit rotem Leder gepolsterten Sessel hinter einem Monstrum von Schreibtisch und sah nicht einmal auf, als Gustav, nach kurzem Anklopfen, sein Büro betrat.

Die bis an die Decke reichenden Aktenschränke wirkten in dem großen Raum fast ein wenig verloren. Die hohen Fenster gingen auf die Ringstraße hinaus. Die Polizeidirektion war als eines der ersten öffentlichen Gebäude in Wien elektrifiziert worden. Gustav beneidete seinen Freund um die Lampe an der Decke und vor allem um die hübsche moderne Schreibtischlampe.

„Servus. Ich hab gedacht, du rührst dich bei mir. Aber du scheinst ja in letzter Zeit sehr beschäftigt zu sein ..."

„Was willst du?"

„Ich wollte dich zum Mittagessen einladen."

„Tut mir leid, Gustl, ich hab keine Zeit", sagte Rudi eine Spur freundlicher.

„Rauchen wir wenigstens eine miteinander?" Gustav klappte sein silbernes Zigarettenetui, das er von seinem Großvater geerbt hatte, auf und bot seinem Freund ein Zigarillo an.

„Von mir aus."

Als sich Rudi das Zigarillo ansteckte, sagte er: „Wundert mich, dass du das Etui noch nicht versetzt hast."

„Musst du mich andauernd an meine prekäre finanzielle Lage erinnern?"

Gustav und seine Tante hatten im Laufe der letzten Jahre fast alles, was gut und teuer war, im Pfandl versetzt. Nur von der goldenen Taschenuhr und dem silbernen Zigarettenetui seines Großvaters hatte sich Gustav nie trennen können und das wusste Rudi, der den Untergang des Hauses Karoly Schritt für Schritt miterlebt hatte, allzu gut.

„Habt ihr den Mann, der nach den Begräbnisfeierlichkeiten in der Innenstadt herumgeschossen hat, erwischt?", fragte Gustav.

„Ja. Das war ein besoffener einbeiniger Kriegsveteran, der behauptete, Anarchist zu sein. Wir haben ihn in einer Zelle ausgenüchtert. Am nächsten Morgen war er lammfromm und konnte sich an nichts mehr erinnern. Aber die Geheimen von der Staatspolizei haben ihn trotzdem mitgenommen. Sie wollen den armen Kerl weiter verhören. Mittlerweile habe ich aber ein viel größeres Problem."

„Was ist los?"

„Wir haben eine neue Leiche."

Gustav gab sich erstaunt, ließ sich nicht anmerken, dass ihm Rudis Vater bereits von dem Verbrechen erzählt hatte. Er wollte nicht für zusätzlichen Konfliktstoff zwischen Vater und Sohn sorgen.

„Einer der Lakaien hat Sonntagfrüh in Schönbrunn eine Leiche im Toilettezimmer der Kaiserin gefunden. Die junge Dame ist entweder Samstagnacht oder schon während des Begräbnisses umgebracht worden. Offensichtlich hat vor den Morgenstunden keiner der Diener die kaiserlichen Gemächer betreten. Das Opfer dürfte die Wanne selbst mit Wasser gefüllt haben. Die Frage ist, woher sie das heiße Wasser hatte. Wahrscheinlich hat ihr doch jemand von der Dienerschaft geholfen. Wir werden uns das gesamte Personal vornehmen müssen. Mir graut davor, wie du dir sicher vorstellen kannst. Der Mörder hat ein richtiges Gemetzel angerichtet. Der Boden, das Äußere der Wanne, ja selbst die Wände, der Kachelofen und die Waage Ihrer Majestät haben Blutspritzer abbekommen ..."

„Was für eine Schweinerei!“

„Du sagst es. Der Anblick war unbeschreiblich. Im Spiegel in der Ecke, neben dem hübschen Kachelofen, der übrigens ganz ähnlich aussieht wie der Ofen im Zimmer deiner Tante, hat sich das Grauen verdoppelt. Das Wasser in der vergoldeten Wanne war blutrot gefärbt. Die Wände sind mit hunderten Maiglöckchensträußchen, den Lieblingsgestecken der Monarchin, bemalt. Sie haben rötlich geschimmert und die weißen Blüten rosarot. Übrigens hat sogar der Stuck im Boudoir Ihrer Majestät die Form von Maiglöckchensträußen. Ich hab mir eingebildet, dass es in dem ganzen Raum nach Maiglöckchen gestunken hat.“

Gustav rümpfte die Nase ob dieser kleinen Respektlosigkeit seines Freundes.

„Die Decke im kaiserlichen Toilettezimmer ist übrigens voll Mythenmalerei – richtig schwülstig. Der Schönheitskult in der Antike, von der Toilette der Venus bis zum Urteil des Paris, alles sehr prunkvoll und prächtig. Bestimmt haben diese Darstellungen der Kaiserin geschmeichelt. Wahrscheinlich hat sie sich ebenso göttlich gefühlt wie die schönen Damen an der Decke. Sie war ja bekanntlich nicht ganz frei von Eitelkeit“, sagte Rudi augenzwinkernd und auf die Gefahr hin, sich den Zorn seines Freundes zuzuziehen. „Der Täter könnte übrigens auch eine Frau gewesen sein, die Tatwaffe, eine Schere, deutet jedenfalls auf das schwache Geschlecht hin.“

Gut, dass Vera und Dorothea ihn nicht hören können, dachte Gustav, der die Interpretation: Schere ist gleich Frau, ziemlich platt fand. Aber so war Rudi eben manchmal.

Gustav bat ihn, den Tatort aufzuzeichnen. „Ohne Maiglöckchen bitte“, fügte er hinzu.

Rudi war kein schlechter Zeichner. Die Skizze, die er seinem Freund kurz darauf unter die Nase hielt, erinnerte Gustav an das berühmte Bild des großen französischen Malers Jacques-Louis David: „Der Tod des Marat".

Rudis Beschreibung der Position der Toten verstärkte diesen Eindruck noch: „Ein zu einem Turban geschlungenes Handtuch hat ihr langes Haar bedeckt. Ihr Gesicht war kreidebleich, ihr Kopf auf die rechte Schulter gesunken. Der rechte Arm hing aus der Wanne, der linke war ins Wasser gefallen, samt dem Briefpapier, das ihre Finger fest umklammert hielten. Die Worte waren leider nicht mehr lesbar, die Tinte hat sich im Wasser aufgelöst. Die Pulsadern beider Hände waren durchgeschnitten und zwar der Länge nach. Der Gerichtsmediziner meinte, sie hätte sich zuerst mit der Schere zu erstechen versucht. Auf ihrer linken Schulter war ein bisschen Blut. Und als sie bemerkt hat, dass der Stich nicht zum Ziel führt, die Pulsadern aufgeschnitten. Aber der Doktor ist völlig vertrottelt. Kein Mensch nimmt ihn mehr ernst."

„Sein Name ist nicht zufällig Professor Abendrot?" Gustav dachte an Dorotheas verehrten Herrn Professor.

„Nein, der alte Herr heißt Mayringer. Warum?"

„Ach nichts."

„Die blutverschmierte Schere lag übrigens auf der Psych, mindestens drei Meter von der Wanne entfernt. Fragt sich, wie die Sterbende sie dahin befördert haben soll."

Gustav entkam ein unpassendes Grinsen.

„Ihre Brust war übrigens unverletzt. Sie hatte, wie gesagt, nur relativ harmlos aussehende Einschnitte an der linken Schulter, aber die hat sie sich bestimmt nicht selbst zugefügt."

„Wer war die Tote?"

„Jetzt halt dich fest, Gustl. Du kennst sie. Hattest selbst mal ein Aug auf sie geworfen. Das war, bevor sie den Grafen von Reichenbach geheiratet hat. Sie war damals erst siebzehn, erinnerst du dich?“

„Waaas? Die Clementine? Nein, nein, das kann nicht sein.“ Gustav erbleichte. Seine Knie begannen zu schlottern und seine Hände krampften sich um die Tischkante.

10

Drei Tage später empfing Vera von Karoly einen hohen Gast in Gustavs Zimmer. Er hatte in der Früh einen Boten mit seiner Karte geschickt und schriftlich darum gebeten, sie heute noch aufsuchen zu dürfen.

Sie musterte Graf Batheny unauffällig. Der ehemalige Geliebte ihrer verstorbenen Schwester war immer noch ein fescher Mann, obwohl er schon seinen Sechziger gefeiert hatte. Er hielt sich sehr aufrecht, wirkte fast ein bisschen steif, hatte die Haltung und das Gebaren eines Offiziers.

Vera wusste, dass der Graf seit kurzem Witwer war. Seine Frau war vor einem Jahr gestorben. Vera hatte damals darauf bestanden, dass Gustav ihm kondolierte.

Graf Batheny verhielt sich ihr gegenüber nahezu devot und ausgesprochen liebenswürdig. Er entschuldigte sich vielmals, dass er seinen Besuch so kurzfristig angekündigt hatte, aber es würde sich um eine äußerst dringliche Angelegenheit handeln. Dann bedankte er sich zum dritten Mal dafür, dass sie bereit gewesen war, ihn zu empfangen. Als ihm die Höflichkeitsfloskeln auszugehen schienen, kam er auf den wahren Grund seines Besuches zu sprechen.

„Meine Tochter Marie Luise ist vorgestern, als sie im Park von Schloss Schönbrunn allein spazieren ging, überfallen und gewürgt worden. Sie hat den Täter nicht gesehen, da er sie von hinten angegriffen hat und sie kurz darauf in Ohnmacht gefallen ist. Als sie wieder erwachte, stand der Frantischek, ein Tscheche, der in der Schlossgärtnerei arbeitet, über ihr.

Marie Luise behauptet, dass dieser tschechische Gärtner sie attackiert hat. Ich selbst bin jedoch der Ansicht, dass Frantischek nicht der Täter war, sondern im Gegenteil, den wahren Täter vertrieben und meine Tochter gerettet hat. Jedenfalls hab ich die Polizei verständigt. Polizei-Oberkommissär Rudolf Kasper, ein Freund von unserem Gustav, hat es sich nicht nehmen lassen, persönlich bei uns vorbeizuschauen. Im Gespräch mit ihm, bei dem ich anwesend war, hat sich meine Tochter dann in zahlreiche Widersprüche verwickelt und ist plötzlich in Tränen ausgebrochen. Wir konnten kein vernünftiges Wort mehr aus ihr herausbringen."

„Die arme Comtesse", sagte Vera.

„Ich weiß, ehrlich gesagt, nicht, gnädige Frau, wer von den beiden ärmer ist, meine Tochter oder der Frantischek. Ich kenne den Burschen seit vielen Jahren. Er kümmert sich auch um meinen Garten, schneidet unsere Bäume und mäht im Sommer öfter den Rasen. Der k.k. Polizeiagent, der in Begleitung des Herrn Oberkommissärs erschienen war, hat den Frantischek verhaftet und auf die Sicherheitswache mitgenommen. Denn zuletzt hat Marie Luise uns schluchzend die Schnitte an ihrem Unterarm gezeigt und immer wieder seinen Namen gestammelt. Es waren keine schlimmen Verletzungen, nur kleine Ritze, die nicht stark geblutet haben ..."

„Aber warum hat er sie angegriffen? Ist er ein bisschen ...?" Vera tippte sich auf die Stirn.

„Nein, gar nicht. Er redet halt wenig, aber solche Leute reden in unserer Gegenwart ja ohnehin nie freiwillig. Die Polizei vermutet, dass er ein tschechischer Nationalist, ein Fanatiker ist, der die Ermordung der Kaiserin zum Anlass genommen hat, um nun am Wiener Hof für weitere Verunsicherung zu sorgen. Ich halte diesen Verdacht, gelinde ausgedrückt, für vollkommen absurd."

„Aber wer hat Ihre Tochter dann verletzt?"

„Keine Ahnung. Das ist ja der Grund, warum ich Sie ersuche, mir zu helfen. Könnten Sie nicht bei Gustav ein gutes Wort für mich einlegen und ihn dazu überreden, diskrete Nachforschungen wegen dieses angeblichen Überfalls anzustellen? Die Geschichte ist sehr heikel. Ich möchte keinesfalls riskieren, dass ein Unschuldiger verurteilt wird, noch dazu, wenn er meiner Tochter nur helfen wollte. Frantischek kennt sie von klein auf. Noch schlimmer wäre es, wenn sich herausstellt, dass meine Tochter die ganze Geschichte nur erfunden hat."

„Das trauen Sie ihr zu?"

„Ich bin mir nicht sicher. Sie ist ein bisschen sonderbar in letzter Zeit, benimmt sich etwas altjüngferlich ... – oh Pardon!"

Seine Verlegenheit brachte Vera zum Lachen. „So wie ich, meinen Sie?"

„Aber nein, gnädige Frau, das war nicht auf Sie gemünzt ... eine Frau mit Ihrer Intelligenz und Ihrem Scharfsinn ..."

Sie weidete sich an seinem Gestammel.

„Verzeihen Sie meine Offenheit, Frau von Karoly, aber ich weiß nicht, an wen ich mich sonst wenden könnte. Es muss en famille bleiben. Meine Tochter ist leider eine Romantikerin, verstrickt sich gern in irgendwelche Fantastereien. Ich wäre heilfroh, sie endlich verheiratet zu wissen. Aber sie lacht ihren Verlobten, den armen Stanzi, immerhin Erzherzog Karl Konstantin von Österreich, höchstens aus, wenn er das Wort Hochzeit in den Mund nimmt. Ich bewundere seine Geduld. Es scheint, dass die häufige Gesellschaft Ihrer Majestät unserer Kaiserin, Gott hab sie selig, gewisse Spuren bei meiner Tochter hinterlassen hat, um mich höflich auszudrücken ..."

„Na, na, keine Majestätsbeleidigung, Herr Graf", spottete Vera. Lachte aber so herzlich, dass dem Grafen nichts anderes übrig blieb, als in ihr Lachen miteinzustimmen.

Gustav blieb wie angewurzelt stehen, als er bei seiner Heimkehr seinen Vater und seine Tante in den beiden Fauteuils vor dem Kamin erblickte. Die Tür zu seinem Zimmer war einen Spalt weit offen.

Er hatte erwartet, Vera in Gesellschaft seines besten Freundes Rudi vorzufinden, als er das Gelächter im Vorraum vernommen hatte. Denn normalerweise brachte nur Rudi seine Tante dazu, so schrill und laut zu lachen.

Gustav hatte vergangenen Sommer die Einladung seines Vaters zu einer Soiree nicht angenommen, da er mit der Aufklärung einer Entführung und einer Reihe grausamer Morde im Wiener Prater beschäftigt gewesen war. Der Graf hatte es ihm anscheinend verübelt, dass er es nicht einmal der Mühe wert befunden hatte abzusagen, und seither keinen Kontakt mehr zu ihm gesucht.

Gustavs Beziehung zu Graf Batheny war kompliziert. Der Graf hatte ihn offiziell nie als seinen Sohn anerkannt, obwohl er jahrelang ein sehr enges Verhältnis zu Gustavs Mutter gepflegt hatte. Halb Wien wusste, dass Gustav der natürliche Sohn des Grafen war, nicht nur, weil sich die beiden wie aus dem Gesicht geschnitten waren, sondern auch, weil sich der Graf mit seiner bezaubernden Geliebten Giselle ganz ungeniert in der Öffentlichkeit gezeigt hatte. Gustavs Mutter, Gisela von Karoly, war eine sehr schöne Frau und bekannte Sopranistin gewesen. Sie hatte ein fixes Engagement im Theater an der Wien gehabt und als eine der besten Operettensängerinnen der Stadt gegolten. Als sie im Alter von Anfang vierzig schwer erkrankte, nahm die Musikwelt Wiens regen Anteil. Zu dieser Zeit war der Graf längst mit der Tochter des Grafen Seckenberg verheiratet und hatte zwei Töchter mit ihr gezeugt. Obwohl sich Graf Batheny rührend um die kranke Geliebte und seinen illegitimen Sohn gekümmert hatte, war Gustav bis heute auf seinen Vater nicht gut zu sprechen. Er hatte ihm nie verziehen, dass er die Tochter des sehr vermögenden Grafen anstatt seiner schönen Frau Mama zur Frau genommen hatte. Graf Batheny war jung gewesen und hatte es nicht gewagt, sich gegen den Willen seiner Eltern aufzulehnen. In Gustavs Augen war er ein Feigling.

Als Gustav sein Zimmer betrat, erstarb das Gelächter abrupt.

Seine Tante und sein Vater starrten ihn an, als wären sie gerade bei einer Ungehörigkeit ertappt worden.

„Schön, dass du endlich da bist“, sagte Vera. „Wir haben einen Gast“, fügte sie leicht gereizt hinzu, als Gustav keine Anstalten traf, Graf Batheny zu begrüßen.

Als er sich doch noch seiner guten Manieren besann und die Hacken zusammenschlug, so als würde er einen Vorgesetzten in der Armee begrüßen, verdrehte

Vera demonstrativ die Augen. Sie befürchtete schon, er würde gleich salutieren. Er beließ es bei einer knappen Verbeugung.

„Grüß Sie Gott, Euer Erlaucht. Was verschafft mir die Ehre?“

Graf Batheny runzelte seine dunklen Brauen, die ebenso buschig waren wie die seines Sohnes, konnte dabei eine gewisse Hilflosigkeit nicht verbergen.

„Aber, aber, Herr von Karoly, nicht so förmlich, wenn ich bitten darf“, stammelte er. „Ich bin gekommen, um Sie um Ihre Hilfe zu bitten.“

Da sich Gustav nicht vorstellen konnte, welche Art von Hilfe sich der Graf von ihm erhoffte, schwieg er.

Mit seinem Schweigen machte er es dem Grafen jedoch noch schwerer. Zu allem Unglück erhob sich nun Vera von Karoly mit den Worten: „Ich lasse euch beide jetzt besser allein. Sie entschuldigen mich, Graf Batheny?“

„Wieso wollen Sie uns schon verlassen? Bleiben Sie doch bitte!“

Auch Gustav bat seine Tante, sitzen zu bleiben.

„Ich werde Josefa bitten, uns einen Tee aufzubrühen, oder möchten Sie etwas Stärkeres?“, wandte sie sich an ihren Gast und sah ihren Neffen auffordernd an.

Froh, einen Vorwand zu haben, das Gespräch hinauszuschieben, sprang Gustav auf.

„Cognac, Whisky, oder darf es ein selbstgebrannter Zwetschgener aus dem Salzkammergut sein?“

Er ging zu dem Biedermeierspieltisch mit den zierlichen schwarz-gold lackierten Beinchen, der ihm als Bar diente.

„Gegen einen kleinen Cognac hätte ich nichts einzuwenden, wenn Sie einen mit mir trinken“, sagte Graf Batheny.

Vera hatte mittlerweile das Zimmer verlassen, um sich auf die Suche nach Josefa zu begeben.

Nach dem zweiten Cognac tauten beide Herren etwas auf. Die ersten beiden Gläser hatten sie wortlos hinuntergestürzt. Ansonsten hatten sie nur Höflichkeitsfloskeln ausgetauscht, über das herrliche Herbstwetter geplaudert und vermieden, sich in die Augen zu sehen, die einander so ähnlich waren.

Vera kehrte nicht mehr zu ihnen zurück.

11

Graf Batheny schilderte Gustav den vermeintlichen Überfall auf seine Tochter und teilte ihm seine Zweifel am Wahrheitsgehalt ihrer Version mit. Zuletzt bat er ihn, nicht nur diesen Vorfall aufzuklären, sondern auch mehr über den mysteriösen Todesfall in Schönbrunn in Erfahrung zu bringen.

„Ich habe gehört, es soll sich um Mord handeln? Keiner weiß Genaueres, nicht einmal der Gatte der Verstorbenen. Der arme Reichenbach ist vollkommen am Boden zerstört. Ich hab ihm vorgestern persönlich kondoliert."

„Wie stellen Sie sich das vor? Ich kann unmöglich einfach so in Schloss Schönbrunn Nachforschungen betreiben."

„Selbstverständlich können Sie das! Ich habe die Ehre, bei Hofe zu verkehren, und werde für Sie den Zugang zum Schloss erwirken. Es mag vielleicht ein paar Tage dauern, aber der Obersthofmeister des Kaisers ist ein guter Freund von mir. Und meine Tochter Marie Luise gehört seit einiger Zeit zum Hofstaat der Kaiserin. Sie durfte Ihre Majestät sogar manchmal auf ihren Reisen begleiten. Die kaiserlichen Gemächer werden Sie nicht betreten dürfen, aber zumindest sollten Sie die Gelegenheit bekommen, sich in den Nebenräumen frei zu bewegen und die Dienerschaft zu befragen. Diese guten Geister bekommen oft viel mehr vom höfischen Leben mit, als den allerhöchsten Herrschaften lieb ist."

Gustav, der sich für einen überzeugten Liberalen und Republikaner hielt, bemühte sich, seinem Vater nicht zu zeigen, wie beeindruckt er von seinem Einfluss bei Hofe war.

Der Graf nahm eine Havanna aus seiner Zigarrentasche, führte sie unter seiner Nase entlang, leckte über das Ende und zündete sie mit Sorgfalt an. Gustav begnügte sich mit einem Zigarillo. Sie tranken ein weiteres Gläschen Cognac und plauderten den Rest des Nachmittags völlig zwanglos miteinander, sprachen über das letzte Rennen der Saison in der Freudenau.

Graf Batheny teilte Gustavs Leidenschaft für den Pferdesport und war als Mitglied des berühmten Jockeyclubs über alle Rennen und die Vorgänge hinter den Kulissen bestens informiert.

Gustav hatte in jungen Jahren viel Geld in den Wettbüros an der Pferderennbahn gelassen.

Vorsichtig erkundigte sich der Graf, ob er nach wie vor wetten würde.

Gustav reagierte verstimmt, so als hätte er eine Rüge einstecken müssen, denn er wusste, dass Graf Batheny seinerzeit einen Großteil seiner Wettschulden beglichen hatte. Schließlich siegte sein Humor: „Euer Erlaucht haben nichts mehr zu befürchten, ich habe die Pferdewetten gänzlich aufgegeben. Aber ich bin Ihnen sehr verbunden, weil Sie mich vor dem Schuldturm bewahrt haben", sagte er.

Und nun geschah etwas, womit Gustav nicht im Leben gerechnet hatte. In den schönen dunklen Augen des Grafen erschienen Tränen. Rasch fächelte dieser sich mit seinem Taschentuch Luft zu, tat so, als wäre ihm Rauch in die Augen gekommen.

„Ich habe nur meine Schuld beglichen. Hätten wir damals Kontakt zueinander gehabt, ich hätte von vornherein verhindert, dass Sie auf die falschen Pferde setzen."

„Die Rennen waren also eine abgekartete Sache", murmelte Gustav. Gerührt und gleichzeitig peinlich berührt von den Tränen seines Vaters wechselte er das Thema. „Ich werde die Bekanntschaft Ihres Fräulein Tochter machen müssen, denn ohne ihre persönliche Schilderung der Ereignisse kann ich nicht viel ausrichten."

„Selbstverständlich. Ich habe alles in die Wege geleitet. Hätten Sie am Sonntag Zeit für ein einfaches Abendessen bei uns?" Die Stimme des Grafen senkte sich: „Nur en famille ..."

Gustav war die Zweideutigkeit der letzten Worte nicht entgangen.

„Wegen des Todes Ihrer Majestät sind ja leider keine größeren Soupers möglich. Aber gegen ein kleines Diner im engsten Familienkreis gibt es sicher nichts einzuwenden. Sie, meine Töchter, ja auch meine Älteste und ihre Familie sind für das Begräbnis aus Bad Ischl angereist und bleiben noch einige Tage in Wien, ebenso Erzherzog Karl Konstantin, der Verlobte von Marie Luise. Ich beschäftige seit kurzem einen neuen französischen Koch, einen wahren Meister seines Fachs. Die Künste des Monsieur Pierre dürfen Sie sich nicht entgehen lassen."

„Wie werden Sie Ihrer Familie meine Anwesenheit erklären? Haben Sie die Absicht, mich als privaten Ermittler oder gar als zukünftigen Leibwächter Ihrer Tochter zu präsentieren?“

„Lassen Sie das meine Sorge sein. Sagen wir Sonntag um sieben Uhr? – Es wird sich schon alles finden.“

Als sich Graf Batheny erhob, fasste er sich ans Kreuz und klagte über seine morschen Knochen.

Gustav sprang sofort auf. „Ich werde sehen, dass ich es einrichten kann“, sagte er.

„Ich ersuche Sie inständig zu kommen.“ Die Stimme des Grafen zitterte leicht.

Als sie nebeneinander standen, registrierte Gustav befriedigt, dass er ein paar Zentimeter größer als sein Vater war.

„Die Adresse kennen Sie ja ...“

„Seit meinem siebten Lebensjahr.“ Gustavs Lächeln konnte man beinahe als süffisant bezeichnen.

Als Gustav seinen ersten Schultag hinter sich gebracht hatte, fuhr seine Mutter mit ihm nach Schönbrunn in die Kaiserliche Menagerie. Sie begegneten damals – ob rein zufällig oder nicht, wusste Gustav bis heute nicht – dem Grafen und er bat darum, sie in den Zoo begleiten zu dürfen. Gustav erinnerte sich, dass er ein Eis, ein Paar Würstel und eine Limonade bekommen hatte, und zwar in dieser Reihenfolge. Die Köstlichkeiten hatten ihm zwar gemundet, waren ihm allerdings nicht gut bekommen. Nach dem Besuch des Affenkäfigs und des Löwengeheges brachte der Graf Gustav und seine Frau Mama mit seiner Kutsche nach Hause. Gustav, unbeeindruckt von dem gräflichen Gefährt, erbrach unverdaute Wurstreste und rosafarbenes Eis in den mit purpurrotem Samt ausgekleideten Innenraum.

„Ich erinnere mich sehr gut daran, kaum kamen wir an meinem Haus vorbei, hast du dich übergeben." Der Graf schmunzelte bei dieser Erinnerung. „Die arme Giselle hat einen hysterischen Anfall bekommen und gleich darauf schreckliche Migräne. Und ich hab mich allein um dich kümmern müssen. Aber ich habe dich nicht ausgeschimpft, erinnerst du dich? Du konntest ja nichts dafür, ich hätte dich eben nicht mit Eis und Würsteln vollstopfen dürfen."

„Ich hatte schon immer einen empfindlichen Magen."

Obwohl sich Gustav über das familiäre Du seines Vaters freute, wollte er es ihm nicht so einfach machen. „Wir sehen uns also am Sonntag", sagte er und verbeugte sich knapp.

„Vielleicht möchtest du mir ja schon morgen einen Besuch abstatten, um in Ruhe alles mit mir zu besprechen? Denn beim Diner werden wir kaum offen miteinander reden können."

„Wie Euer Erlaucht wünschen."

„Jetzt hör endlich mit diesem dämlichen ‚Euer Erlaucht' auf", fuhr der Graf seinen Sohn an. „Wann kann ich mit dir rechnen?"

Gustav zierte sich weiter. „Morgen habe ich viel zu tun, aber am Samstag, so gegen Mittag, könnte ich es mir einteilen."

„Gut, Samstag um elf Uhr? Marie Luise ist um diese Zeit sicher im Schloss. Sie kümmert sich gemeinsam mit einer der Hofdamen um den literarischen Nachlass Ihrer Majestät. Meine Tochter möchte verhindern, dass die Gedichte und sonstigen Ergüsse von irgendwelchen stumpfsinnigen und übereifrigen Höflingen vernichtet werden. Ich nehme an, Marie Luise hat vor allem wegen ihrer poetischen Ader die Gunst unserer

Kaiserin erlangt. Unter uns gesagt, ich halte die Lyrik meiner Tochter für keine große Kunst. Sie ist halt eine sehr feinsinnige und sensible junge Frau, etwas nervös vielleicht. Manchmal denke ich, sie gerät nach ihrer Frau Mama, die ja ihr Leben lang mit einem nervösen Leiden zu kämpfen hatte."

Gustav fand diese intimen Mitteilungen peinlich und sagte schnell: „Elf Uhr! Ich werde da sein." Er verbeugte sich dieses Mal etwas tiefer.

„Behüt dich Gott, mein Lieber!", verabschiedete sich Graf Batheny, bevor Gustav die Wohnungstür hinter ihm zuschlug.

Gustav war verwirrt. Er setzte sich zu Vera an den Küchentisch. Josefa machte ihnen einen Kaffee.

„Der Graf hat heute Vormittag einen Boten geschickt und mich gebeten, ihn zu empfangen. Was hätte ich tun sollen? Ihm eine Botschaft zukommen lassen, dass er nicht willkommen sei? Ich habe ihn in deinem Zimmer empfangen. Du weißt schon warum." Vera zwinkerte ihrem Neffen zu.

Gustav musste unwillkürlich grinsen, obwohl ihm eigentlich nicht danach zumute war.

Bei jeder anderen Dame hätte er gedacht, dass sie aus Gründen der Schicklichkeit keinen Mann in ihren Gemächern empfangen oder gar durch ihr Boudoir führen würde, im Fall seiner Tante lag es eher an dem Chaos, das in ihren Räumlichkeiten herrschte. Vera hatte viele gute und sogar jede Menge beeindruckende Eigenschaften, aber Sinn für Ordnung zählte nicht dazu. Sie war die unordentlichste Person, die Gustav kannte. In ihrem Zimmer stolperte man bei jedem Schritt über Bücher, Gewänder und Krimskrams. So sehr sich Josefa bemühte, Vera gelang es stets innerhalb von ein paar Stunden, deren Aufräumarbeiten wieder zunichte zu machen.

„Graf Batheny ist mir seltsam vertraut vorgekommen, obwohl ich ihn in den letzten Jahren ja kaum gesehen, geschweige denn mit ihm gesprochen habe. Ich habe mich mit ihm wie mit einem guten alten Freund unterhalten. Er hat mir von seinen Töchtern erzählt, vor allem von der jüngeren Tochter, die nach wie vor in seinem Haushalt lebt, oder am Hof, wenn die Kaiserin ausnahmsweise einmal in Wien war. Marie Luise scheint eine dieser Auserwählten zu sein, die Ihrer Majestät Gesellschaft leisten durften, wenn sie in Schönbrunn weilte, denn Marie Luise ist eine Dichterin, so wie die Kaiserin, die sich ja auch als Poetin betrachtet hat. Die beiden Damen haben sich stundenlang gegenseitig ihre literarischen Werke vorgelesen. Deine Halbschwester ist, mit ihren achtundzwanzig Jahren, immer noch unverheiratet, obwohl seit neun Jahren mit einem Erzherzog verlobt. Er ist zwar nur ein Titular-Erzherzog, also kein Thronfolger, aber immerhin ... Der ganze Hof macht sich übrigens lustig über die ‚ewige Verlobte'. Marie Luise hat den mittlerweile dritten Hochzeitstermin im letzten Frühjahr wegen einer gemeinsamen Korfureise mit der Kaiserin verschoben."

„Tratsch und Klatsch ist ja sowieso die Lieblingsbeschäftigung der hochherrschaftlichen Damen und Herren", bemerkte Gustav abfällig.

„Du hast vollkommen Recht. Marie Luise scheint eine ungewöhnliche junge Frau zu sein. Sie stört sich nicht daran, dass sie sich mit ihrer abgöttischen Verehrung der Kaiserin und großen Dichterin Elisabeth zum Gespött des Hochadels gemacht hat. Im Gegenteil, sie hat der Kaiserin offenbar in allem nachgeeifert: Diäten, Hungerkuren, sportliche Betätigungen bis an den Rand der Erschöpfung und sonstige Extravaganzen ..."

„Und? Was willst du mir damit sagen?"

„Der Graf hat dir erzählt, dass die Comtesse vor kurzem angeblich überfallen worden ist, oder? Er scheint diese Geschichte nicht zu glauben, vermutet vielmehr, dass sich Marie Luise selbst die Schnitte am Unterarm beigebracht hat. Vielleicht, um sich interessant zu machen? Oder, um denselben Schmerz zu spüren wie ihre hochverehrte Kaiserin? Wer weiß, was in den Köpfen solch junger Frauen, oder vielleicht eher ‚alter Mädchen' vorgeht? Ich denke, du solltest dich in Zukunft ein bisschen um deine Halbschwester kümmern. Und rede ruhig mit Dorothea darüber, sie beschäftigt sich ja intensiv mit dieser neuen Wissenschaft."

„Du meinst mit der Psychoanalyse des Herrn Doktor Freud?"

„Ja, was denn sonst?"

„Oh nein! Ich höre mir kein zweites Mal freiwillig einen von Dorotheas Vorträgen über meine Minderwertigkeitsgefühle an."

„Es geht nicht um dich, Gustav! Über Marie Luise sollst du mit ihr reden. Deine Halbschwester steckt bis zum Hals in Schwierigkeiten. Ich bin überzeugt, dass Graf Batheny Recht hat und sie diese Attacke erfunden hat. Reines Wunschdenken, klassische Hysterie, würde Doktor Freud sagen."

„Nein, fang nicht du auch noch mit diesem Unsinn an, Tante!"

12

Kaum hatte Gustav in einem dunkelbraunen Lederfauteuil im Empfangszimmer der Villa seines Vaters in Hietzing Platz genommen, betrat Graf Batheny im Reitanzug und in Begleitung eines großen kräftigen Herren den Vorraum. Offensichtlich kamen die beiden von einem morgendlichen Ausritt zurück.

Der Graf stellte Gustav seinem Schwiegersohn in spe vor und bat seinen Sohn wortreich um Pardon, weil er sich um ein paar Minuten verspätet hatte.

Gustav war zu früh gekommen, dennoch empfand er es als Missachtung seiner Person, dass sein Vater ihn warten hatte lassen.

Er musterte den Erzherzog mit halb geschlossenen Lidern.

Erzherzog Karl Konstantin war ein stattlicher, gut aussehender Mann Ende dreißig. Sein Gesicht hatte eine gesunde rosa Farbe, war jedoch etwas aufgedunsen. Helle blaue Augen, typische Habsburger-Nase und -Lippen und volles blondes Haar. Er war gut gebaut, hatte kräftige Schenkel und stramme Waden, die die schwarzen Reitstiefel fast sprengten.

Bestimmt ist er ein schneidiger Reiter, dachte Gustav neidisch. Fast schämte er sich in Gegenwart des vor Gesundheit nur so strotzenden Mannes seiner vornehmen Blässe, seiner schwachen Konstitution und vor allem seiner Magerkeit.

„Um wie viel Uhr gedenken Euer Erlaucht heute den Lunch einzunehmen? Werden Kaiserliche Hoheit zum Essen bleiben?“, fragte der Diener, der kurz nach dem Erscheinen des Hausherrn und seines Gastes auf leisen Sohlen den Empfangsraum betreten hatte.

„Bald, lieber Johann, bald. Neben dem jungen Herrn werden auch Seine Kaiserliche Hoheit heute mein Gast sein. Aber bring uns jetzt zuerst einmal einen Kaffee. Oder möchtest du etwas Stärkeres, Gustav?“

„Kaffee wäre formidabel.“

„Und du, Stanzi?“

„Kaffee bitte.“

Der Graf öffnete seinen Humidor und bot Gustav und dem Erzherzog eine Zigarre an.

Karl Konstantin von Österreich lehnte dankend ab und zündete sich eine Zigarette an.

Gustav nahm ein Zigarillo aus seinem silbernen Etui und ließ sich vom Erzherzog Feuer geben.

„Wann soll heute eingespannt sein?“, fragte der Diener.

„Es ist gut, Johann. Ich fahr heute nicht mehr aus.“

„Den Rappen Seiner Kaiserlichen Hoheit hat der Bursche in den Stall gebracht.“

„Das ist gut so, Johann.“

Beim Lunch musterte Gustav den Erzherzog, der ihm gegenübersaß, immer noch unauffällig, wie er hoffte. Karl Konstantin trug eine Husarenuniform. Rote Hose, schwarze, auf Hochglanz polierte Stiefel und eine blaue taillierte Uniformjacke. Sein Hemd spannte ein wenig über seinem Bauch. Es stellte sich heraus, dass er Inhaber eines Husarenregiments war.

So als wären sie von gleichem Rang, tauschte Karl Konstantin während des Essens mit Gustav leutselig Armeeerfahrungen aus. Er machte sich vor allem über den fürchterlichen Drill und die sinnlosen Manöver lustig.

Graf Batheny mischte sich nicht ein, lauschte dem lockeren Geplauder der beiden jüngeren Männer, forderte sie nur hin und wieder auf, zuzugreifen.

„Die überbackenen Jakobsmuscheln aus Venedig sind köstlich. Ihr solltet sie nicht verschmähen“, ermahnte er sie, als sie, allzu sehr ins Gespräch vertieft, das Essen kalt werden ließen.

Beim Nachtisch, einer wunderbaren Mousse au chocolat, kam der Graf auf Gustavs Profession zu sprechen. Karl Konstantin fand Gustavs bürgerlichen Beruf viel spannender als seine Armeegeschichten. Er schien richtiggehend fasziniert. Als der Graf seinem Sohn die anderen Räume der Villa und den Park zeigte, kam Karl Konstantin mit und wollte Genaueres über die Kriminalfälle wissen, die Gustav bisher aufgeklärt hatte.

Die im typischen Gründerzeitstil erbaute Villa des Grafen war etwas merkwürdig eingerichtet. Eine Mischung aus altmodischen Möbeln und modernen Accessoires. Der dunkel getäfelte Salon mit seiner mindestens fünf oder sechs Meter hohen Decke wirkte düster und ziemlich antiquiert in Gustavs Augen. Die großen Fenster waren von schweren bordeauxroten Samtportieren bekränzt und französische Doppeltüren führten in den Garten hinaus. Zarte Glasvitrinen und filigran anmutende Stühle und Tischchen standen etwas verloren neben rustikal oder zumindest robust aussehenden Schränken und Kommoden in dem riesigen Raum herum. Gustav wunderte sich über die stilistische Vielfalt. Die Wände zierten mit floralen Ornamenten ausgestattete Tapeten. Im Speisezimmer waren die Wände mit einer Artischockentapete in gewagten Grün- und Rottönen geschmückt. Der Graf schien ein Liebhaber moderner Kunst zu sein. Gustav entdeckte sogar eine Aktzeichnung des Secessionisten Gustav Klimt unter den zahlreichen, meist klassizistischen Gemälden. Fasziniert verweilte er einen Augenblick vor dem kleinen Bild. Er konnte sich der erotischen Lockkraft der schlanken jugendlichen Frauengestalt nicht entziehen.

„Ich habe nach dem Tod meiner Frau begonnen, das ganze Haus renovieren zu lassen und die Räume neu einzurichten. Bin aber noch nicht damit fertig."

Das merkt man, dachte Gustav, behielt es aber für sich.

„Man muss mit der Zeit gehen", sagte der Graf, als Gustav ihm ein ironisch gemeintes Kompliment hinsichtlich der extravaganten Einrichtung machte.

„Vielleicht besuchst du mich demnächst in meinem Palais in der Herrengasse. Dort wird gerade alles umgebaut. Ich bin auf der Suche nach neuen Möbeln. Du scheinst einen ähnlichen Geschmack zu haben wie ich. Wärst du bereit, mir beratend zur Seite zu stehen?"

„Sagen Sie ja, Herr von Karoly, ich befürchte, die Sammelleidenschaft meines Freundes, besonders was die moderne Kunst betrifft, artet sonst in eine Anhäufung von unanständigen Bildern aus", spottete Karl Konstantin und deutete auf die kleine Aktzeichnung, die Gustav so fasziniert hatte.

Der Park der Villa war zwar nicht ganz so beeindruckend wie der Schlosspark in Schönbrunn, gefiel Gustav aber besser als dieser. Sein Vater schien eine Vorliebe für Englische Gärten zu haben. Der anglophile Gustav war begeistert von der wilden Schönheit der Anlage. Selbst jetzt im September standen überall wunderbar duftende Damaszener-Rosen in voller Blüte und auch das Unkraut dazwischen gedieh prächtig. Die Baumkronen waren nicht kurzgeschoren wie im benachbarten Schlosspark, sie durften ihre volle herbstliche Farbenpracht entfalten. Ein Bächlein floss quer durch den Garten. Kleine Fische tummelten sich unter einer schmalen Holzbrücke. Gustav begann zu träumen, malte sich aus, wie es wäre, wenn dieser schöne Besitz ihm gehören würde, ihm, dem einzig männlichen Spross des Geschlechts der Bathenys. Würde es Dorothea hier gefallen oder würde sie das ganze Anwesen in ein Armenhospital umwandeln?

Karl Konstantins Stimme riss ihn aus seinen Träumen. „Ich muss euch jetzt leider verlassen. Habe die Ehre! Wir sehen uns morgen beim Diner." Schnellen Schrittes verließ der Erzherzog das Grundstück durchs Gartentürl.

Graf Batheny und Gustav kehrten in die Villa zurück und besprachen bei einem Gläschen Kaffee-Mandel-Likör ihre Vorgehensweise für das familiäre Diner am nächsten Abend.

Bald kamen sie wieder auf die Leiche im Boudoir der Kaiserin zu sprechen.

„Ich kannte die junge Gräfin Reichenbach recht gut, da ich mit dem Ferdl auf freundschaftlichem Fuß stehe. Sie war bezaubernd, eine Augenweide. Etwas rundlich, aber gut gewachsen. Alles an ihr befand sich an der richtigen Stelle. Am Hof tuschelte man, dass Ihre Majestät die Kaiserin sie unter anderem deswegen unter ihre Fittiche genommen hatte, weil sie hoffte, Seine Majestät der Kaiser würde Gefallen an ihr finden. Er hat ja, wie man weiß, eine gewisse Vorliebe für sehr junge, rundliche, unschuldige Gfrieserl."

Gustav kam zum ersten Mal der Gedanke, dass Ihre Majestät sich vielleicht deshalb ihr Leben lang so kasteit hatte, weil Seine Majestät seit jeher etwas drallere Schönheiten bevorzugte. Mit ihren hageren Zügen und ihrem knochigen Körper hoffte sie vielleicht, für ihren Mann nicht mehr erotisch anziehend zu sein. Denn eines stand für Gustav seit Jahren fest:

Die vielen Reisen Ihrer Majestät hatten nicht nur mit ihrer Ablehnung des strengen Wiener Hofzeremoniells zu tun, sondern auch mit ihrem Ehemann, diesem sturen, jedem künstlerischen oder fortschrittlichen Gedanken abholden Kaiser. So wie viele andere junge, intelligente Männer hielt er Kaiser Franz Joseph für einen Kleingeist und Bürokraten.

„Jedenfalls hat Ihre Majestät die kleine Gräfin vor kurzem zu ihrer Hofdame ernannt. Sie war übrigens die jüngste unter all diesen Schreckschrauben, und eindeutig die hübscheste", fügte der Graf hinzu.

Bei der Erinnerung an die junge Frau, der er einst die Cour gemacht hatte, wurde Gustav leicht übel. Es war zwischen ihnen nicht zum Äußersten gekommen. Sie hatte ihn abgewiesen, da sie damals schon den Heiratsantrag des wohlhabenden Grafen Ferdinand von Reichenbach angenommen gehabt hatte und nichts riskieren wollte. Aber sie hatte, so wie alle seine Geliebten, von seinem Schlafzimmerblick geschwärmt und ihn um seine langen, tiefschwarzen Wimpern beneidet. Ihr Vater, Freiherr von Warschenegg, war ein Spieler und stadtbekannter Wüstling. Gustav hatte so manche Nacht mit ihm am Kartentisch verbracht und bei einem geselligen Zusammensein im Hause Warschenegg die fesche Baronesse kennengelernt.

Vor seinen Augen erschien wieder das schreckliche Bild der schönen Toten in der Badewanne, ihre aufgeschlitzten rundlichen Gelenke, ihre blutverschmierte Schulter und die Brüste ...

13

Der Graf stellte Gustav seinen Töchtern als guten Freund vor, der sich als diskreter privater Ermittler bereits einen großen Namen gemacht hätte und auf den auch die Polizei hören würde.

„In Zukunft wird er sich um deine persönliche Sicherheit kümmern, Marie Luise“, sagte er.

Gustav begrüßte zuerst die ältere Tochter des Grafen und ihren Mann, Graf Traunstein aus Bad Ischl.

Gräfin Sophie von Traunstein reagierte etwas pikiert auf den Überraschungsgast. Gnädig reichte sie ihm ihre Hand und zog sie sofort wieder zurück, kaum dass Gustav einen Kuss darauf gehaucht hatte.

Provinzlerische Matrone, scheint ihrer Mutter nachzugeraten, dachte Gustav. Entweder ist sie schwanger oder einfach nur fett. Im Laufe des Abends erfuhr Gustav, dass die Gräfin Traunstein zwei Sprösslinge hatte, diese aber momentan in der Obhut einer Gouvernante und eines Kindermädchens in Bad Ischl weilten.

Ihr ebenfalls dicker Mann begrüßte Gustav leutselig. Hieb ihm seine Pranke auf die Schulter und sagte: „Na, dann passen S’ halt mal recht gut auf unsere kleine Marie Luise auf.“

Beim Aperitif zeigte Graf Traunstein, wie schon letztens Erzherzog Karl Konstantin, reges Interesse an Gustavs Profession.

Sophie benahm sich Gustav gegenüber weiterhin blasiert, ja geradezu herablassend, während ihre jüngere Schwester ihn mit forschenden, aber durchaus nicht unfreundlichen Blicken bedachte.

Marie Luises Schönheit war am Verblühen. Sie ging auf die dreißig zu, war groß und dünn und hatte lange dunkle Haare. Ihr Gesicht war etwas zu spitz, um als schön zu gelten. Sie sah ihrem Vater und sogar Gustav ein bisschen ähnlich, nur wirkte das, was an den beiden Männern anziehend war – ebendiese hageren, kantigen Gesichtszüge –, an ihr eher unvorteilhaft.

Sie schien durchaus angetan von dem charmanten, gut aussehenden Gast, begann sogar mit ihm zu kokettieren, was Gustav äußerst unangenehm war.

„Sie müssen entschuldigen, Herr von Karoly, aber meine Schwester ist, seit sie in der Provinz lebt, eine richtige Landpomeranze geworden. Sie hat mittlerweile genauso schlechte Manieren wie ihre Sprösslinge, die uns zum Glück heute Abend erspart geblieben sind", flüsterte Marie Luise Gustav ins Ohr, als Sophie eine unpassende Bemerkung über die in ihren Augen schrecklichen Parvenüs machte, die sich beim Adel anbiederten.

Graf Batheny hatte seine ältere Tochter zwar in die Schranken gewiesen, aber Marie Luises Bemerkung tat Gustavs wunder Seele trotzdem gut. Sogleich bemühte er sich weiter, seine jüngere Halbschwester mit Anekdoten aus seinem Leben als privater Detektiv zu unterhalten. Er schnitt nicht auf, stellte aber sein Licht auch nicht unter den Scheffel.

Marie Luises Verlobter, Erzherzog Karl Konstantin, ließ auf sich warten. Keiner schien ihn zu vermissen.

Der Graf bestand darauf, nachdem sie fast eine Stunde lang auf Karl Konstantin gewartet und zwei Flaschen Champagner zum Aperitif geleert hatten, mit dem Diner zu beginnen.

Gustav war neugierig auf die Künste des französischen Kochs, von denen sein Vater so geschwärmt hatte. Die Jakobsmuscheln, die er neulich lauwarm genossen hatte, waren jedenfalls vorzüglich gewesen.

Nach den Amuse-Gueule, winzigen Wachteleiern im Mayonnaisenesterl, wurde als erster Gang eine

Kürbiscremesuppe serviert, die köstlich schmeckte. Auf die Königinnenpastetchen hätte er verzichten können. Er fand sie fad und musste sich sehr zurückhalten, um nicht nach der kleinen Saliera zu greifen. Als Hauptgang folgten Fasanbrüstchen, die wunderbar zart waren, aber nach Gustavs Geschmack ebenfalls zu schwach gewürzt. Er war eben an die deftigen und ordentlich gesalzenen Speisen im Haushalt der Karolys gewöhnt.

„Reich mir bitte die Saliera, Kind", sagte der Graf zu Marie Luise, neben deren Teller das kleine Salzfässchen stand. Nachdem er sein Brüstchen ordentlich eingesalzen hatte, reichte er das hübsche silberne Gefäß mit einem Augenzwinkern an Gustav weiter. „Für uns Ungarn ist diese französische Küche ein bisschen zu langweilig, findest du nicht auch?"

Sie waren beim Nachtisch angelangt, einer wundervollen, mit Rosenblättern garnierten Crème brulée, an der selbst Gustav nichts auszusetzen hatte, als der Diener Seine Kaiserliche Hoheit, den Erzherzog, ankündigte.

Weder seine Verlobte noch der Graf schienen an Karl Konstantins Verspätung Anstand zu nehmen. Nur Sophie verzog den Mund und machte eine spitze Bemerkung über die exzellent schmeckenden Fasanbrüstchen, die er verpasst hatte.

Karl Konstantin gähnte demonstrativ und behauptete, keinen Appetit zu haben. Langte aber kräftig zu, als ihm ein Brüstchen serviert wurde.

Nach dem Essen zogen sich die Herren in den Rauchsalon zurück. Ein paar lobende Worte für den neuen Koch und schon kamen sie auf den furchtbaren Tod der jungen Hofdame im Toilettezimmer der Kaiserin zu sprechen. Obwohl sie sich der Pikanterie des

Themas bewusst zu sein schienen, sparten sie keines der Details aus, die ihnen zu Ohren gekommen waren. Gustav, der ihren zum Teil haarsträubenden Geschichten wortlos gefolgt war, wurde von Graf Batheny aufgefordert, sich ebenfalls zu äußern.

Er erwähnte, dass ihn sein Freund, Polizei-Oberkommissär Rudi Kasper, über den Mord unterrichtet hatte, und fügte hinzu: „Soviel ich weiß, hat die Gräfin Reichenbach aufgrund schlimmer Unpässlichkeit nicht am Begräbnis teilnehmen können und ist daher im Schloss geblieben. Warum sie die Gemächer Ihrer Majestät, ja sogar deren Toilettezimmer aufgesucht hat, anstatt in ihrem eigenen Zimmer zu bleiben, werden wir wohl nie erfahren."

„War es nicht unerhört dreist von ihr, an jenem Tag, an dem ihre Herrin begraben wurde, ein Bad in der Wanne Ihrer Majestät zu nehmen?", warf Graf Traunstein ein.

„Wieso, das war doch eine einmalige Gelegenheit. Die liebe Sisi wäre sicher entsetzt gewesen, wenn eine ihrer Hofdamen ihre Badewanne zu Lebzeiten benutzt hätte", sagte Karl Konstantin.

Obwohl er seine Bemerkung unpassend fand, musste sich Gustav ein Lachen verkneifen. Er warf Graf Batheny einen verstohlenen Blick zu und bemerkte, dass auch sein Vater über den taktlosen Scherz schmunzelte.

„Wie ist sie da überhaupt unbemerkt reingekommen? Wo waren die Kammerdiener und die anderen Dienstboten?", fragte Graf Traunstein.

„Beim Begräbnis Ihrer Majestät", sagte Karl Konstantin.

„Jetzt lasst Gustav erzählen, er weiß vermutlich mehr als wir", warf Graf Batheny ein. „Sie hat sich also in der Wanne Ihrer Majestät die Pulsadern aufgeschnitten ..."

„Ja, so schien es. Deswegen dachte die Polizei zuerst an einen Selbstmord. Sie hat einen Brief in der Hand gehalten. Leider war die Schrift nicht mehr lesbar, die Tinte hatte sich im Wasser aufgelöst. Aber man nahm an, dass es sich um einen Abschiedsbrief handelte."

„Das war auch die offizielle Version am Hof", mischte sich Karl Konstantin wieder ins Gespräch. „Es heißt, die Gräfin von Reichenbach sei sehr labil und zudem medikamentenabhängig gewesen und habe eine Überdosis Beruhigungsmittel zu sich genommen, weil sie den Tod ihrer geliebten Herrin und Kaiserin nicht verwinden konnte. Deswegen habe sie sich auch in deren Toilettezimmer das Leben genommen ..."

„Von Medikamenten ist mir nichts bekannt. Aber selbst wenn sie welche geschluckt haben sollte, glauben Sie im Ernst, dass sie danach noch imstande war, sich mit einer Schere die Pulsadern aufzuschneiden? Mit einer Schere, die ein paar Meter entfernt von der Wanne auf der Psych ..." Gustav hielt erschrocken inne. Wie kam er bloß dazu, gegenüber diesen Herrschaften die Details, die ihm sein Freund Rudi unter dem Siegel der Verschwiegenheit anvertraut hatte, auszuplaudern.

„Und ...?", hakte Karl Konstantin nach.

„Nichts, nichts, ich habe nur gehört ... vielleicht war es auch ein Gerücht."

„Die Gräfin Reichenbach hat übrigens der Kaiserin ziemlich ähnlich gesehen, der jungen Kaiserin, besser gesagt. Denn wie Ihre Majestät zuletzt aussah, weiß ja wohl keiner von uns. Oder hast du sie in den letzten Jahren mal unverschleiert zu Gesicht bekommen?", fragte Graf Batheny seinen zukünftigen Schwiegersohn.

Der zündete sich gerade eine zweite Zigarette an. Die anderen Herren taten es ihm gleich. Blaue Rauchschwaden hingen im Zimmer.

„Ich kannte die Kaiserin nicht näher. Habe vielleicht zwei-, dreimal die Ehre gehabt, mit ihr zu plaudern. Mit der Gräfin von Reichenbach war ich ebenfalls nur flüchtig bekannt. Wie man hört, war sie nicht gerade die reine Unschuld. Vielleicht hat sie sich in den kaiserlichen Gemächern mit einem Liebhaber getroffen, und der gute alte Ferdi hat die beiden in flagranti erwischt?"

„Jetzt gehst du zu weit mit deinen Scherzen, lieber Stanzi", sagte Graf Batheny in scharfem Ton, aber mit einem nachsichtigen Lächeln auf den Lippen.

Gustav fand Karl Konstantins Verdacht weniger abwegig, obwohl auch er dem Grafen Reichenbach, der doppelt so alt war wie seine Frau, keinen Mord aus Leidenschaft zutraute. Aber dass Clementine ein Verhältnis gehabt hatte, war nicht ganz unwahrscheinlich. Sie war ja auch seinem Charme, damals während ihrer Verlobungszeit, beinahe erlegen.

„Wartet nur, dieser Mord wird vertuscht werden. Seine Majestät wird sich nach der Ermordung seiner geliebten Frau keinen weiteren Skandal in Schönbrunn erlauben können. In Ungarn droht schon wieder ein Aufstand."

Gustav teilte die Meinung seines Vaters. Rudi hatte ja letztens angedeutet, dass die Staatspolizei die Aufklärung dieses Falles übernehmen würde, und natürlich würden die Geheimen wie immer das tun, was im Interesse des Kaisers von Österreich-Ungarn liege.

Graf Traunstein, dem das respektlose Gerede seines Schwiegervaters und des Erzherzogs nicht zu behagen schien, drängte nun darauf, wieder zu den Damen zurückzukehren.

Gustav war das nur recht. Er wollte unbedingt noch mit Marie Luise von Batheny reden. Und zwar allein. Als er endlich neben ihr auf einem Sofa saß, überlegte er, wie er den Überfall möglichst taktvoll zur Sprache bringen könne. Marie Luise kam ihm zuvor.

„Mein Vater hat mir empfohlen, mit Ihnen ganz offen über mein schreckliches Erlebnis im Schlosspark zu reden."

„Ich bitte Sie darum. Erzählen Sie mir, woran Sie sich erinnern. Alles kann wichtig sein. Jede Kleinigkeit."

„Also gut. Ich bin auf dem Steinmäuerchen des Bassins vor der römischen Ruine gesessen und habe die steinernen Flussgötter Donau und Enns betrachtet. Es ist einer meiner Lieblingsplätze im Schlosspark. Vor allem am frühen Abend, kurz bevor der Park seine Pforten schließt, ist man hier, am Fuße des bewaldeten Schönbrunner Berges, meist ungestört. Kennen Sie die römische Ruine?"

„Ich war schon mal dort. Kann mich aber nicht mehr genau erinnern."

„Das ganze Ensemble ist recht imposant. Über einem mächtigen Torbogen, auf halber Höhe des Hanges, wacht Herkules, mit dem dreiköpfigen Höllenhund Zerberus und den personifizierten Lastern kämpfend, während er schon auf der besiegten schlangenköpfigen Hydra steht. Der Rundbogen mit den seitlichen Mauerflügeln erweckt den Eindruck eines antiken Gebäudes, das in den Boden versinkt. Die Vergänglichkeit alles Irdischen war mir an diesem Spätsommertag schmerzlich bewusst. Seit ich die Nachricht vom Tod meiner geliebten Kaiserin und vertrauten Freundin erhalten habe, suche ich mehr denn je die Stille und Einsamkeit. Die hochoffizielle Trauer war nicht meine Trauer. Ich hatte keine Tränen, empfand nur eine schreckliche Leere. Das ganze Leben erschien mir auf einmal sinnlos."

Gustav fragte sich, wann sie endlich zur Sache kommen würde.

Marie Luise schien seine Ungeduld nicht zu bemerken. Bedächtig fuhr sie fort: „Ein leises Rascheln hat mich aus meinen Gedanken gerissen. Ich hab mich umgedreht. Doch weit und breit war keine Menschenseele zu sehen. Aber es kam wieder, dieses kaum wahrnehmbare Knacken und Rascheln. Ich habe Gänsehaut bekommen und mich fröstelte. Da hab ich plötzlich einen fremden Atem in meinem Nacken gespürt. Und ehe ich mich umdrehen konnte, haben sich zwei schwarz behandschuhte Hände um meinen Hals geschlossen. Ich konnte gar nicht mehr schreien, wollte nach den Händen greifen, doch meine Gliedmaßen haben mir nicht mehr gehorcht, ich war vollkommen hilflos. Das Herz schlug mir bis zum Hals. Und auf einmal wurde alles schwarz vor meinen Augen. Als ich erwachte, lag ich auf dem Kiesboden vor dem Bassin und über mir stand Herkules und starrte mich finster an."

Gustav runzelte seine hohe Stirn.

„Nein, natürlich war es nicht Herkules, sondern unser Gärtner Frantischek. Inzwischen glaube ich nicht mehr, dass er mir etwas antun hat wollen. Das habe ich nur im ersten Schock gedacht. Er hat mir sogar geholfen aufzustehen. Aber kaum war ich wieder auf den Beinen, bin ich davongelaufen."

Gustav hätte ihr gern noch ein paar Fragen gestellt, doch nun gesellte sich der Erzherzog zu ihnen. Man plauderte über Belanglosigkeiten und Karl Konstantin lud Gustav für nächste Woche Dienstag zu einer Partie Billard im Café Dommayer ein.

Gustav nahm einen Fiaker nach Hause. Als er bei den k.k. Hofstallungen ausstieg, geriet das Kleiderbündel vor dem Tor in Bewegung. Die vermummte Gestalt kam ganz dicht an ihn heran. Ein furchtbarer Gestank stieg ihm in die Nase. Er zuckte zusammen, obwohl er wusste, dass es sich um die verrückte Alte handelte, die ihn seit Tagen verfolgte.

„Haben S' ein paar Kreuzer für mich, Euer Hochwohlgeboren?"

Gustav kramte in seiner Hosentasche und warf ihr ein paar Münzen vor die Füße, da es ihn davor ekelte, ihre aussätzige Hand zu berühren.

„Er hat sich wieder eine schöne Dame geholt, gell", sagte sie leise.

„Lass mich in Frieden!" Gustav schritt rasch weiter durchs Tor.

Das diabolische Kichern der Obdachlosen verfolgte ihn bis in den großen Hof und hallte von den dicken Mauern der k.k. Hofstallungen wider.

Das Pendel der Uhr schlug zweimal, als Gustav endlich zu Bett ging. Er fand keinen Schlaf. Stand auf, zog das hochgerutschte Nachthemd hinunter und schüttelte sein dickes Daunenkissen. Kaum hatte er sich wieder hingelegt, tauchten erneut die dunkelblauen, ja fast violetten Augen der alten Hexe vor ihm auf. Die Frage, woher die Alte von dem Mord an Clementine von Reichenbach wusste, ging ihm einfach nicht aus dem Kopf.

Sie war für gewöhnlich eine furchtlose junge Frau. Als sie durch das weite Jagdgebiet des Kaisers im Wienerwald ritt, war ihr doch ein wenig mulmig zumute. Ihr Hengst scheute, wann immer ein Wildschwein oder ein Reh ihren Weg kreuzten. Die Dämmerung senkte sich über den Lainzer Tierpark. Nebelschwaden zogen vorüber, umhüllten die Baumwipfel. Die Feuchtigkeit kroch ihr unter das Reitkleid. Sie fröstelte und bereute, so spät losgeritten zu sein.

Endlich kam das Jagdschloss in Sicht.

Sie stieg vom Pferd und versuchte das schwere Tor aufzusperren. Der Schlüssel schien nicht ins Schloss zu passen. Zum Glück hatte sie Streichhölzer dabei. Nach dem fünften Versuch gelang es ihr endlich, die Tür zu öffnen.

Rasch zündete sie alle Kerzen auf den Leuchtern im Entree an, bevor sie die Eingangstür hinter sich zumachte.

Die Holztreppe knarrte unheimlich, als sie mit einem Kandelaber in der Hand hinauf in den ersten Stock stieg.

Warum war er noch nicht da? Diese Unverschämtheit passte zu ihm, und fand sie nicht gerade sein unkonventionelles Benehmen so reizvoll? Ihr fiel ein, dass ja nur sie die Schlüssel für die Villa hatte. Sie hatte sie auf Geheiß ihres Geliebten dem Majordomus entwendet.

Der Gedanke, dass er nicht mehr lange auf sich warten lassen würde, beruhigte sie. Mit forschem Schritt ging sie weiter, die Treppe hinauf. Plötzlich vernahm sie ein leises Piepsen. Fast wäre ihr der Leuchter aus den Händen gefallen, als ein Mäuschen knapp vor ihren Füßen vorbeihuschte. Sie schrie und rannte, so schnell sie konnte, in das Schlafzimmer Ihrer Majestät. Anna Clara von Wittelsbach hatte schreckliche Angst vor Mäusen. Bevor sie sich auszog und zu Bett begab, durchsuchte sie gründlich das pompöse Schlafzimmer ihrer Großtante.

Erleichtert, da sie weder Mäusedreck entdeckt noch verdächtige Geräusche gehört hatte, entkleidete sie sich, legte sich ins Bett und zog die Decke bis zum Hals hoch.

Sie war eingeschlafen, als sie plötzlich vom Knarren der Tür geweckt wurde. Die Kerzen auf ihrem Leuchter waren beinah ganz heruntergebrannt, dennoch erkannte sie ihn sogleich. Sie wollte sich einen kleinen Scherz mit ihm erlauben und stellte sich schlafend. Als sie die scharfe Klinge eines Messers an ihrem Hals spürte, riss sie ihre Augen weit auf.

14

Kaum hatte Gustav das Dommayer betreten, beschloss er, sein Detektivbüro in dieses schöne Casino-Café mit dem großen Tanzsaal zu verlegen, das gegenüber der Pfarrkirche Maria Hietzing und gleich in der Nähe von Schloss Schönbrunn lag.

Gustav war noch nie in den prunkvollen Räumlichkeiten gewesen, wusste aber, wie fast jeder Wiener, dass der Walzerkönig Johann Strauss Sohn im Dommayer am 15. Oktober 1844 zum ersten Mal mit seiner neuen Kapelle in der Öffentlichkeit gespielt hatte und dass das Lokal bis heute bekannt für seine rauschenden Ballnächte war. Das letzte Fest war nach der Ermordung der Kaiserin allerdings abgesagt worden.

Der riesige Tanzsaal wurde von prächtigen hohen Säulen getragen. Die anmutigen steinernen Mädchen und Jünglinge in den Nischen hinter den Säulenreihen behielten die vergnügungssüchtige Wiener Gesellschaft im Auge und regten den ein oder anderen Gast zu weiteren sinnlichen Zerstreuungen an.

Kaum hatte Gustav Platz genommen, eilte ein Ober herbei, bot ihm einige Tageszeitungen an und nahm seine Bestellung auf.

Der Anblick der Zeitungen animierte Gustav dazu, ein neues Inserat für seine Detektei zu entwerfen:

Gustav von Karoly, Ihr privater Ermittler in allen schwierigen oder delikaten Angelegenheiten.

Er zerriss den Zettel und formulierte die Anzeige neu: *Privatdetektiv Gustav von Karoly, diskrete Ermittlungen aller Art. Postadresse: Casino Dommayer, Hietzinger Hauptstraße, 13. Bezirk, Wien.*

Zu lang. Er begann von neuem.

Erzherzog Karl Konstantin verspätete sich wieder einmal. Normalerweise hasste Gustav nichts mehr, als warten zu müssen, da er aber mit dem Text für sein Inserat beschäftigt war, störte er sich nicht allzu sehr an der Unpünktlichkeit seiner Verabredung.

„Lassen Sie uns den Stier gleich bei den Hörnern packen. Ich bevorzuge Karambol“, sagte Karl Konstantin statt einer Begrüßung.

„Wie Sie wünschen.“

Der Ober reichte dem Erzherzog mit einer tiefen Verbeugung einen Queue.

„Bitt schön, Euer Queue, Kaiserliche Hoheit.“

Gustav begutachtete die anderen Stöcke, entschied sich relativ schnell für einen und schickte den Ober weg.

Karambol war ein Kinderspiel in Gustavs Augen. In früheren Jahren hatte er als nahezu unschlagbar gegolten und sich im Wiener Wurstelprater mehrmals als Billardkönig feiern lassen. Zwar war er mittlerweile etwas aus der Übung, aber mit dem Erzherzog nahm er es locker auf. Karl Konstantin war kein Anfänger, gegen Gustav hatte er jedoch keine Chance. Die erste Partie gewann Gustav souverän, obwohl er nicht ganz bei der Sache war, weil er in Gedanken nach wie vor am Text seines Inserates feilte.

Während des zweiten Spiels erzählte Karl Konstantin von einem amerikanischen Duell, das vor kurzem hier in diesem Café stattgefunden hatte. Es war um Leben und Tod gegangen.

„Sind diese Duelle nicht längst verboten?“, fragte Gustav. Er hatte schon öfter von solch diabolischen Lebenslotterien gehört, war aber noch bei keiner dabei gewesen.

„Wen interessiert das schon?“

„Ich halte nichts von mittelalterlichen Gottesurteilen."

„Es war aber überaus spannend. Die Beteiligten mussten von zwei Kugeln, einer schwarzen und einer weißen, eine verdeckt auswählen. Das Los bestimmte, wer zuerst wählte. Mein Bekannter zog die schwarze Kugel, was ihn zu Selbstmord nach sechs Monaten verpflichtete. Es tut mir ehrlich leid um ihn, ich fand ihn très amusant. Er hat sich noch nicht verabschiedet, wird es aber demnächst tun. Die Wetten stehen momentan sieben zu drei ..."

„Dass er sich umbringen wird?"

„Seine Wettschuld begleichen wird, lieber Gustav. Ich darf doch Gustav sagen?"

Ein kaum merkliches Nicken. „Was war der eigentliche Grund für das Duell?"

„Na was denn wohl? Eine Liebesgeschichte halt."

Gustav bemühte sich, zu verbergen, wie schockiert er war.

„Und Sie haben darauf gewettet, dass er sich ..."

„Ja, was denn sonst. Ich kenne ihn recht gut. Übrigens ist er ungarischer Abstammung, so wie du. Und ihr Ungarn seid die letzten Ehrenmänner in diesem völlig verlotterten Reich. Nein, stimmt nicht ganz. In Wien macht ja bis heute das Gerücht die Runde, dass sich Kronprinz Rudolf in Mayerling aufgrund eines amerikanischen Duells selbst getötet hätte."

Karl Konstantins Zynismus irritierte Gustav ungemein. Rasch beendete er das zweite Spiel. Der Erzherzog verlor wieder haushoch.

In diesem Augenblick stürzte ein junger Mann in das Lokal und schrie: „Großnichte der Kaiserin brutal ermordet!"

Alle Gäste unterbrachen ihre Gespräche, blickten von ihren Zeitungen auf oder ließen ihre Queues fallen und drängten den jungen Mann, zu erzählen, was passiert war. Die Menschentraube, die sich um ihn bildete, war in Sekundenschnelle so dicht, dass Gustav und Karl Konstantin kaum ein Wort von dem Gestammel des Burschen verstehen konnten.

Der Ober, den Karl Konstantin zu sich zitiert hatte, klärte sie auf.

„Eine junge Verwandte aus Bayern, angeblich eine Großnichte Ihrer Majestät, wurde im Bett der Kaiserin in der Hermesvilla tot aufgefunden. Ihr ist mit einem Jagdmesser die Kehle durchgeschnitten worden."

Gustav musste sich hinsetzen. Ihm war plötzlich schwindlig.

Karl Konstantin bestellte zwei Schnäpse.

„Geht's wieder?", fragte er, nachdem Gustav den Slibowitz in einem Zug hinuntergestürzt hatte.

Gustav war nach wie vor kreidebleich.

„Lass uns weiterspielen. Wir können ohnehin nichts mehr für die junge Dame tun. Komm, steh auf", sagte Karl Konstantin und reichte Gustav seinen Arm.

Während die anderen Gäste lautstark über den scheußlichen Mord diskutierten, schob der Erzherzog den armen Gustav, der ziemlich wackelig auf den Beinen war, zurück an den Billardtisch.

„Reiß dich zusammen, Mann! Du bist doch der Meisterdetektiv. Vielleicht solltest du diesen Fall übernehmen? Unsere Polizei scheint unfähig zu sein, die Damen der besten Wiener Gesellschaft vor diesem Ungeheuer zu schützen. Zwei Morde innerhalb von ein paar Tagen, das hat es in Wien noch nicht gegeben. Fast könnte man glauben, Jack the Ripper treibt nun bei uns sein Unwesen."

Gustav überlegte, ob er Karl Konstantin sagen sollte, dass sein Vater ihn unlängst mit der Suche nach diesem Frauenmörder beauftragt hatte. Außerdem hätte er seinen neuen Freund gern darauf hingewiesen, welchen Unsinn er redete. Der Mörder, den die Beamten von Scotland Yard „Jack the Ripper“ getauft hatten, weil sie bis heute seine Identität nicht kannten, hatte in London Prostituierte und Damen der Halbwelt umgebracht und keine adeligen Ladys. Er fühlte sich zu schwach, um sich mit dem Erzherzog auf eine ernsthafte Diskussion einzulassen.

„Komm jetzt endlich, ich will eine Revanche“, quengelte Karl Konstantin wie ein Kleinkind.

Der Erzherzog war daran gewöhnt, dass seine Wünsche stante pede erfüllt wurden. Gustav riss sich zusammen. Sie spielten eine dritte Partie. Doch Gustav war unkonzentriert, seine Hände zitterten bei jedem Stoß. Hätte er zuletzt nicht eine der saubersten Kombinationen gespielt und seinem Ball einen besonderen Effet verliehen, er hätte womöglich verloren. So gewann er auch die dritte Partie mit knappem Punktevorsprung.

Karl Konstantin wirkte äußerst zufrieden.

„Jetzt hätte ich den Großmeister fast geschlagen“, sagte er lachend und bestellte eine Flasche Weißwein.

Gustav nippte nur an seinem Glas und orderte einen Großen Braunen.

„Ich würde zu gern mehr über diesen neuen Mord erfahren“, sagte er.

Karl Konstantin gab dem Ober einen Wink. Als er sogleich an ihren Tisch geeilt kam, forderte er ihn auf: „Erzählen Sie uns, Herr Franz, was da heute wieder Schlimmes passiert ist.“

Franz wiederholte, dass eine junge bayerische Verwandte der Kaiserin im Bett Ihrer Majestät in der Hermesvilla im Lainzer Tiergarten mit durchgeschnittener Kehle aufgefunden worden sei.

„Und wer war diese Verwandte? Wie hieß sie? Was hatte sie im ‚Schloss der Träume' unserer Kaiserin zu suchen?"

„Das weiß ich nicht, Kaiserliche Hoheit. Angeblich war sie zum Begräbnis angereist und auf Einladung von Erzherzogin Marie Valerie geblieben. Allerdings hatte sie Räumlichkeiten in Schönbrunn bezogen und nicht in der Hermesvilla. Es ist bisher allen ein Rätsel, wie sie dorthin gekommen ist."

„Danke, Franz." Karl Konstantin gab dem Ober ein fürstliches Trinkgeld.

„Ergebensten Dank, Kaiserliche Hoheit."

„Möchtest du den Tatort sehen, Gustl?"

„Die Polizei lässt uns dort sicher nicht rein."

„Ich habe überall Zutritt."

Sie ließen die halbvolle Flasche Wein stehen und fuhren in Karl Konstantins Sechsspänner hinaus nach Lainz.

Gustav fragte sich während der gesamten Fahrt, wie die Großnichte der Kaiserin in die Villa gekommen war. Soviel er wusste, war das Jagdschlösschen bereits winterfest gemacht worden.

Der Erzherzog konnte anscheinend Gedanken lesen.

„Anna Clara war eine begeisterte Reiterin, so wie ihr großes Vorbild, die Kaiserin. Vielleicht wurde sie bei einem Ausritt von der Dunkelheit überrascht und hat Zuflucht im Jagdschloss gesucht."

„Wie ist sie ohne Schlüssel hineingekommen? Dort draußen ist jetzt keine Menschenseele."

„Frag mich etwas Einfacheres. Die Prinzessin war eine kleine Wilde, vielleicht ist sie durchs Kellerfenster rein."

„Du hast sie gekannt?“

„Nicht näher. Ich habe sie einmal bei einer Gesellschaft in leicht angetrunkenem Zustand erlebt. Fast hätte sie auf dem Tisch getanzt.“

15

Das Jagdhaus befand sich im östlichen Teil des kaiserlichen Jagdgebietes im Lainzer Tiergarten und war nach der im Garten stehenden Statue „Hermes als Wächter“ benannt worden. Kaiser Franz Joseph hatte das Schlösschen 1884 seiner Frau zum Geschenk gemacht. Wie die Gerüchteküche zu vermelden wusste, würde es jetzt ihre jüngste Tochter Erzherzogin Marie Valerie erben.

Die verstorbene Kaiserin hatte sich nie lange in dem dunklen Gemäuer, das von keinem Geringeren als dem Ringstraßen-Architekten Carl von Hasenauer erbaut worden war, aufgehalten, obwohl ihr Gatte gehofft hatte, sie würde sich dort wohler fühlen als in der Hofburg und in Schönbrunn. Sie aber hatte lieber ihre ausgedehnten Reisen, damals vor allem in den Süden Europas, fortgesetzt. Seit dem Tod ihres Sohnes war sie nur mehr höchst selten in Wien gewesen.

Obwohl die Polizei das ganze Gelände abgesperrt hatte und in der Villa auf Spurensuche war, ließ man den Erzherzog und seinen Begleiter anstandslos passieren.

Über einen pompösen Stiegenaufgang gelangten sie zu den kaiserlichen Privatgemächern im ersten Stock des Südflügels: Garderobe, Turnzimmer, Toilettezimmer, Schlafzimmer und Salon. Gustav kam aus dem Staunen nicht heraus.

Die Wände des farbenprächtigen Turnzimmers waren in Anlehnung an pompejanische Villen mit Darstellungen antiker Gladiatorenkämpfe bedeckt und mit einem Turnapparat, einem Schwebebalken und zwei Garnituren von Ringen ausgestattet.

Beinahe ehrfürchtig betrat Gustav das Schlafzimmer der Kaiserin. Es war nach einem Entwurf von Hans Makart mit Malereien aus Shakespeares Sommernachtstraum, dem Lieblingsstück der Kaiserin, geschmückt. Unter den Künstlern, die das Fresko ausgeführt hatten, waren der junge revolutionäre Maler Gustav Klimt und sein Bruder gewesen. Das imposante Prunkbett aus der Zeit Maria Theresias war besonders auffallend und vollkommen überladen mit Figuren und Straußenfedern und anderem Tand. Gustav fand es abscheulich.

Noch viel abscheulicher fand er die Blutspritzer an der Wand hinter dem Bett und auf dem reich verzierten hölzernen Kopfteil des Bettes.

„Das kaiserliche Bett entweiht durch einen bestialischen Mord", sagte Karl Konstantin theatralisch.

Gustav warf ihm einen fragenden Blick zu. Meinte es der Erzherzog ernst oder witzelte er wieder?

Plötzlich entdeckte er seinen Freund Rudi zwischen all den Leuten, die sich am Tatort zu schaffen machten.

Polizei-Oberkommissär Rudi Kasper ließ sich kaum anmerken, dass er über Gustavs Anwesenheit am Tatort nicht nur überrascht, sondern auch verärgert war. Hin und wieder warf er ihm missbilligende Blicke zu. Vor allem, als Karl Konstantin den Gerichtsmediziner ins Gebet nahm.

Professor Mayringer erteilte dem Erzherzog bereitwillig Auskunft.

„Ihr Hals ist von links nach rechts durchgeschnitten worden. Zwei ausgeprägte Schnittwunden befinden sich auf der linken Seite des Halses. Auch die Luftröhre, Speiseröhre und das Rückenmark sind durchtrennt worden. Über ihrer rechten Schläfe habe ich eine Quetschung festgestellt. Zwei Blutergüsse, durch den Druck eines Daumens verursacht, befinden sich auf dem rechten unteren Kiefer und auf der linken Wange. Die Schnitte in ihrem Gesicht lassen erkennen, dass sie von der linken Seite des Gesichtes beginnend ausgeführt wurden. Sie erstrecken sich unregelmäßig über Augenbrauen, Nase, Wangen und Lippen. Der große Blutverlust rührt vom Durchtrennen des Halses her. Der Täter war höchstwahrscheinlich ein Linkshänder. Und der Charakter dieses Verbrechens weist darauf hin, dass er sexuell krankhaft veranlagt ist."

„Meinen Sie, dass er eine Vorliebe für Männer hat?", warf Karl Konstantin ein.

„Gut möglich", sagte der alte Medizinalrat, den Rudi, wie Gustav wusste, für ziemlich vertrottelt hielt.

Die Leiche war noch nicht weggebracht worden. Die Frau lag nackt in der Mitte des Bettes. Der seidene Polster und der Bettbezug waren mit Blut getränkt.

Gustav trat näher an das Bett heran. Er wollte sich ein eigenes Bild machen, obwohl er mit Übelkeit zu kämpfen hatte.

Die Tote lag auf der rechten Seite. Ihre Beine waren angezogen. Ihr Kopf lag auf dem Kissen und war auf die rechte Wange gedreht. Die linke Hand ruhte auf ihrer Brust und war innen und außen mit Blut verschmiert. Auf ihrem halb entblößten Körper waren auf den ersten Blick keine äußerlichen Verletzungen zu erkennen. Nur im Hals gab es einen tiefen Einschnitt.

„Ich habe genug gesehen. Kommst du mit mir zurück in die Stadt?“, fragte Karl Konstantin, als Gustav seinem Freund Rudi Fragen zu stellen begann.

„Ja, es ist besser, ihr verschwindet. Ihr stört uns bei der Arbeit“, sagte Rudi so leise, dass nur Gustav seine Worte hören konnte.

Gustav warf einen letzten Blick auf den Leichnam. War da nicht etwas an ihrer Schulter? Er machte wieder einen Schritt auf das Bett zu und sah jetzt ganz deutlich den Halbkreis und darüber einen geraden, horizontalen Schnitt. Die Enden der Schnittwunden waren leicht ausgefranst. Er hatte diese kleinen Verletzungen vorhin übersehen, weil er nur auf die nackten Brüste der Toten gestarrt hatte. Er wollte Rudi darauf aufmerksam machen, doch der sah ihn so böse an, dass er es fast mit der Angst zu tun bekam.

„Haut endlich ab“, zischte er.

Gekränkt folgte Gustav dem Erzherzog zu seiner Kutsche und ließ sich, nachdem Karl Konstantin bei seiner Sommerresidenz in der Maxingstraße, in der Nähe der Villa von Kaiser Franz Josephs früherer Geliebten Anna Nahowski, ausgestiegen war, in dem fürstlichen Sechsspänner nach Hause bringen.

Abends besprach Gustav den neuen Mordfall mit Vera und Dorothea. Beide hatten bereits davon gehört. Die Ermordung der Großnichte der verstorbenen Kaiserin war mittlerweile Stadtgespräch.

Nicht nur seine Tante, auch Dorothea zeigte dieses Mal lebhaftes Interesse an dem Verbrechen. Normalerweise reagierte sie eher belustigt auf Gustavs Schilderungen seiner Fälle.

„Du solltest es ihm erzählen, Vera“, forderte Dorothea ihre Patentante auf.

„Was soll sie mir sagen? Tut nicht so geheimnisvoll, ihr beiden. Was verschweigt ihr mir?“

Vera räusperte sich, nahm einen Schluck Kaffee und sagte mit leiser Stimme: „Diese kleine Wittelsbacherin war eine sehr leichtlebige Frau. Nicht dass ich solche Frauen verurteile, aber vielleicht solltest du das wissen, es könnte dir eventuell bei der Aufklärung des Mordes helfen.“ Sie hielt inne.

„Und weiter?“

„Also, Anna Clara hatte angeblich schon als Fünfzehnjährige ein Verhältnis mit einem verheirateten bayerischen Grafen und war sogar schwanger von ihm. Rein zufällig verlor sie im vierten Monat das Kind. Daraufhin begann sie eine Affäre mit einem italienischen Adeligen. Seinen Namen habe ich vergessen. Er war sehr eifersüchtig, hat sie mehrmals verprügelt. Ein leidenschaftlicher Süditaliener eben, sagte man zu seiner Entschuldigung. In meinen Augen gibt es keine Entschuldigung für Männer, die Frauen schlagen.“

„Ja, Vera, ich weiß und du hast vollkommen Recht“, unterbrach Gustav seine Tante, bevor sie ihm einen ihrer Vorträge über das Elend und die Unterdrückung der Frauen halten würde. „Wolltest du mir nicht mehr über diese junge Dame erzählen?“

„Wo war ich stehengeblieben? Ach ja. Ihre Familie hat versucht, diesen Skandal zu vertuschen, was ihnen nicht gelungen ist. Anna Clara war eigentlich eine Persona non grata bei Hof, hat es aber immer wieder mit Hilfe ihrer Großcousinen, vor allem mit tatkräftiger Unterstützung der lebenslustigen Schwester Ihrer Majestät geschafft, sich in den höchsten Adelskreisen zu bewegen. Wer weiß, was diese kleine Prinzessin in Wien angestellt hat? Man munkelt, dass sie mit dem Reitlehrer der Hofdamen, einem gewissen Maximilian von Gutbrunnen, ein Gspusi hatte. Er war früher k.k. Reitlehrer in der Armee. Nachdem er seinen Dienst quittiert hat, wurde der fesche Draufgänger als privater Reitlehrer für die hochherrschaftlichen Damen und ihre Sprösslinge engagiert."

„Ja sag einmal, Vera, woher weißt du das alles?"

„Glaubst du im Ernst, wir reden bei unseren Treffen im Österreichischen Frauenverein nur über Frauenwahlrecht und unser Recht auf Bildung? Natürlich wird auch viel getratscht."

„Darf ich dich küssen, liebes Tantchen?", scherzte Gustav und traf Anstalten, sie zu umarmen.

Vera hielt ihn sich mit beiden Händen vom Leib.

„Hör auf, du Verrückter!"

„Wenn dir jetzt noch der Name dieses italienischen Edelmannes, der sie misshandelt hat, einfällt, küss ich dich wirklich."

Vera gab ihrem Neffen einen Klaps auf die Wange.

Dorothea, die dem Geplänkel zwischen Vera und Gustav amüsiert gefolgt war, sagte nun ernst: „Von Misshandlung ist es kein weiter Weg mehr zu Mord."

16

Gustav spazierte in aller Herrgottsfrüh zu seiner Trafik am Getreidemarkt. In der Nacht waren ihm die Zigarillos ausgegangen. Die ermordete Wittelsbacherin und der eifersüchtige italienische Edelmann hatten ihn nicht schlafen lassen. Stundenlang war er am offenen Fenster gesessen und hatte ein Zigarillo nach dem anderen geraucht.

Er plauderte eine Weile mit dem einbeinigen Trafikanten. Der klagte wie immer über Phantomschmerzen in seinem linken Bein, das man ihm in der Schlacht von Solferino weggeschossen hatte. Der alte Pospischil war meist bestens über die neuesten Gerüchte, die in der Stadt im Umlauf waren, informiert. Gustav brauchte ihn nicht lange zu bitten. Pospischil war nur zu gern bereit, ihn an seinem Wissen teilhaben zu lassen.

„Also“, fasste der Trafikant zusammen, „die deutsche Prinzessin ist, genauso wie ihre Großtante, unsere Majestät die Kaiserin, Gott hab sie selig, von einem Italiener umgebracht worden. Diese Katzelmacher haben sich wieder mal gegen unser Kaiserhaus verschworen. Glauben S’ nicht auch, Euer Hochwohlgeboren?“

„Ja, ja ...“, murmelte Gustav und ergriff rasch die Flucht. „... sind sowieso alles Anarchisten“, hörte er den Pospischil noch schimpfen, als er bereits um die nächste Ecke bog.

Beim Obstmarkt, schräg gegenüber vom neuen Secessionsgebäude, das von den Wienern mittlerweile wegen des vergoldeten Aufsatzes „Krauthappl“ genannt wurde, ertönten unzählige Kaufrufe von Straßenhändlern. Ein paar Marktweiber feilschten mit ihren Kundinnen. Eine Fratschlerin mit einem derben, ausgemergelten Gesicht hatte es auf ihn abgesehen.

„Warum haben S’ es denn so drawig, gnä’ Herr? Können Sie’s denn net erwarten, zu Ihrem Mädl zu kommen? Wollen S’ ihr net was mitbringen? A paar Röschen vielleicht?“

Gustav schaute, dass er weiterkam.

Als ihm ein Schneckenweib auf den Leib rückte, überlegte er, ihr ein Dutzend Weinbergschnecken abzukaufen. Er liebte Schnecken in Butter, obwohl es ein Arme-Leute-Essen war und Josefa keine Freude mit den glitschigen Dingern haben würde.

„Meiner Seel!“, stieß Josefa hervor und griff sich an die Brust, als sie die Wohnungstür öffnete und Marie Luise von Batheny in Begleitung ihrer Zofe erblickte. Sie hatte gerade das Nachtgeschirr im Abort am Gang ausleeren wollen und stand nun mit drei vollen Nachttöpfen in den Händen vor den beiden ganz in schwarz gekleideten Damen und starrte sie entgeistert an.

„Melde mich deiner Herrschaft“, befahl ihr Marie Luise mit gerümpfter Nase.

„Herr von Karoly ist nicht zu Hause“, antwortete Josefa knapp.

So ein Damenbesuch am frühen Morgen gehörte sich nicht in ihren Augen. Obwohl sie die Tochter des Grafen, aufgrund ihrer Ähnlichkeit mit deren Vater, sofort erkannt hatte, hätte sie ihr am liebsten die Tür vor der Nase zugeknallt. In diesem Augenblick kam Dorothea aus ihrem Zimmer und bat den unerwarteten Besuch herein.

„Geh schon, Josefa, worauf wartest du?“, sagte Dorothea mit ernster Miene. Das belustigte Funkeln in ihren Augen deutete auf etwas anderes hin. Sie fand die Situation ungeheuer komisch und musste sich, angesichts der vor Ekel verzogenen Gesichter der beiden Fräuleins, sehr beherrschen, nicht in Gelächter auszubrechen.

„Guten Morgen. Mein Name ist Dorothea Palme. Was kann ich für Sie tun?“

Marie Luise von Batheny erwiderte den Gruß, ihre Zofe deutete einen Knicks an.

„Ich komme im Auftrag meines Vaters, um Herrn Gustav von Karoly persönlich eine Einladung zu überbringen.“

Dorothea wusste nicht so recht, in welches Zimmer sie die Comtesse führen sollte, entschied sich schließlich für Gustavs Zimmer, da er der Ordentlichste im Karoly'schen Haushalt war.

Die Zofe bat sie, in der Küche Platz zu nehmen. Josefa würde sich schon um sie kümmern, wenn sie mit den ausgeleerten Nachttöpfen zurückkam.

„Sie verzeihen mir hoffentlich diesen Überraschungsbesuch. Ich halte es wie Ihre Majestät, unsere geliebte Kaiserin. Sie hat ja auch gern fremde Leute spontan besucht ..."

Und sich kindisch gefreut, wenn diese dann völlig perplex und verunsichert waren, beendete Dorothea die Erklärung der Comtesse in Gedanken.

Vera, die den kleinen Wirbel im Vorzimmer mitbekommen hatte, erschien kurz darauf unfrisiert und in einem abgetragenen grauen Kleid in Gustavs Zimmer.

„Darf ich Ihnen Vera von Karoly, die Tante von Gustav von Karoly, vorstellen, Comtesse", sagte Dorothea.

Vera reagierte ganz und gar gelassen auf Marie Luises Besuch.

„Josefa wird Ihnen, sobald sie zurück ist, Kaffee bringen. Ich darf mich jetzt wieder zurückziehen, Comtesse. Sie verzeihen, ich habe zu arbeiten."

Kurz darauf vernahmen die jungen Damen das Klappern einer Schreibmaschine durch die Tapetentür, die den ehemaligen Salon mit Veras Zimmer verband.

„Ich bin gekommen, um Herrn von Karoly und Sie und Ihre ... oder besser gesagt, Gustavs Tante, persönlich einzuladen." Die Comtesse schien nach Veras knapper förmlicher Begrüßung und ihrer etwas brüsken Verabschiedung, die ihr verriet, dass ihr Überraschungsbesuch nicht gerade schicklich war, nun doch etwas verlegen. „Mein Vater wird einen venezianischen

Abend für mich geben ... Ich feiere nämlich demnächst meinen Geburtstag."

Dorothea tat Gustavs Halbschwester, von der sie schon so viel gehört hatte, fast leid. Vera hatte die junge Dame ziemlich barsch behandelt.

„Vera von Karoly ist eine vielbeschäftigte Frau. Bestimmt haben Sie schon vom Österreichischen Frauenverein gehört."

„Natürlich. Auch Ihre Majestät, unsere geliebte Kaiserin, kämpfte ihr Leben lang für die Rechte der Frauen", sagte Marie Luise.

Schön wär's gewesen, dachte Dorothea. Die verstorbene Kaiserin kämpfte vielleicht für ihre eigenen Rechte, aber sicher nicht für die Rechte der Frauen ihres Volkes. Trotzdem lächelte sie Gustavs Halbschwester freundlich an und fragte sie, ob sie sich nicht hinaus auf die Terrasse setzen mochte.

„Liebend gerne! Frische Luft ist unser Lebenselixier, pflegte die Kaiserin oft zu sagen. Wenn Sie eine Terrasse haben, sollten wir diese aufsuchen."

Die jungen Damen nahmen auf etwas klapprigen Gartenstühlen aus ergrautem Teakholz unter der Weinlaube Platz.

Josefa servierte ihnen Kaffee und einen selbstgebackenen Apfelstrudel.

Obwohl sie im Schatten saßen, spannte Marie Luise ihren kleinen hellgelben Sonnenschirm auf.

Sie scheint sehr bedacht auf ihren Teint zu sein, dachte Dorothea, die die warmen Sonnenstrahlen des herrlichen Altweibersommers auf ihrer Haut genoss, selbst um den Preis, dass sich ihre Sommersprossen vermehrten.

Die Dahlien und Chrysanthemen standen jetzt, Anfang Oktober, in voller Blüte. Die beiden Birken links und rechts der Blumenrabatte warfen jedoch schon ihre Blätter ab.

„Diese Birken machen viel Mist", schimpfte Josefa leise, als sie die Blätter zusammenzukehren begann.

„Lass das bitte sein, Josefa", sagte Dorothea. „Ich mag das Laub, obwohl es mich traurig stimmt, weil es mich an das Ende des Sommers erinnert."

Sobald Josefa mit Schaufel und Besen wieder in der Küche verschwunden war, fragte Dorothea, ob Marie Luise das Interesse Ihrer Majestät an der Selbstbestimmung der Frauen teilen würde.

„In dieser Hinsicht halte ich es ganz mit Ihrer Majestät. Nichts widerstrebt mir mehr, als einem Manne untertan zu sein", sagte Marie Luise heftig. „Sie sollten wissen, dass ich, trotz neunjähriger Verlobung, noch immer nicht bereit bin zu heiraten." Ihr Gesicht hatte sich gerötet und als sie fortfuhr, klang sie fast euphorisch: „Und ich vertraue Ihnen unter dem Siegel der Verschwiegenheit an, dass Ihre teure Majestät mir von dieser Eheschließung oftmals abgeraten hat."

Dorothea war verblüfft über die offenen und leidenschaftlich vorgetragenen Worte ihres Gastes. Dann erinnerte sie sich, was sie in den Studien über Hysterie von Doktor Sigmund Freud und Doktor Josef Breuer gelesen hatte, und wunderte sich gleich weniger über den unkontrollierten Ausbruch von Gustavs Halbschwester. Sie schalt sich zwar, etwas vorschnell mit ihrer Diagnose zu sein, doch sie war überzeugt, eine Hysterikerin vor sich zu haben.

Als sich ihr Gast wieder etwas beruhigt hatte, erzählte Dorothea ihr mehr über die frauenrechtlerischen Aktivitäten von Vera von Karoly.

Marie Luise wirkte beeindruckt. Allerdings stellte sie immer wieder Parallelen zwischen Vera von Karoly und der Kaiserin her, die Dorothea nicht nachvollziehen konnte. Die ermordete Monarchin war in ihren Augen eine sehr egozentrische Person gewesen, während ihre Patentante eine warmherzige und uneigennützige Frau war.

Dorothea war nahe daran, die Geduld mit ihrem Gast zu verlieren, als Gustav auftauchte.

Er reichte Josefa die Schnecken. Angeekelt verzog sie den Mund.

„Bitte, mein Schatz, du weißt, ich esse sie so gern. Sind eh nur ein paar", Gustav schaute sein ehemaliges Kindermädchen so flehend an, dass sie lachen musste.

Kaum hatte sich Gustav zu den jungen Damen auf der Terrasse gesellt, änderte sich Marie Luises Verhalten. Plötzlich benahm sie sich wie ein unschuldiges kleines Mädchen. An Dorothea schien sie jedes Interesse verloren zu haben. Sie hatte nur mehr Augen für Gustav.

Ihre einzige Entschuldigung in Dorotheas Augen war, dass die Arme nichts von ihrer Verwandtschaft mit Gustav ahnte. Sie amüsierte sich, als sie bemerkte, wie peinlich ihm die ganze Situation war.

Josefa bereitete dem Theater ein Ende, indem sie zu Tisch bat. Dorothea fühlte sich bemüßigt, Marie Luise einzuladen, zum Mittagessen zu bleiben. Ihre gute Erziehung erlaubte es der Comtesse von Batheny jedoch nicht, diese Einladung anzunehmen. Sie verabschiedete sich wortreich und rauschte mit ihrer Zofe im Schlepptau von dannen.

Gustav registrierte, dass Josefa in der Erwartung, der unangemeldete hochherrschaftliche Gast würde bleiben, groß aufgekocht und sogar das gute Geschirr der Großmama genommen hatte, das einzige Speiseservice, das Vera nicht im Dorotheum versetzt hatte. Und auf der Kredenz glänzten heute sogar zwei, ebenfalls aus dem Erbe der Karolys gerettete, silberne Prunkstücke, eine Teekanne und eine Keksdose, beide geprägt mit dem kaiserlich-königlichen Doppeladler und den Initialen von Gustavs Vorfahren mütterlicherseits.

Über das köstliche Menü freute sich vor allem Vera, die seit den frühen Morgenstunden an ihrer Schreibmaschine gesessen und sehr hungrig war. Als Josefa die Terrine mit einer deftigen Kartoffelsuppe auf den Tisch stellte, langte sie kräftig zu. Die Schnecken in Kräuterbutter musste Gustav mit Dorothea teilen, die ebenso verrückt nach den glitschigen Tierchen war wie er.

Zum Backhendl servierte Josefa ihnen einen Erdäpfelmayonnaisesalat und ihren wunderbaren Krautsalat. Als Gustav patzte, zuckte sein ehemaliges Kindermädchen mit keiner Wimper.

„Muss sowieso in die Wäsch“, murmelte sie. Jetzt erst bemerkte Vera, dass Josefa kein frisches Tischtuch aus dem Wäscheschrank geholt hatte, sondern, um Wäsche zu sparen, einfach ein gebrauchtes mit der fleckigen Seite nach unten aufgebreitet hatte. Sie verkniff sich eine kritische Bemerkung.

Gustav zog sich nach dem üppigen Essen auf ein Mittagsschläfchen in sein Zimmer zurück. Sich unruhig im Bett wälzend, dachte er über Dorothea nach. Er fragte sich, warum er sich dauernd über sie ärgerte, warum sie so oft miteinander stritten. Würde sie auch bald als „altes Mädchen“ gelten, so wie seine Halbschwester Marie Luise? Dorothea war fünfundzwanzig und eine auffallende Schönheit. Sie war einen Meter siebzig groß, schlank und hatte eine perfekte Figur, volle Brüste und eine schmale Taille. Ihr langes, lockiges, rotblondes Haar leuchtete golden in der Sonne und ihre helle Haut war übersät mit Sommersprossen. Im Gegensatz zu anderen jungen Damen, die bei jeder Sommersprosse, die sich auf ihren Wangen zeigte, verzweifelten, machte sich Dorothea über die kleinen braunen Pünktchen in ihrem Gesicht lustig.

Gustav fand diese Sommersprossen höchst anziehend. Wie oft hatte er schon davon geträumt, jede einzelne davon zärtlich zu küssen? Warum konnte er sich nicht einfach eingestehen, dass er in Dorothea verliebt war? Wann immer sie ihn berührte, erregte ihn dies. Und sie berührte ihn oft, rein freundschaftlich oder wie einen Bruder, den man lieb hat, auch wenn man sich oft mit ihm zankt.

Eine rotgoldene Haarpracht floss über sein Gesicht. Sie saß, ja lag beinahe auf ihm, ihre vollen Brüste knapp über seinem Mund. Er schnappte nach ihnen, streichelte sie mit seiner Zunge. Ihr leises Stöhnen spornte ihn an, er liebkoste sie mit seinen Zähnen, berührte sie sanft, musste sich sehr beherrschen, um nicht hineinzubeißen in das weiche, warme Fleisch. Als er doch ganz sanft zubiss, begann sie zu jammern. Sogleich küsste er die Stelle, die seine Zähne berührt hatten, und flüsterte ihr Koseworte ins Ohr.

Sie strich mit ihren schlanken Fingern über seine Wangen. Ließ ihre Hände seine Brust entlangwandern und umfasste seine Lenden, gab ihm mit leisem Druck zu verstehen, dass er in sie eindringen dürfe. Sein erster Stoß war heftig. Sie schrie. Er presste seine Lippen auf ihren Mund. Sie brachte ihn fast um den Verstand mit ihren langsamen Bewegungen. Sein Glied drohte zu explodieren, sein Körper bäumte sich auf, er löste sich von ihr, warf sie zur Seite und drang erneut in sie ein.

Gustav erwachte schweißgebadet.

Eine große, schlanke Frau in einem modischen, eng taillierten Kostüm näherte sich dem Tigerkäfig. Die Dämmerung senkte sich über die weitläufige Anlage im Schlosspark von Schönbrunn. Weit und breit war keine Menschenseele zu sehen. Es war knapp sieben Uhr abends vorbei. Die Kaiserliche Menagerie hatte gerade ihre Tore geschlossen. Sie fragte sich, wie sie hier wieder hinauskam. Was für eine Schnapsidee, sich ausgerechnet im Zoo zu treffen, dachte sie. All der schreckliche Gestank und diese unheimlichen Geräusche ... Neben dem Tigerkäfig waren die Menschenaffen untergebracht. Sie begrüßten die Frau mit lautem Geschrei. Plötzlich erblickte sie eine gebückte Gestalt hinter dem Affenkäfig. Sie hielt den Atem an. Doch das seltsame Wesen schien sich vor ihr ebenso zu fürchten wie sie vor ihm. Es richtete sich halb auf und humpelte davon. Womöglich war einer der Gorillas entkommen? Sie wusste nicht, ob diese Tiere gefährlich waren, nahm es aber an und wollte gerade die Flucht ergreifen, als eine andere dunkel gekleidete Gestalt auf sie zukam.

Erst als er seine Arme ausstreckte und ihren Namen rief, erkannte sie ihn. Doch sie fiel nicht in seine Arme, sondern schrie ihn an: „Welch Unverschämtheit, mich hier warten zu lassen! Ich fürchtete schon, du wärst gar nicht mehr hereingekommen.“

„Verzeih mir, Liebling. Ich dachte, es wäre für dich nicht weit und du müsstest euren Kutscher nicht bemühen, sondern könntest zu Fuß kommen ...“

„Was willst du von mir? Warum hast du mich hierherbestellt? Ein Rendezvous in der Menagerie – oh wie romantisch! Du hast doch meinen letzten Brief gelesen.“

„Bitte schrei nicht so. Ich möchte nur mit dir reden, wollte dir unter vier Augen sagen, dass ich dich liebe und nicht bereit bin, dich aufzugeben.“

Ihr schrilles Lachen fuhr ihm durch Mark und Bein.

„Es hat sich ausgeliebt, mein Teuerster! Mein Mann ist misstrauisch geworden. Ich will keine Komplikationen, kann mir keine leisten. Das musst du einsehen."

„Weiß er von uns?"

„Er ahnt etwas. Wir dürfen uns nie wiedersehen."

„Aber ich liebe dich!" Der Mann ergriff sie an ihren Schultern und schüttelte sie.

„Lass mich sofort los!"

„Ich habe noch alle Briefe von dir ..."

„Na und? Willst du mich damit etwa erpressen?"

„Wenn mir nichts anderes übrig bleibt ..."

„Sei nicht so kindisch. Was bildest du dir eigentlich ein? Du warst nur einer von vielen."

„Das sagst du nur, um mich zu verletzten."

„Du bist mir lästig geworden, bist so besitzergreifend, ja geradezu unverschämt in letzter Zeit. Im Grunde bist du nichts anderes als ein Parasit, hängst dich an wohlhabende Frauen und saugst sie aus, bis von ihnen nur mehr leere Hüllen übrig sind. Nein, du bist kein Parasit, sondern ein Vampir."

„Hör auf ..."

„Ich weiß, dass ich nicht die Erste und Einzige bin, die du ausgenommen und nach Strich und Faden betrogen hast. Du bist ein Schmarotzer, ein Taugenichts, und bildest dir weiß Gott was ein. Dabei hast du keine Ahnung, wie man eine Frau glücklich macht."

„Halt den Mund oder ..."

„Oder was?"

Er stand ganz nahe vor ihr. Seine Augen blitzten vor Zorn, doch sie lachte nur höhnisch.

„Verdammtes Weib, sei endlich still!" Seine Hände schlossen sich um ihren Hals.

Sie schrie.

17

Rudi holte Gustav früh morgens aus dem Bett.

„Es gab schon wieder einen Mord. Dieses Mal hat er in der Kaiserlichen Menagerie in Schönbrunn zugeschlagen", sagte er und rauchte eine von Gustavs Zigarillos, während er seinem Freund dabei zusah, wie er sich hastig ankleidete.

Erst als sie in der Kutsche saßen, berichtete Rudi, was passiert war.

„Heute früh ist im Tigerkäfig eine Frauenleiche gefunden worden. Die Arme ist von den indischen Königstigern zerfleischt worden. Kaiserin Maria Theresia hatte diese Tiere beim Frühstück im Freien so gerne um sich."

„Bist du betrunken?"

„Nein, im Ernst, es ist eine ganz furchtbare Geschichte. Wahrscheinlich werden die Tiger nun erschossen."

„Sag mal, Rudi, bist du wirklich in Ordnung?"

„Verzeih. Ich bin am Ende mit meinem Latein. Bei dem dritten Opfer handelt es sich um die Frau des Rittmeisters von Braunstätt. Ihr Mann ist in Görz stationiert und seit Monaten nicht mehr zu Hause gewesen. Die Dame hat sich, so sagt man, mittlerweile von diversen jungen Herren trösten lassen, was man ihr ja nicht verübeln kann, oder?"

„Ist das Galgenhumor oder bist du inzwischen ein herzloser Zyniker geworden? Wir haben es mit einem Mörder zu tun, der junge hübsche Frauen, die dem Hof nahestehen, auf grausamste Art und Weise umbringt."

„Nichts anderes habe ich sagen wollen. Meine Kollegen verdächtigen einen Zoowärter namens Zoran, der sie gefunden hat. Der Kerl ist grenzdebil, treibt es angeblich mit den Viechern und hat einen schlimmeren Buckel als der Glöckner von Notre Dame."

„Welcher Glöckner?"

„Na der in dem Buch von Victor Hugo, du ungebildeter Mensch!"

Wenn Gustav nicht gewusst hätte, dass sein Freund im Dienst nie Alkohol trank, hätte er ihn tatsächlich für stockbetrunken gehalten. So durcheinander hatte er ihn noch nie erlebt. Trotzdem konnte er die Beleidigung nicht einfach so auf sich sitzen lassen.

„Ich war schon im zarten Alter von fünfzehn in die schöne Esmeralda verliebt", sagte er. „Was ist mit diesem Buckligen?", fragte er dann.

„Er ist vielleicht gar nicht so dumm, hat nur einen Sprachfehler. Jedenfalls gibt er unverständliches Zeug von sich. Der arme Kerl sieht zum Fürchten aus. Sein Gesicht ist missgebildet und verwüstet von Pockennarben ..."

„Von wem sprichst du jetzt? Vom Glöckner von Notre Dame?"

„Idiot! Wir haben den Gärtner Frantischek, der ja angeblich deine Halbschwester belästigt hat, aus seiner Zelle geholt, weil dieser Zoran immer wieder seinen Namen gestammelt hat. Und der hat uns das Kauderwelsch übersetzt. Die beiden scheinen miteinander befreundet zu sein. Ich les dir das Protokoll der Aussage vom Frantischek, oder besser gesagt von diesem Zoowärter vor. Hör zu: „Der Zoran hat Schreie in der Nähe vom Tigerkäfig gehört und ist gleich hinüber. Es war nicht ganz finster. Der Mond hat geschienen. Außerdem kennt er sich dort aus. Er hat gewusst, woher das Geschrei gekommen ist. Und auf einmal hat er die beiden gesehen. Sie sind ganz nah beieinander gestanden. Der Zoran hat sich hinter einem Baum versteckt und sie beobachtet. Die Dame hat geschrien, und der Mann hat sie geschüttelt. Als sie nicht aufgehört hat zu schreien, hat er sie weggestoßen. Sie ist auf die Erd gefallen und hat noch mehr geschrien. Auf einmal hat sie aufgehört und angeblich ganz laut zum Lachen angefangen. Der Zoran hat genau gehört, was sie zu dem Mann gesagt hat. Einen Deppen hat sie ihn genannt und ob er wirklich glauben würd, dass sie ihn liebt, hat sie ihn gefragt. Sie hätte nix Besseres gefunden als ihn und ihn nur genommen, weil er so einen, nein, das kann ich nicht sagen ..., na gut, weil er so einen schönen Allerwertesten hätte, hat sie angeblich gesagt. Der Zoran hat gemeint, sie wär verrückt, denn sie ist am Boden liegen geblieben und hat gelacht und gelacht. Und dann hat sie zu dem Mann gesagt, dass er eh nichts zusammenbringen und nur schön ausschauen würde. Daraufhin ist der Mann richtig bös geworden. Hat die Mistgabel gepackt und sie ihr in den Bauch gestoßen. Sie hat wieder geschrien wie am Spieß. Das hat ihn noch wütender gemacht. Er hat sie gepackt und in den Tigerkäfig gezerrt. Nach der Fütterung hatte der Zoran vergessen, die Tür wieder abzuschließen. Deswegen hat er sich auch schuldig an ihrem Tod gefühlt. Der Mann ist dann weggelaufen, hat sich nicht mehr um die Frau im Käfig gekümmert. Sie hat geflennt und gejammert. Ihr Blut ist auf die Erd getropft. Der Zoran wollt ihr helfen, als der Mann weg war, hat sich aber nicht getraut, weil die zwei Wildkatzen haben längst das Blut gerochen und sich auf die arme Frau gestürzt. Was hätte der Zoran machen sollen? Hineingehn?"

„Dann hätten sie ihn sicher mit verspeist", murmelte Gustav.

„Dieser Zoran ist ein sehr großer, kräftiger Mann und sieht aus wie ein Monster. Sein Gesicht ist schief, nichts ist am richtigen Platz, weder die Augen noch der Mund, alles ist verzerrt. Er ist ein armer Teufel, ein Krüppel. Ich kann mir nicht vorstellen, dass er der Täter ist. Das würd den feinen Herrschaften so passen: Eine halb schwachsinnige Missgeburt als Frauenmörder von Schönbrunn ..."

„Du hast sicher Recht", unterbrach Gustav seinen Freund, „das ist zu einfach. Wie soll der Kerl in die Gemächer Ihrer Majestät gelangt sein und zum Beispiel Clementine von Reichenbach in der Badewanne der Kaiserin ermordet haben? Er wäre nicht einmal bis zum Stiegenaufgang gekommen. Dieser Verdacht erscheint mir auch völlig absurd."

„Der Gerichtsmediziner hat übrigens bestätigt, dass die Dame, als sie in den Tigerkäfig gestoßen wurde, noch am Leben war. Der Stich mit der Mistgabel war nicht tödlich, hatte nur zu großem Blutverlust geführt. Die Frau des Rittmeisters scheint also bei lebendigem Leibe von den Tigern zerfleischt worden zu sein. Das kann man aber dem Idioten nicht anlasten. Würdest du es mit zwei hungrigen Tigern aufnehmen?"

„Niemals!"

„Eben."

Mittlerweile waren sie am Tatort angelangt. Beim Anblick der toten Rittmeistersgattin musste sich Gustav sehr zusammenreißen.

Die Tiger hatten den Kopf der Dame verschmäht, sich nur an ihrem Körper delektiert. Als Gustav die nahezu unversehrten Gesichtszüge der Toten sah, wurde ihm plötzlich klar, dass sie, genauso wie die beiden anderen ermordeten Frauen, der jungen Kaiserin wie aus dem Gesicht geschnitten war. Graf Batheny hatte eine verblüffende Ähnlichkeit ja schon bei der ersten Toten festgestellt. Damals hatte Gustav der Bemerkung seines Vaters keine allzu große Bedeutung beigemessen. Doch nun fiel es ihm wie Schuppen von den Augen. Selbst seine Halbschwester besaß eine gewisse Ähnlichkeit mit der Kaiserin. Vor allem ihre breite, kräftige Nase ähnelte jener der Kaiserin, die auch nicht gerade ein Stupsnäschen gehabt hatte. Zum ersten Mal begann sich Gustav ernsthaft Sorgen um Marie Luise zu machen. Vielleicht hatte sie sich den Überfall im Schlosspark von Schönbrunn doch nicht nur eingebildet?

Die meisten jungen adeligen Damen in Wien schwärmten für die Kaiserin und eiferten ihr nach. Gustav wurde ganz angst und bang um all diese unschuldigen Epigoninnen Ihrer Majestät.

Er wollte seine Gedanken sogleich seinem Freund Rudi mitteilen, doch dieser war vollauf mit dem Gerichtsmediziner und der Staatspolizei beschäftigt, die gerade am Tatort eingetroffen waren.

Gustav nahm einen Fiaker nach Hause, stieg am Ende der Mariahilfer Straße aus und betrat die k.k. Hofstallungen wie gewohnt durch den Seiteneingang.

Sobald das schwer Tor hinter ihm ins Schloss fiel, näherte sich ihm wieder die alte Obdachlose. Es schien, als hätte sie auf ihn gewartet.

„Der Leibhaftige hat ihr sein Zeichen eingeritzt, den Dreizack, das Signum des Herrschers der Unterwelt“, krächzte sie.

„Wovon sprichst du?“

„Ich hab ihn gesehen“, flüsterte sie aufgeregt. „Euer Hochwohlgeboren müssen ihm das Handwerk legen.“

Obwohl sich Gustav nicht auf ein Gespräch mit dieser Irren einlassen wollte, blieb er stehen.

„Luzifer wird sie alle zu sich holen, wenn Sie ihn nicht aufhalten."

Kopfschüttelnd wandte er sich ab.

„Nun hat die dritte Sünderin dran glauben müssen. Die Zahl Drei ist eine heilige Zahl ..."

18

Gustav und Graf Batheny hatten sich um zehn Uhr früh im Café Landtmann am Franzensring verabredet, da der Graf einen Termin im gegenüberliegenden Wiener Rathaus hatte. Es ging um Genehmigungen für die Umbauten an seinem Stadtpalais.

Im Café Landtmann verkehrten vorwiegend Ärzte und Medizinstudenten. Dorothea beneidete Gustav um jeden Besuch dort. Wie gern hätte sie sich unter die angehenden Mediziner gemischt und sich an ihren fachlichen Diskussionen beteiligt. Doch es ziemte sich nicht für eine junge, ledige Dame, ein Kaffeehaus zu betreten.

Gustav suchte das Landtmann gerne auf, weil es dort eine große Auswahl an Zeitungen gab, darunter auch englische und französische Blätter. Er vergaß völlig darauf, wegen der Unpünktlichkeit seines Vaters beleidigt zu sein, so sehr war er in die Lektüre der Tageszeitungen vertieft.

Die schönen Toten von Schönbrunn oder noch schlimmer: *Der Wiener Jack the Ripper noch immer nicht gefasst!,* lauteten die Schlagzeilen der österreichischen Blätter. Die Wiener Polizei wurde in allen Artikeln scharf kritisiert. Auch die internationalen Zeitungen berichteten über die Mordfälle am österreichischen Kaiserhof und sparten nicht mit Spott und

Häme, was den schwerfälligen Polizeiapparat der österreichisch-ungarischen Monarchie betraf.

Armer Rudi, dachte Gustav. Er befürchtete, sein Freund musste diese Anschuldigungen allein ausbaden, denn seine Vorgesetzten würden sich garantiert an ihm abputzen.

Graf Batheny entschuldigte sich für seine Verspätung: „Es gab wieder mal eine antisemitische Demonstration an der Universität", sagte er. „Da waren solche Menschenmassen unterwegs, dass ich nicht rechtzeitig zu meinem Termin im Rathaus gekommen bin. Der Beamte hat Verständnis für meine Verspätung gezeigt und mir die Genehmigung für die geplanten Umbauten anstandslos erteilt."

Gustav, dem bürokratische Angelegenheiten völlig gleichgültig waren, bat seinen Vater, ihm von den Unruhen an der Universität zu erzählen.

„Die Deutschnationalen Burschenschaften haben einen Krawall angezettelt. Ich fürchte schon seit Jahren, dass etwas Nationales in die Leute gefahren ist. Aufgestachelt durch die antisemitischen Hetzreden der Schönerer-Anhänger haben sich auch Handwerker und kleine Gewerbetreibende lautstark gegen die Ostjuden und die Verjudung der deutschen Kultur geäußert. Es ist zu Prügeleien gekommen. Einige jüdische Studenten mussten ins Hospital gebracht werden."

„Ich begreif das einfach nicht", sagte Gustav. „Die Juden gehören doch zu den klügsten Köpfen in diesem Land. Außer ihnen leben ja eh fast nur arme Trottel in unserem heiligen Reich deutscher Nation. Schau dir das Volk an. Nichts als Dummköpfe, biedere Kleinbürger, sture Beamte und dekadente, ungebildete Adelige. Verzeihung, ich meine nicht Sie ..."

„Ich bin ganz deiner Meinung. Vor allem finde ich es empörend, dass Juden als nicht satisfaktionsfähig gelten. Weil sie ehrlos geboren sind, behaupten diese deutschnationalen Radaubrüder. Stell dir nur vor, alle meine jüdischen Freunde, Baron von Epstein, Baron Efrussi und viele andere, dürfen, wenn sie von irgendeinem kleinen Freiherrn beleidigt werden, diesen nicht einmal zum Duell fordern. Das ist doch völlig absurd."

Gustav fand die Bemerkung seines Vaters etwas unpassend, unterbrach ihn aber nicht.

„Immer mehr antisemitische Vereine schießen in letzter Zeit aus dem Boden, zum Beispiel der Österreichische Reformverein oder der Deutschnationale Verein. Ich verstehe das nicht. Warum und weshalb muss man die Juden jetzt zu einem Feindbild hochstilisieren? Weil sie intelligenter und gebildeter sind als die meisten von uns? Oder eher, weil sie geschäftlich so erfolgreich sind? Der Neid ist ein Hund, das sag ich dir!"

Gustav strahlte. Sein alter Herr war eben ein richtiger Grandseigneur.

„Diese Antisemiten werden jedenfalls immer frecher und brutaler. Und keiner gebietet ihnen Einhalt. Veras Patentochter Dorothea ist Jüdin. Oder besser gesagt, ihr Vater Doktor Palme war Jude. Sie würde gern in Wien Medizin studieren. Selbst wenn die Frauen die Zulassung zur Medizinischen Fakultät erreichen sollten, wovon meine Tante Vera überzeugt ist, wird Dorothea an der Alma Mater Rudolphina als Jüdin große Probleme haben. Die meisten Professoren sind Antisemiten. Selbst dieser geniale Arzt, Doktor Sigmund Freud, hat es schwer, sich gegen seine Kollegen durchzusetzen."

„Die kleine Palme gefällt dir, oder?"

Gustav schüttelte den Kopf. „Nein", log er. „Sie ist wie eine Schwester für mich. Und ich kann ihre Verzweiflung nachempfinden. Warum darf sie nicht Medizin studieren? Nur, weil sie eine Frau ist?“

„Du bist ja ein richtiger Freund der Frauen.“ Sein Vater blickte ihn milde lächelnd an.

Beim gemeinsamen Lunch brachte Gustav den letzten Mord in der Kaiserlichen Menagerie in Schönbrunn zur Sprache.

Er erfuhr von Graf Batheny, dass die Baronin die Geliebte ihres Reitlehrers Max von Gutbrunnen war.

„Marie von Braunstätt war eine sehr temperamentvolle dunkle Schönheit. Sie sah übrigens unserer verstorbenen Kaiserin ein bisschen ähnlich“, sagte der Graf.

Den Namen des Reitlehrers hatte Gustav unlängst gehört. Als ihm einfiel, in welchem Zusammenhang die Sprache auf den Reitlehrer gekommen war, versuchte er mehr über dieses unpassende Verhältnis in Erfahrung zu bringen. Doch Graf Batheny bat ihn nun, die nächsten Tage in der Villa in Hietzing zu nächtigen, da er mit den Umbauarbeiten seines Palais' sehr beschäftigt war und oft erst spät abends oder gar nicht heimkehren würde.

„Mir wäre wohler, wenn Marie Luise nicht mit der Dienerschaft allein dort draußen ist“, erklärte er.

„Sie müssen ihr endlich mitteilen, dass ich ihr Bruder, Halbbruder bin ... sonst wäre meine Nächtigung in Ihrem Haus, während Ihrer Abwesenheit, äußerst unpassend.“

Gustav war es peinlich, dass seine Halbschwester nach wie vor versuchte, ihm schöne Augen zu machen, aber das konnte er seinem Vater schlecht erzählen.

„Sie wird eine ihrer schrecklichen Nervenkrisen bekommen. Leider gerät sie in dieser Hinsicht nach ihrer Frau Mama. Trotzdem, ich verspreche dir, dass ich, sobald ich sie mal bei guter Stimmung antreffe, mit ihr reden werde. Vielleicht weiß sie ohnehin längst Bescheid, denn, soviel ich gehört habe, munkelt man am Hof seit langem über die verblüffende Ähnlichkeit zwischen uns beiden."

Gustav stieg die Schamesröte ins Gesicht.

„Warum errötest du? Findest du mich so hässlich?", scherzte der Graf.

„Sie meinen, dass ohnehin alle am Hof ahnen, dass ich Ihr natürlicher Sohn bin?"

„Ja, mein Lieber. Und ich bitte dich, endlich mit diesem förmlichen Sie aufzuhören. Du bist mein einziger Sohn und darfst mich ruhig duzen. Das 20. Jahrhundert naht, wir sind moderne Menschen. Diese altmodischen Manieren werden hoffentlich bald der Vergangenheit angehören."

Gustav überlegte, wie er den Grafen in Zukunft anreden sollte. Vater schien ihm viel zu ernst, ja fast theatralisch. Papa? Nein, das sagte man in seinem Alter nicht mehr. Und mit seinem Vornamen Alexander konnte er ihn auch nicht anreden, das war erst recht unpassend. Er beschloss, ihn eine Weile gar nicht direkt anzusprechen.

Bevor er sich verabschiedete, überreichte Graf Batheny seinem Sohn ein dickes Kuvert.

Gustav protestierte halbherzig, nahm aber das Geld an, als der Graf sagte: „Du hast bisher gute Arbeit geleistet, lieber Gustav. Wenn jemand diesen Frauenmörder von Wien zur Strecke bringen kann, dann du. Deinem Freund Rudi sind die Hände gebunden. Ich weiß, dass ihm der Hof das Leben schwer macht. Du hast hingegen alle Freiheit, die nötigen Nachforschungen anzustellen, und ich bin mir sicher, dass es dir gelingen wird, diesen Mörder schlussendlich zu überführen.

Und wenn du Marie Luise vor allem Übel beschützen kannst, ist mir das sowieso jedes Geld der Welt wert.“

Nach einem Blick auf die vielen Scheine in dem Kuvert war Gustav durchaus gewillt, ein paar Tage lang den Leibwächter für seine Halbschwester zu spielen. Außerdem fühlte er sich überaus geschmeichelt von dem Vertrauen, das sein Vater in seine detektivischen Fähigkeiten setzte. Er schwor sich, ihn nicht zu enttäuschen.

Als Gustav nach Hause kam, fand er seine Tante an ihrer Schreibmaschine sitzend. Stolz überreichte er ihr das Kuvert.

Vera warf einen Blick hinein und fiel ihm um den Hals.

„Das ist unsere Rettung, Gustl!“, sagte sie. „Damit kommen wir ein halbes Jahr lang aus.“

Als er sich kurz darauf zurückzog, um ein kleines Schläfchen zu halten, konnte er wieder einmal nicht einschlafen. Die Großzügigkeit seines Vaters machte ihm zu schaffen. Wollte er ihn kaufen, oder besser gesagt, seine Schuldgefühle loswerden, wie Dorothea behaupten würde? Er stand auf und schenkte sich einen Cognac ein. Cognac war das einzige alkoholische Getränk außer Champagner, das ihm mundete. Er trank zwar auch manchmal Weißwein, doch der bekam ihm nicht besonders. Die Säure machte ihm zu schaffen.

Sobald er sich wieder auf seinem Bett ausgestreckt hatte, begann er von Dorothea zu träumen. Es waren keine richtigen Träume, sondern eher erotische Fantasien, die ihn wachhielten. Er stellte sich vor, wie sie splitternackt aus der Badewanne stieg, so wie Gott sie geschaffen hatte, sah ihren wohlgeformten Körper, ihre hohen Brüste, ihren festen Hintern und das rotblonde Haarbüschel zwischen ihren langen schlanken Beinen ...

19

Die Tage vergingen sehr langsam. In der Stadt herrschte große Unruhe und Gereiztheit. Der Frauenmörder von Schönbrunn hatte es geschafft, die Wiener Haute-Volée in Angst und Schrecken zu versetzen. Am Hof war nach dem dritten Mordfall Panik ausgebrochen. Nicht nur die Hocharistokratie, auch die Baronessen und wohlhabenden bürgerlichen Damen wagten sich kaum mehr aus ihren Häusern. Aufgrund der Berichterstattung in den Zeitungen machte sich eine Art Massenhysterie breit. Wenn die adeligen Damen doch einmal ihre Palais oder ihre prunkvollen Kutschen verließen, sahen sie sich ängstlich um.

Die Staatspolizei verhaftete mehrere verdächtige Individuen, obdachlose Kerle und Kleinkriminelle, die sich des Nachts in den dunklen Straßen in der Nähe von Schönbrunn herumtrieben.

Ein Geraune ging durch die Stadt. Wann wird dieser Frauenmörder das nächste Mal zuschlagen? Welche Dame der besseren Gesellschaft wird es treffen? Auch die einfachen Leute stellten bereits Überlegungen an, welche Gräfin oder Baronin dran glauben würde müssen. Selbst die Tageszeitungen spekulierten zwischen den Zeilen über das nächste Opfer.

Polizei-Oberkommissär Rudi Kasper wirkte hochgradig nervös, als Gustav zur Mittagszeit an seinen Tisch im Gasthaus „Zum schwarzen Elephanten“ trat. Er zerknüllte die Zeitung, die er gerade durchgeblättert hatte, und warf sie auf den Boden: „Diese Schreiberlinge haben nichts Besseres zu tun, als über uns herzuziehen“, schimpfte er, ohne Gustav eines Blickes zu würdigen.

Unaufgefordert stellte der alte Wirt dem Freund seines Sohnes ein Viertel Weißen hin und klopfte ihm freundschaftlich auf die Schulter.

„Na, hilfst meinem Buam wieder bei der Mörderjagd“, nuschelte er.

„Lass uns in Ruh, Vater“, fauchte Rudi ihn an.

Gustav konnte Vater Kasper gut leiden und fragte sich nicht zum ersten Mal, warum Rudi oft so garstig zu dem Alten war, wo er ihm eigentlich zu Dank verpflichtet sein müsste. Schließlich hatte sein Vater ihn nach dem frühen Tod der Mutter allein aufgezogen und ihm die großartige Karriere, die er gemacht hatte, mit seiner Hände Arbeit ermöglicht. Lag es nur daran, dass Rudi Säufer nicht ausstehen konnte? Er würde seinem Freund diese Frage demnächst einmal ernsthaft stellen.

„Wir jagen ein Phantom“, fuhr Rudi fort. „Wir haben keine einzige brauchbare Spur, keine Zeugen, einfach nichts! So was ist mir während meiner gesamten Karriere bei der Polizei noch nie untergekommen. Bei den Tatwaffen handelt es sich um sehr gebräuchliche Gegenstände, Schere, Jagdmesser, Mistgabel. Und, wie um uns zu verhöhnen, hat der Täter sie bei den Opfern liegen gelassen. Bloß wissen wir nichts damit anzufangen.“

„Kein Normalsterblicher hat Zugang zu den Gemächern in Schönbrunn oder zu den Räumen in der Hermesvilla. Der Täter muss von Adel sein“, warf Gustav ein.

„Das glaube ich auch. Die Kollegen von Scotland Yard vermuten dasselbe im Fall von Jack the Ripper. Die Großnichte der Kaiserin wurde übrigens ebenfalls an der linken Schulter verletzt. Drei kleine Ritze. Ich fürchte, dieser Mörder markiert seine Opfer.“

„Hatte die ermordete Baronin im Tigerkäfig auch Schnitte an der Schulter?“

„Ihr Körper ist von den Raubkatzen dermaßen verstümmelt worden, dass wir im Grunde keine unverletzte Stelle mehr gefunden haben."

„Der Mann muss geisteskrank sein."

„Ohne Zweifel!"

Rudi empörte sich weiter über die negative, zum Teil böswillige Berichterstattung in den Zeitungen und die Schwierigkeiten, die ihm der Wiener Hof bereitete.

„Die hochherrschaftlichen Herren legen mir bei den Ermittlungen lauter Prügel in den Weg. Und diese Mordfälle sind auch so schon überaus heikel. Selbst du erfährst mehr als ich", fuhr er seinen besten Freund an.

„Das stimmt nicht. Du bist ungerecht. Mir geht es ähnlich wie dir. Auch wenn ich neuerdings Zugang zu höheren Kreisen habe, mir erzählt keiner was. Getratsche ja, Gerüchte – jede Menge, aber keine brauchbaren Informationen. Ich frag mich, ob wir diesen Frauenmörder jemals erwischen werden."

Sie tranken Wein und schwiegen einander an. Plötzlich fragte Rudi, wie es Gustavs Tante gehe. Ob sie auch schlaflose Nächte wegen dieser Frauenmorde habe.

Gustav verneinte.

„Sie schläft ja ohnehin kaum, arbeitet meistens die ganze Nacht durch."

„Und deine Schwester?"

„Du meinst meine Halbschwester?"

„Von mir aus Halbschwester."

„Sie hat Angst. Wenn meine Theorie stimmen sollte, dass es der Täter vor allem auf adelige Damen, die der Kaiserin ähnlich sind, abgesehen hat, ist sie ernsthaft gefährdet."

„Sie hat ja zwei großartige Beschützer. Ihr Verlobter, der Erzherzog, passt wohl gut auf sie auf. Und du wohnst mittlerweile in der Villa des Grafen, habe ich gehört."

„Ich habe bisher nur zweimal dort logiert, als der Graf über Nacht in seinem Palais in der Herrengasse geblieben ist. Und Stanzi schläft natürlich nicht im Haus seiner Verlobten. Das wäre nun wirklich sehr unpassend."

„Soviel man hört, vergnügt sich der Erzherzog seit vielen Jahren lieber anderweitig."

„Was willst du damit sagen?"

„Nichts, gar nichts, mein Freund. Er treibt sich halt in halbseidenen Etablissements herum. Ist angeblich Stammgast im Kaiserbründl."

„Und was heißt das? Spielst du jetzt den Moralapostel?"

„Nein. Aber hast du schon mal daran gedacht, dass dein hochwohlgeborener neuer Freund andersherum sein könnte? Wäre nicht der Erste aus dieser Nebenlinie der Habsburger. Die sind doch alle dekadent. Kommt von der Inzucht, hab ich mir sagen lassen."

„Homosexuell ist der Erzherzog sicher nicht, sondern eher genauso ein Erotomane wie du."

Rudis erotische Besessenheit würde ihn noch mal den Kopf kosten, das hatte ihm Gustav schon des Öfteren prophezeit.

„Jedenfalls hab ich gehört, dass der Erzherzog die Peitsche lieben soll ..."

„Jetzt reg dich wieder ab, du altes Tratschweib", sagte Gustav lachend und klopfte seinem besten Freund, dessen Gesicht rot angelaufen war, auf die Schulter.

Er war jetzt endgültig davon überzeugt, dass der liebe Rudi eifersüchtig auf seine Freundschaft mit Karl Konstantin war. Rudi war ein verschlossener Mensch. Wenn er seinem Herzen einmal Luft machte, kam sein wahres Temperament zum Vorschein. Im Grunde war er hitzköpfig und leidenschaftlich. Und er war ein Eigenbrötler, ungeübt im geselligen Umgang mit anderen. Gustav war sein einziger Freund.

„Übrigens hatte die ermordete Freifrau von Braunstätt ein Verhältnis mit ihrem Reitlehrer, dem Max von Gutbrunnen“, kehrte Gustav wieder zum Thema zurück.

„Von wem hast du diese Information?“

„Von meinem Vater“, sagte Gustav stolz.

„Interessant. Ich werde diesen Reitlehrer wohl demnächst mal in seiner neuen Wohnung in der Liniengasse Nummer 4 besuchen müssen.“

„Das heißt, ihr habt ihn ebenfalls in Verdacht?“

„Du weißt, dass ich dir über die Ergebnisse unserer Nachforschungen keine Auskunft geben darf.“

„Ist schon gut. Ich kenn mich aus. Danke, Rudi!“

Gustav verabschiedete sich betont herzlich von seinem griesgrämigen Freund und spazierte hinüber in den sechsten Bezirk. Er wollte das Haus, in dem Max von Gutbrunnen wohnte, gleich näher in Augenschein nehmen.

Mittlerweile hatte er in Erfahrung gebracht, dass der Reitlehrer der Liebling der Wiener Damenwelt war. Selbst seine Halbschwester hatte unlängst von diesem Mann geschwärmt. Inzwischen hatte Graf Batheny Gustavs Wunsch entsprochen und Marie Luise über ihre Blutsverwandtschaft mit Gustav aufgeklärt. Angeblich war sie nicht sonderlich überrascht gewesen. An einem ruhigen Abend in der Villa Batheny hatte sie Gustav anvertraut, dass Max von Gutbrunnen einst auch ihr Reitlehrer gewesen war. Und sie hatte ihn als sehr gut aussehend beschrieben: groß und kräftig, breite Schultern, schmale Hüften, dunkle feurige Augen und dichtes braunes Haar.

20

In Mariahilf hatten sich in den letzten Jahren viele kleinere und größere Betriebe angesiedelt. Aus einem Fabrikschlot stieg hässlicher schwarzer Rauch in den blassblauen Himmel auf. Der Gestank war unerträglich. Gustav hielt sich ein Taschentuch vor Nase und Mund.

Als er am Gebäude der Firma C.T. Petzold & Co. vorbeikam, fiel ihm ein, dass sich die Dame des Hauses, Baronin Sonja Knips, gerade von seinem Lieblingsmaler Gustav Klimt porträtieren ließ. Ein kleines Lächeln umspielte seine Lippen. Die Baronin war so ganz nach seinem Geschmack, leider hatte er bisher nicht das Vergnügen gehabt, ihr vorgestellt zu werden. Die Gerüchteküche vermeldete, dass diese entzückende, verarmte Dame aus altem Geschlecht eine reine Vernunftehe eingegangen war. Hoffentlich ist es meinem ehrenwerten Namensvetter gelungen, sie etwas aufzumuntern, dachte Gustav amüsiert.

Das Glück war ihm hold. Als er von der Gumpendorfer Straße die schmale Hirschengasse hinauf zur Liniengasse ging, sah er einen großen, gut gebauten Mann forschen Schrittes auf den Eingang eines Neubaus zuschreiten. Er entsprach genau Marie Luises Beschreibung. Gustav war sich sicher, dass es sich um Max von Gutbrunnen handelte.

Er blieb ein paar Meter zurück, drückte sich an der Mauer des Nebengebäudes entlang und hoffte, dass der „stramme Max“, wie ihn seine Halbschwester genannt hatte, nicht bemerken würde, dass er ihm folgte.

Als Gustav, kurz bevor sich das Eingangstor schloss, in das Haus Nummer 4 schlüpfte, hatte Max von Gutbrunnen bereits die Stiegen zum Mezzanin erklommen und war aus seinem Blickfeld verschwunden.

Das Entree sah sehr modern und nobel aus. Über dem breiten Stiegenaufgang des Hauses stand in verschnörkelten Großbuchstaben *Salve*.

Wie konnte sich ein einfacher Reitlehrer hier eine Wohnung leisten?, fragte sich Gustav.

Er folgte Max hinauf in den dritten Stock und presste seinen Körper an das gusseiserne Stiegengeländer, um zu sehen, welche Tür er eine Etage darüber aufschloss.

Nachdem er mehr gehört als gesehen hatte, wohin der Reitlehrer verschwunden war, machte er kehrt und ging zurück zur Hirschengasse, zündete sich ein Zigarillo an und behielt den Hauseingang in der Liniengasse im Auge.

Nach etwa einer Viertelstunde verließ Max von Gutbrunnen das Haus wieder und ging in Richtung Gumpendorfer Straße.

Gustav erwischte das Tor, bevor es ins Schloss fiel, und nahm die Stiegen hinauf in den vierten Stock im Laufschritt. Auf der letzten Etage unter dem Dachgeschoss gab es zwei Wohnungen. Die vergitterten Küchenfenster gingen auf den Gang hinaus. Auch in der anderen Wohnung schien keiner zu Hause zu sein.

Gustav schaffte es mit seinem Taschenmesser, das Schloss zu knacken.

Die beiden großen Zimmer waren spartanisch eingerichtet und erinnerten Gustav an seine Unterkunft in der Kaserne in Galizien, in der er acht trostlose Jahre verbracht hatte. Nur das Bett des Herrn Reitlehrer war luxuriöser als sein Stahlrohrbett dort gewesen war.

Hastig durchsuchte Gustav die Schreibtischladen, entdeckte nichts von Interesse.

Erst als er sich die Schublade des Nachtkästchens vornahm, wurde er fündig. Mindestens zwanzig nach Parfüm duftende Briefe auf kostbarem Papier. Er sah die wohlriechende Korrespondenz durch und fand etwa ein halbes Dutzend Liebesbriefe der Freifrau von Braunstätt. Bemerkenswert war vor allem ihr letzter Brief, eine Art Abschiedsschreiben, in dem sie Max von Gutbrunnen darum bat, ihre Korrespondenz endlich zu vernichten. Der Wortlaut ihres Briefes war mehr als aufschlussreich:

… Ich will und werde Dich nicht mehr treffen, egal, womit Du mir drohst. Es ist aus zwischen uns, sieh das endlich ein. Ich liebe Dich nicht, habe Dich nie geliebt. Du warst nur einer von vielen, mit denen ich diese schreckliche Langeweile zu bekämpfen versucht habe. Solltest Du es wagen, mich mit meinen Briefen zu erpressen, werde ich Dich in der Wiener Gesellschaft unmöglich machen und dafür sorgen, dass keine der hochherrschaftlichen Damen mehr Deine Dienste in Anspruch nimmt. Glaub mir, ich besitze die Macht, Dich zu vernichten. Auch wenn Du Dir einbildest, zu unseren Kreisen zu gehören, bist Du nichts anderes als ein dienstbarer Geist für unsereins.

Am liebsten hätte Gustav sofort seinen Freund Rudi über den Fund informiert. Doch der Polizei-Oberkommissär weilte bestimmt nicht mehr im Wirtshaus seines Vaters. Vermutlich würde er ihn auch nicht in seinem Büro in der Polizeidirektion antreffen, denn Rudi war kein Schreibtischhengst, sondern meist in den Straßen und Gassen der Kaiserstadt unterwegs.

Gustav steckte die Briefe in seine Jackentasche und überlegte, was er sonst noch mitgehen lassen könnte, damit es nach einem gewöhnlichen Einbruch aussah. Da ihm nichts von Wert ins Auge fiel, warf er einen Stuhl um und leerte den Inhalt der Schreibtischschubladen auf den Boden.

Als er Schritte im Stiegenhaus vernahm, zuckte er zusammen, hoffte, der Nachbar wäre heimgekommen. Plötzlich stand Max von Gutbrunnen mitten im Zimmer. Sein Blick sprach Bände. Bevor Gustav den Mund aufbrachte, um eine fadenscheinige Erklärung für seine Anwesenheit hervorzubringen, schlug Max zu. Sein linker Schwinger traf Gustav voll am Auge. Er taumelte, hielt sich gerade noch am Schreibtisch fest. Ehe er sich schützen konnte, holte der Reitlehrer ein weiteres Mal mit der Linken aus. Sein zweiter Schlag traf Gustav in den Magen. Und nun ging er zu Boden. Doch jetzt packte auch ihn die Wut, er brachte den Reitlehrer mit einem harten Tritt gegen die Knie fast zu Fall. Zumindest geriet er ins Wanken. Gustav erinnerte sich an die Technik, die man ihm in einem Boxclub in London beigebracht hatte, und versetzte Max einen Faustschlag auf den Solarplexus. Bevor sich sein Gegner davon erholen konnte, ergriff er die Flucht. Er war kein Feigling, aber es war offensichtlich, dass ihm dieser durchtrainierte Kraftprotz überlegen war.

Am nächsten Morgen um acht Uhr zwanzig traf Gustav in der Polizeidirektion ein und ging gleich hinauf in den zweiten Stock. Der Portier kannte ihn mittlerweile, wusste, dass er ein Freund des Polizei-Oberkommissärs war.

Rudi rügte ihn zwar wegen des Einbruchs, war jedoch hocherfreut, als ihm Gustav die Liebesbriefe der Freifrau überreichte.

„‚Viribus Unitis', mit vereinten Kräften, so lautet der Wahlspruch unseres Kaisers. Ich versuche halt auf meine Art, euch bei der Suche nach diesem Jack the Ripper von Wien behilflich zu sein", sagte Gustav.

Rudi beschwor seinen Freund, kein Wort über die Briefe zu verlieren.

„Nicht einmal deinem Vater darfst du davon erzählen! Vergiss dieses eine Mal auf deine Eitelkeit und prahl nicht mit deinem Fund, sonst geht uns der Mörder noch durch die Lappen."

Gustav war gekränkt, obwohl er einsah, dass Rudi nicht ganz Unrecht hatte. Wie gern hätte er bei dem bevorstehenden Fest im Hause Batheny mit der Korrespondenz, die er in der Wohnung des Reitlehrers gefunden hatte, bei seinen neuen Freunden und Bekannten Eindruck geschunden.

21

Seit dem Tod der Kaiserin war erst ein guter Monat vergangen. Am Hof herrschte nach wie vor tiefe Trauer, privat wurde bereits wieder gefeiert. Die vergnügungssüchtige Wiener Gesellschaft gierte nach Festen und Gelagen. Auch bei den Bathenys fand ein paar Wochen nach dem Begräbnis ein großes Fest statt. Der Graf hatte den venezianischen Abend zum achtundzwanzigsten Geburtstag seiner jüngeren Tochter von langer Hand geplant und wollte ihn jetzt nicht absagen. Er erlaubte zwar keine Tanzerei, dafür aber hatte er Gaukler und Akrobaten aus Italien engagiert und zum Höhepunkt des Abends eine Sängerin von der Mailänder Scala. Signora Maria Valdura würde Arien aus den neuesten italienischen Opern zum Besten geben.

Gustav war froh, dass die Geburtstagsfeier seiner Halbschwester als Kostümfest angekündigt worden war. So konnte er sein blaues Auge, das mittlerweile Violett- und Gelbtöne angenommen hatte, unter einer schwarzen Augenklappe verstecken.

„Als verwegener Pirat machst du gar keine schlechte Figur", neckte Dorothea ihn und band ihm noch ein rotgepunktetes Tüchlein um den Kopf.

Die Vorliebe der Wiener für die Lagunenstadt hatte eine lange Tradition. Die Sehnsucht nach dem Süden und dem Meer hatte seit Jahren nicht nur die höfischen Kreise erfasst, auch das einfache Volk, das sich niemals eine Reise nach Venedig würde leisten können, träumte vom Süden. Gabor Steiner hatte vor ein paar Jahren ‚Venedig in Wien' am Rande des Wurstelpraters errichtet und die Menschen strömten nach wie vor in die künstliche Lagunenstadt und ließen sich von den schwülstigen Gesängen der Gondolieri bezaubern, während sie auf dem kleinen Canal Grande im Prater dahindümpelten. Es geht eben nichts über die Macht der Illusionen, dachte Gustav.

Vera von Karoly und Dorothea, die ebenfalls zu dem Fest eingeladen waren, verbrachten wieder Stunden in Veras Ankleidezimmer. Nachdem Gustav ihnen seinen Verdacht mitgeteilt hatte, dass Frauen, die der jungen Kaiserin ähnlich sahen, besonders in Gefahr waren, kleidete sich Dorothea bewusst wie die junge Kaiserin. Sie zog ein weißes, schulterfreies Ballkleid an und bat Josefa, ihr Korsett so eng zu schnüren, bis sie fast keine Luft mehr bekam. Ihr langes rotblondes Haar trug sie offen, so wie die Kaiserin auf dem berühmten Gemälde.

Gustav erbleichte und verbot ihr, den Lockvogel zu spielen.

„Sei nicht so humorlos. Ich gehe eh inkognito. Du brauchst dich also nicht für mich zu genieren." Dorothea hielt sich eine venezianische Stabmaske vors Gesicht, die Maske der Colombina aus der Commedia dell'arte.

„Die passt so gar nicht zu dir. Du bist das genaue Gegenteil von einem kleinen Täubchen", pflanzte Gustav nun sie.

Seine Tante hatte, trotz der persönlichen Einladung des Grafen, nicht mitkommen wollen und Arbeit vorgeschoben. Doch Gustav war es mit Dorotheas Hilfe gelungen, sie zu überreden. Er hoffte, der Mörder würde sich vielleicht unter den Gästen befinden, und setzte auf die Beobachtungsgabe seiner Tante. Sie spielte genauso gern Detektiv wie er.

Vera erschien in großer Abendrobe auf dem Fest. Ihr Kleid war uralt und stammte tatsächlich aus Venedig. Es hatte ihrer Mutter gehört und passte ihr wie angegossen. Ganz in schwarze Spitze gekleidet wirkte sie sehr elegant. Auch sie trug eine Maske, die gleiche wie Dorothea. Die Colombina nera bedeckte nur ihre obere Gesichtshälfte. Gustav war stolz auf seine beiden blendend aussehenden Begleiterinnen.

Vor allem die Dame in Schwarz erregte großes Aufsehen. Graf Bathenys Schwiegervater, Graf Seckenberg, genannt Secki, ein großer, immer noch kräftiger Mann Mitte siebzig, war hingerissen von Vera. Er wich den ganzen Abend lang nicht von ihrer Seite. Die anderen Gäste begannen über die unbekannte Schöne und den alten Grafen, der in früheren Jahren kein Kostverächter gewesen war, zu tuscheln.

„Es war eine schöne Leich, aber das Leben geht weiter“, flüsterte Graf Seckenberg fast vergnügt in Veras Ohr, als er sie um einen Walzer bat.

„Pardon, aber es wird heute Abend nicht getanzt“, sagte Vera.

Kurze Zeit später hob Graf Batheny auf Drängen seiner Tochter und seines Schwiegervaters das Tanzverbot auf und bat Vera zu einer Quadrille.

Er gestand ihr, dass er vor genau siebenunddreißig Jahren in sie verliebt gewesen war. Da sie ihm jedoch keine Beachtung geschenkt hatte, habe er begonnen sich für ihre ältere Schwester zu interessieren. „Und daraus ist bald Ernst geworden“, fügte er bedeutungsvoll hinzu.

„Sie meinen Gustav“, sagte Vera und schlug ihm schelmisch mit ihrem Fächer aus schwarzer Spitze auf die Finger.

Gustav, dem die kleine Tändelei zwischen seinem Vater und seiner Tante nicht entgangen war, wollte sich schon einmischen und dem geschmacklosen Getue ein Ende bereiten, als er bemerkte, dass ihm eine atemberaubende Schönheit interessierte Blicke zuwarf.

Die junge Dame hatte einen frischen, rosig schimmernden Teint, ein feines, schmales Näschen, bernsteinfarbene Augen und schweres, dunkelbraunes Haar, das sie zu einem breiten Haarkranz geflochten und hochgesteckt hatte. Sie trug keinerlei Schmuck zu ihrem eleganten burgunderroten Kleid, in dem sie sehr anmutig und irgendwie unschuldig wirkte. Zudem war sie gertenschlank, die Ähnlichkeit zur verstorbenen Kaiserin war nicht zu übersehen.

Gustav konnte seine Augen nicht von ihr wenden. Die Dame war in Begleitung ihres Cousins, Baron Engelsdorff, erschienen und eine Freundin von Marie

Luise. Gustav bat seine Halbschwester, ihn mit der Schönen bekannt zu machen.

Marie Luise erfüllte ihm seinen Wunsch sogleich.

Nach kurzer, belangloser Konversation mit Baronesse von Engelsdorff fühlte sich Gustav ernüchtert. Ihr oberflächliches Geplapper ging ihm auf die Nerven.

„Verehrte Baronesse, es war mir ein Vergnügen, mit Ihnen plaudern zu dürfen", sagte er und verbeugte sich galant, bevor er sie stehen ließ. Sein Blick suchte Dorothea.

Ein italienischer Cavaliere namens Giuseppe Cagnola, ein Anhängsel der Opernsängerin, machte Dorothea während des gesamten Abends schöne Augen.

Sie interessierte sich zwar nicht für ihn, musste sich aber eingestehen, dass ihr seine Komplimente nicht unangenehm waren. Er erinnerte sie ein bisschen an Gustav, war zwar fast einen Kopf kleiner als dieser, hatte aber ebenso volles schwarzes Haar, schöne, dunkle Augen und einen feschen Schnurrbart. Seine schwarze Maske, eine Volto nero, die sein ganzes Gesicht verdeckte, hatte er, kaum war die erste Arie der Diva verklungen, abgenommen. Er hatte sich als Impresario der Mailänder Sängerin vorgestellt und im Gespräch mit Dorothea und Marie Luise behauptet, der verarmten toskanischen Habsburgerlinie zu entstammen.

Kaum hatte sich der Cavaliere entfernt, um für die beiden Damen Champagner zu holen, flüsterte Marie Luise ihrer neuen Freundin ins Ohr: „Dieser Lackaffe ist in Sie verliebt. Geben Sie Acht, ich fürchte nämlich, diese fette Diva, die mir mein Herr Papa zum Geschenk gemacht hat, ist tödlich eifersüchtig. Sie starrt andauernd zu uns herüber."

„Sie meinen, er ist ihr ..."

„Ihr Galan. Was denn sonst? Impresario, dass ich nicht lache! Papa hat mit ihr höchstpersönlich korrespondiert. Ich weiß schon lange, dass er sie für mein Fest engagiert hat. Ich lese immer seine Post."

„Sie sind unmöglich, Comtesse!"

„Ich weiß", kicherte Marie Luise.

„Ich finde sie nicht wirklich fett. Sie ist vielleicht ein wenig voluminös. Opernsängerinnen müssen etwas rundlich sein, sie brauchen das für ihr Stimmvolumen", behauptete Dorothea, die nicht besonders musikalisch war. „Und sie hat ein sehr hübsches Gesicht, das müssen Sie zugeben."

Als Gustav Dorothea mit seiner Halbschwester auf einem Kanapee in einer dunklen Ecke erblickte, begab er sich zu ihnen und forderte Dorothea schroff auf, endlich mit ihm zu tanzen.

„Ich kann nicht gut tanzen."

„Das macht nichts. Ich bringe es dir bei."

Sie tanzten einen Walzer. Dorothea trampelte zwar ein paar Mal auf seinen Füßen herum, doch galant ignorierte er ihre Ungeschicklichkeit. Gustav war ein ausgezeichneter Tänzer. Er wirbelte die arme Dorothea durch den Ballsaal, bis ihr fast die Sinne schwanden. Und er genoss es, ihr endlich einmal nahe sein zu dürfen. Seinen rechten Arm hatte er um ihre Taille geschlungen, in seiner Linken hielt er ihre Hand, drückte sie manchmal ganz sanft und erlaubte sich sogar, mit seiner anderen Hand zärtlich über ihren Rücken zu streichen. Dorothea tat, als würde sie dies nicht bemerken. Ihre Blicke verrieten ihm aber, dass sie den Walzer ebenso genoss wie er. Sie strahlte ihn an, und beide waren sich bewusst, dass sie das aufregendste Paar im ganzen Saal waren. Die anderen Tanzpaare machten ihnen Platz, hörten sogar auf zu tanzen und gruppierten sich um sie. Fast wie in Trance folgte Dorothea dem Druck seiner Hände. Er verlor sich indessen in süßen Träumen, wenn ihre Handfläche sich vertrauensvoll an seine schmiegte, und wenn ihre Brüste seinen Oberkörper berührten, verlor er fast seinen Verstand.

„Bravo, Gustav, bravo!“, rief Graf Batheny seinem Sohn zu, als sie an ihm vorbeiwirbelten.

Die Beifallsrufe brachten Dorothea wieder in die Realität zurück.

„Du weißt, dass ich nicht schwindelfrei bin. Wenn du so weitermachst, wird mir schlecht“, sagte sie.

Gustav hörte ihre Worte nicht. Er schwebte buchstäblich im siebten Himmel und erwachte erst, als Dorothea, nachdem die Musiker zu spielen aufgehört hatten, ihn bat, sie zu Marie Luise zurückzubringen.

Das Geburtstagskind saß allein auf dem Kanapee und starrte in ihr halbvolles Champagnerglas.

„Gleich“, sagte Gustav, „zuerst möchte ich kurz mit dir reden.“ Er drängte seine Begleiterin hinaus auf die Terrasse. Doch er kam nicht zu Wort.

„Deine Schwester ist eine sehr einsame junge Frau“, begann Dorothea.

„Halbschwester.“

„Ja, von mir aus. Ich mache mir Sorgen um sie. Sie hat mir anvertraut, dass all diese Damen in Schönbrunn eifersüchtig auf sie waren, weil sie in Sisis Gunst stand. Sie haben ihr das Leben schwer gemacht. Aber sie hat sich nie darüber beklagt, nicht einmal eurem Vater gegenüber. Jetzt, nach dem Tod der Kaiserin, sei es jedoch besonders schlimm für sie geworden, hat sie gesagt. Marie Luise wird von den Hofdamen richtiggehend angefeindet. Und all das nur, weil Ihre Majestät deine Halbschwester einige Male als Begleiterin auf ihre Reisen nach Bad Kissingen, Korfu und Triest mitgenommen hat. Mit ihr konnte sie sich über ihre poetischen Versuche austauschen. Außerdem hat sie Marie Luise sicherlich an ihre eigene Jugend erinnert, denn deine Schwester ist ebenso groß und schlank und hat fast dasselbe dichte lange Haar wie die Kaiserin. Nur falls dir das noch nicht aufgefallen sein sollte. Die Kaiserin hat ihr eingeredet, dass die Ehe für eine Frau ein Gefängnis sei, und ihr abgeraten, Karl Konstantin zu heiraten. Der Erzherzog ist angeblich ein entfernter Cousin von Ihrer Majestät. Laut Marie Luise hat Sisi behauptet, dass er von schlechtem Blut sei und sie besser keine Kinder von ihm bekommen solle."

„Blödsinn. Der Erzherzog ist keineswegs mit der Kaiserin blutsverwandt, das hätte er mir erzählt."

„Du irrst dich, Gustl, er soll mit der ganzen bayerischen Rasselbande von Herzog Max verwandt sein. Du studierst doch andauernd den Gotha, ich als überzeugte Republikanerin kenne mich mit diesen Adelsgeschlechtern nicht aus."

„Alle Mitglieder der europäischen Herrscherhäuser sind untereinander verwandt, deswegen sind noch lange nicht alle degeneriert oder debil."

„Auffallend viele, sieh dich nur an", kicherte Dorothea und stieß Gustav ihren Ellbogen in die Seite. Dann wurde sie wieder ernst und sagte: „Lass uns jetzt endlich zurück zu Marie Luise gehen."

Gustav blieb nichts anderes übrig, als Dorothea zu folgen. Kaum hatten sie links und rechts neben Marie Luise Platz genommen, sagte diese: „Wo seid ihr so lange gewesen? Dein Lackaffe hat dich gesucht."

Gustav fand, dass Dorotheas Lachen ziemlich gekünstelt klang.

Schon begann Marie Luise wieder, wie so oft, über die verstorbene Kaiserin zu sprechen. Gustav und Dorothea ließen sie reden und hörten ihr zu. Sehr aufmerksam Dorothea, weniger aufmerksam Gustav.

„Ihre Majestät hat mir bei unserer ersten Begegnung vorgelesen, was sie vierzehn Tage nach ihrer Hochzeit geschrieben hat: ‚Ich bin erwacht in einem Kerker, schockiert über strenges Zeremoniell und kalte Etikette ...' Ich fühle mich momentan ganz ähnlich."

„Du Arme", sagte Dorothea und warf Gustav einen drohenden Blick zu, als er den Mund öffnete, um ebenfalls einen Kommentar abzugeben.

„Als junge Frau hat sie den Geruch von Säuglingen nicht ertragen, ihr ist richtiggehend schlecht davon geworden. Vielleicht hat sie sich deshalb nicht um ihre Kinder kümmern können?", meinte Marie Luise.

„Ich habe gehört, dass ihre Schwiegermutter, die Erzherzogin Sophie, ihr die Kinder entzogen hat", brachte sich Dorothea ein.

„Ja, das stimmt auch. Jedenfalls war die Mutterschaft nicht reines Glück für sie, obwohl sie ihre Kinder abgöttisch geliebt hat, vor allem Marie Valerie."

Gustav hielt Marie Luise für ziemlich überkandidelt, während Dorothea sie mittlerweile eher als interessanten Fall betrachtete. Gustav, der von ihrem Traum, Psychiaterin zu werden, wusste, überließ es ihr, die Redelust seiner Halbschwester hin und wieder mit Fragen zu nähren.

Geschickt brachte Dorothea das Gespräch nach einer Weile auf den drohenden Untergang der Monarchie.

„Unsere Kaiserin war eine glühende Republikanerin", behauptete Marie Luise, „und ich teilte ihre Sympathie für die Republik", stieß sie heftig hervor, als sie

Dorotheas skeptischen Blick bemerkte. Augenblicklich wurde sie Gustav eine Spur sympathischer.

Erzherzog Karl Konstantin gesellte sich zu dem Dreiergespann und lauschte eine Weile ihrer Unterhaltung.

„Ihr wollt meinen Kopf unter der Guillotine sehen“, sagte er nach einer Weile und verbeugte sich tief vor Dorothea und Marie Luise.

„Stanzi benimmt sich gern wie ein Hanswurst“, erklärte Marie Luise entschuldigend. „Du bist albern“, sagte sie zu ihrem Verlobten und kümmerte sich nicht weiter um ihn.

Dorothea und Gustav wunderten sich über das Verhalten der beiden. Sie schienen überhaupt nicht aneinander interessiert zu sein, obwohl sie seit fast einem Jahrzehnt miteinander verlobt waren.

Bevor Karl Konstantin seine Zukünftige um den nächsten Walzer bat, schlug er Gustav vor, nach dem Fest gemeinsam das Kaiserbründl aufzusuchen, um sich von all den Strapazen zu erholen.

Dorothea und Gustav begaben sich ebenfalls wieder aufs Parkett. Dieses Mal kam keine prickelnde Stimmung zwischen ihnen auf. Dorothea echauffierte sich über das unsensible Verhalten des Erzherzogs.

„Er ist eine eigentümliche Mischung, einerseits ist er von einer Überheblichkeit und Selbstgefälligkeit, die ich kaum glauben kann, und gleichzeitig außerordentlich höflich und leutselig. Ich werde nicht richtig schlau aus ihm. Du scheinst ja ganz gut mit ihm auszukommen.“

Gustav erwiderte nichts.

Nach diesem letzten Walzer kehrten sie zu Marie Luise zurück, die jetzt wieder allein auf dem Kanapee saß. Ansatzlos erzählte sie weiter von der Kaiserin und wie sehr diese den Dichter Heinrich Heine verehrt habe.

„Er war ihr Idol, ihr großes Vorbild in der Poesie."

Dorothea ging darauf ein, da auch sie Heinrich Heine schätzte.

Gustav, der es satthatte, den stummen Zuhörer zu spielen, brachte die Sprache auf die Stücke des neumodischen Dichters und Arztes Arthur Schnitzler. Dorothea teilte ausnahmsweise seine Meinung, auch sie hielt Schnitzler für ein Genie. Marie Luise hatte noch nie etwas von diesem Autor gelesen, versprach aber, sich demnächst ein Stück von ihm anzusehen.

„Gilt er nicht als Skandalautor?", fragte sie und wirkte dabei so neugierig und unschuldig wie ein Kind. „Ein Wüstling, sagt man ..."

„Du musst nicht alles glauben, was dir deine hochherrschaftlichen Freundinnen erzählen", antwortete Gustav.

„Ich muss mir die Nase pudern, kommst du mit?", wandte sich Marie Luise an ihre neue Freundin.

Gustavs gute Laune war im Schwinden begriffen, als Dorothea seiner Halbschwester in ihr Boudoir folgte. Er sah sich nach der schönen Fremden, die ihn vorhin gelangweilt hatte, um. Sie schien das Fest bereits verlassen zu haben.

Marie Luise zeigte Dorothea das neue, soeben fertiggestellte Badezimmer. Während Dorothea die Wanne mit den vergoldeten Wasserhähnen bewunderte, holte Marie Luise ein Fläschchen und eine Spritze aus dem Schrank neben dem Waschbecken und injizierte sich eine Kokainlösung in die Armbeuge.

„Das einzig wirksame Mittel gegen Melancholie", sagte sie. „Möchtest du es probieren?"

Dorothea versuchte ihr Entsetzen zu verbergen.

„Dieses Zeug ist... ist gefährlich", stammelte sie.

„Nein, es ist völlig harmlos. Ihre Majestät höchstpersönlich hat mir diese Medizin empfohlen. Sie hat sich häufig Kokain spritzen lassen gegen ihre Schmerzen, und eines Tages hat sie festgestellt, dass es auch gegen die Melancholie sehr hilfreich ist. Es wirkt phänomenal. Ich fühle mich damit immer großartig und sehr unternehmungslustig."

Dorothea, die Marie Luise keineswegs für melancholisch hielt, fürchtete die unberechenbare Wirkung dieses Teufelszeuges.

Als sie in den Ballsaal zurückkehrten, war Marie Luises Benehmen nicht mehr „comme il faut". Mit ihrem schrillen Gelächter und ihrem aggressiven Ton vertrieb sie die letzten Gäste.

Ihr Vater, der nicht ahnte, warum sich seine geliebte Tochter so unmöglich benahm, versuchte sie zu überzeugen, ins Bett zu gehen.

„Du brauchst Ruhe, mein Kind. All die Aufregung in den letzten Wochen war einfach zu viel für dich."

„Lass mich in Frieden, du Schwerenöter! Wie viele Bastarde hast du noch gezeugt?", kreischte sie. „Wenn sie alle so hübsch sind wie mein neues Brüderchen, hab ich ja gar nichts dagegen ..." Sie kicherte wie eine Irre.

Der Graf packte sie am Arm und zerrte sie aus dem Ballsaal.

Gustav, der dem spektakulären Auftritt seiner Halbschwester mit Abscheu gefolgt war, drängte seine Tante und Dorothea zum Aufbruch. Graf Seckenberg bestand darauf, Vera in seinem Wagen heimzubringen. Sie lehnte dankend ab.

Edi, der schon seit einer Weile mit seinem Fiaker vor der Villa auf die Herrschaften wartete, brachte die Karolys und Dorothea nach Hause.

Kaum saßen sie in der Kutsche, stellte Vera Spekulationen darüber an, warum sich Marie Luise am Ende des schönen Abends so unmöglich aufgeführt hatte. Dorothea, die die Antwort kannte, verriet ihre Freundin nicht und stellte stattdessen die Frage in den Raum, warum Männer hysterische Frauen wohl so anziehend fanden.

„Ich denke, ihr Benehmen wirkt ungeheuer aufreizend und vielversprechend auf das männliche Geschlecht", sagte Vera. „Mit ihrer lauten und distanzlosen Art erregen sie die Aufmerksamkeit der Männer. Sie wollen im Grunde nicht wirklich etwas von ihnen. Ich weiß, das klingt verrückt ..."

„Du hast vollkommen Recht", unterbrach Dorothea ihre Patentante. „Gleichzeitig erwecken solche Frauen mit ihrem kindlich naiven Verhalten den Beschützerinstinkt des Mannes. Und doch enttäuschen sie deren Erwartungen dann immer wieder."

Gustav, der ihnen gegenübersaß, stellte sich schlafend, hörte ihnen aber aufmerksam zu. Er hielt sich für einen Kenner der Frauen, sah jedoch ein, dass er von den beiden Damen allerhand lernen konnte.

Als sie vor ihrer Haustür in den Hofstallungen angekommen waren, verabschiedete er sich ausgesucht liebenswürdig von ihnen und ließ sich von Edi ins Kaiserbründl in der Weihburggasse bringen.

Vor der Villa des Grafen warteten edle Gespanne auf die hohen Herrschaften. Als die Baronesse von Engelsdorff ihren Wagen bestieg, erschrak sie. Doch dann erkannte sie den Mann, der im Inneren saß, trotz seiner schwarzen Maske und war durchaus gewillt, mit ihm eine kleine Tour zu machen.

Die Baronesse war eine Schönheit, aber nicht gerade die Klügste.

Ihr Gegenüber war eine imposante Erscheinung und äußerst charmant. Sie konnte nicht ahnen, von welch perversen Fantasien der Mann besessen war. Er malte sich aus, wie er mit dem Brieföffner, den er zuvor vom Schreibtisch des Grafen Batheny entwendet hatte, ihre zarte weiße Kehle durchtrennen und ihr dabei zusehen würde, wie sie verblutete. Ihren Kutscher würde er auch beseitigen müssen. Er tastete nach dem Dolch, der in der Schärpe seines orientalischen Kostüms steckte und eine geeignetere Waffe für sein Vorhaben war als der filigrane Brieföffner.

Als der Kutscher gerade losfahren wollte, trat der junge Baron von Engelsdorff an das Gefährt heran und bestand wortreich und leicht illuminiert darauf, seine Cousine, die Baronesse, nach Hause bringen zu dürfen. Sie habe es ihm versprochen.

Der maskierte Gentleman im Wageninneren protestierte so lang, wie er es für nötig hielt, und gab sich dann höhnisch lachend geschlagen, überließ dem Trottel von Engelsdorff sein Opfer.

22

Karl Konstantin traf fast zeitgleich mit Gustav im Kaiserbründl ein und begrüßte ihn mit den Worten: „Ich hab für heute genug von der Damenwelt! Meine Verlobte übertrifft sie alle an Extravaganz und Exzentrik. Ich glaub, ich sollte es mir noch mal gut überlegen, ob ich eine Verbindung mit so einer Xanthippe eingehen will."

Lachend ließ sich der Erzherzog dann von einem schönen Jüngling beim Auskleiden helfen.

Gustav fand sowohl Karl Konstantins Bemerkung über seine Halbschwester unangenehm als auch die Männerhände, die sich an seiner Kleidung zu schaffen machten. Er schickte den hübschen Burschen, der ihm zu Hilfe geeilt war, weg und entledigte sich seiner Kleider selbst.

Nur wenige Gäste hatten Marie Luises hysterischen Anfall mitbekommen. Gustav wunderte sich, dass Stanzi bereits davon wusste, denn er war während der peinlichen Szene nicht im Saal gewesen.

Karl Konstantin hatte Gustav auf dem Kostümfest das Du-Wort angeboten. Doch Gustav fiel es nicht leicht, den Erzherzog so informell anzusprechen, obwohl er ihn in Gedanken längst Stanzi nannte. Die hohen Herrschaften verwendeten untereinander gerne ihre Spitznamen. Er würde also in Kauf nehmen müssen, dass der Erzherzog ihn in Zukunft Gustl nannte. Er tröstete sich damit, dass Stanzi mindestens ebenso blöd klang wie Gustl. Und im Grunde fühlte er sich höchst geschmeichelt, mit einem Angehörigen des Kaiserhauses auf so vertrautem Fuß zu stehen.

Das ehemalige Centralbad in der Weihburggasse war das einzige Bad in der Inneren Stadt und es war äußerst exklusiv. Zu den Stammgästen zählte auch der jüngste Bruder des Kaisers, Erzherzog Ludwig Viktor, der für seinen Schönheitssinn und seine Vorliebe für Männer berühmt und berüchtigt war.

Das Bad war in „Kaiserbründl" umbenannt worden, nachdem es drei kaiserliche Majestäten aufgesucht hatten. Neben Kaiser Franz Joseph I. war Dom Pedro II., der Kaiser von Brasilien und Sohn der Habsburgerin Dona Leopoldina dort zu Gast gewesen. Er galt als Ästhet, war ein leidenschaftlicher Tänzer, förderte die Wissenschaften und war den geistigen Größen Europas sehr zugetan. Der dritte Herrscher, der das Centralbad bei seinem Besuch anlässlich der Weltausstellung 1873 aufsuchte, war kein Reformer und weniger beliebt bei seinem Volk als der Kaiser von Brasilien. Nāser ad-Dīn, Schah von Persien, war ein Despot, ein absolutistischer Herrscher, der fünfundzwanzig Frauen und unzählige Nachkommen hatte. Gustav wunderte es nicht, dass er vor ein paar Jahren von einem persischen Freiheitskämpfer erschossen worden war.

Gustav war zum ersten Mal in diesem prunkvollen Bad. Er war beeindruckt von der eleganten Innenausstattung im maurisch-orientalischen Stil. Einige Räume weckten Erinnerungen an klassisch römische Thermen in ihm, die er bisher nur aus Büchern kannte.

Auffallend anmutige Jünglinge schwirrten herum, benahmen sich wie Sklaven und lasen den noblen Herren jeden Wunsch von den Augen ab. Als Gustav einen Burschen bemerkte, der vor einem alten Herrn kniete, seinen Kopf zwischen dessen Beinen, zuckte er erschrocken zusammen. Als er gewahr wurde, dass der Junge dem Manne die Füße wusch, atmete er erleichtert auf. Zwei Bedienstete eilten auf Gustav und Karl Konstantin zu, boten sich an, sie einer Reinigung zu unterziehen.

Gustav lehnte es ab, die üblichen Waschungen über sich ergehen zu lassen.

„Hier gibt es Warmwasser, das Bad ist voll elektrifiziert worden im Zuge der letzten Renovierung“, sagte Karl Konstantin, der Gustavs Weigerung falsch interpretierte.

Der Erzherzog schien ein beliebter Gast im Kaiserbründl zu sein.

„Grüß dich, Stanzi!“ – „Wieder mal in der Stadt?“ – „Wie geht's dir, alter Freund!“ – „Servus Erzherzog!“

Die Gäste gehören wohl alle dem Hochadel an, sonst würden sie ihn nicht so familiär begrüßen, dachte Gustav, der sich vorkam wie ein Hund, der seinem Herrn hinterhertrottete. Denn Karl Konstantin traf keine Anstalten, ihn seinen Freunden und Bekannten vorzustellen und erwiderte auch nur selten einen Gruß, während er seinem Begleiter die verschiedenen Dampf-, Schwefel- und Moorbäder zeigte.

Als Karl Konstantin vorschlug, zuerst das Caldarium aufzusuchen, nickte Gustav ergeben. Er hatte keine rechte Vorstellung davon, was ihm bevorstand.

Die hohe Luftfeuchtigkeit raubte ihm beinahe den Atem. Die Wärmestrahlung, die vom Boden und von den Öfen ausging, empfand er hingegen als durchaus angenehm.

„Soll gut sein für die Lunge“, sagte Karl Konstantin, ließ das Handtuch, das er um seine Hüften geschlungen hatte, fallen und legte sich, so wie Gott ihn geschaffen hatte, auf eine Bank.

Gustav zögerte, es ihm gleichzutun.

„Bist du etwa ein verdammter Puritaner?“

„Nein, nein ...“, stammelte Gustav. Die Schamesröte, die ihm ins Gesicht schoss, als er sich seines Handtuchs entledigte, sagte etwas anderes.

Von einer Minute auf die andere kam der Erzherzog auf die Kaiserin zu sprechen.

„Vor Marie Luise wollte ich das nicht erwähnen, du weißt ja, wie sehr sie Ihre Majestät verehrt, ja geradezu angebetet hat, aber ich habe die liebe Sisi ganz anders erlebt."

„Hattest du die Ehre, sie näher zu kennen?", fragte Gustav überrascht.

„Was heißt näher? Sie ließ keinen an sich heran, außer den Andrássy vielleicht oder den ein oder anderen Reitlehrer. Als ich sie kennengelernt habe, war ihre Schönheit bereits am Verblühen. Sie hat in den letzten zwanzig Jahren ihre fahle Haut und ihre Falten immer hinter einem Schleier versteckt. Wusstest du, dass sie sich ab ihrem einunddreißigsten Lebensjahr nicht mehr fotografieren hat lassen? Ja, sie war eben ungeheuer eitel und egoistisch obendrein. Als allerhöchste Dame der Monarchie war sie ein Vorbild für die jungen Frauen im Lande. Was für ein Vorbild! Ist das die neue Frau des kommenden 20. Jahrhunderts? Nein danke!"

„Du hast sie also nicht verehrt." Es war keine Frage, sondern eine Feststellung.

„Eine Frau, die fast vierzig Jahre lang rast- und ziellos durch die Welt reist und ihre Aufgaben als Gattin und Mutter nicht wahrnimmt – wie kann man so eine Frau verehren? Die Hofburg hat sie als ‚goldenen Käfig' bezeichnet. Was hätte ich darum gegeben, in diesem Käfig zu wohnen? Ich war nur der lästige Verwandte, fast schon eine Persona non grata am Hof. Ihren Sohn hat sie übrigens abgöttisch geliebt, einerseits verhätschelt, andererseits schmählich im Stich gelassen. Kein Wunder, dass er Selbstmord begangen hat. Ich kannte Rudolf ganz gut, darf, glaube ich, behaupten, einer seiner wenigen Freunde gewesen zu sein. Er hat jedenfalls sein Leben lang unter der permanenten Abwesenheit seiner Mutter gelitten. Sie hat ihn schwer vernachlässigt, das sagt zumindest meine Frau Mama."

Gustav hatte Karl Konstantin noch nie so ernst und emotional erlebt. Er versuchte, dem Erzherzog seine Verwunderung darüber nicht zu zeigen.

Nachdem sie sich etwa zwanzig Minuten lang aufgewärmt hatten, sagte Karl Konstantin: „Und jetzt gehen wir uns abkühlen und danach machen wir die ganze Prozedur im Dampfbad noch einmal, damit wir den Alkohol von heut Abend richtig rausschwitzen."

Gustav war wild entschlossen, es bei dem einen Besuch des Caldariums zu belassen. Sein Kreislauf machte ihm zu schaffen. Er taumelte, als er hinaus auf den Gang trat und dem Erzherzog zum Frigidarium folgte.

Im Abkühlraum wurde der Erzherzog wieder freudig von allen Seiten begrüßt. Gustav behielt sein Handtuch um, tat, als würde er frieren.

„Seien Sie keine Memme, Herr Oberleutnant", spottete Karl Konstantin.

„Hier ist es mir zu voll", sagte Gustav.

„Dann lass uns ins kalte Wasser springen."

Das Bassin im Souterrain des Hauses sah sehr einladend aus. Das Becken war von kunstvoll bemalten Glasfenstern umrahmt. Gustav hatte das Gefühl, sich in einem orientalischen Hamam zu befinden.

Zu Karl Konstantins Überraschung stieg er, ohne mit der Wimper zu zucken, ins eiskalte Wasser.

„Ist es dir zu kühl, lieber Stanzi, oder kannst du etwa nicht schwimmen", frotzelte er nun den Erzherzog. Mit geübten Bewegungen durchquerte er der Länge nach das Becken, während Karl Konstantin nur vorsichtig seine Füße ins Wasser hielt.

„Ich habe in den kalten Salzkammergutseen schwimmen gelernt. War als Kind mit meinen Großeltern jedes Jahr am Attersee oder am Traunsee auf Sommerfrische“, sagte Gustav grinsend.

Als sie sich nach dem kühlen Bad in einem der Ruheräume auf zierlichen Ottomanen, die übersät waren mit karmesinroten und königsblauen Satinkissen, niederließen, dösten beide ein.

Es war spät geworden. Einer der jungen Burschen weckte sie, kurz bevor das Bad zusperrte.

Karl Konstantin ließ es sich nicht nehmen, Gustav mit seinem Sechsspänner nach Hause zu bringen, obwohl sich sein Palais nicht weit vom Kaiserbründl befand.

Als die Kutsche des Erzherzogs auf das Tor der k.k. Hofstallungen zupreschte, ertönte ein Schrei. Gustav und Karl Konstantin wurden nach vorn geschleudert, als das Gefährt abrupt stehen blieb.

Verärgert beugte sich der Erzherzog aus dem Fenster. „Bist du vollkommen verrückt geworden, Karl?“, schrie er seinen Kutscher an.

Gustav konnte nicht verstehen, was der Arme antwortete. Er stieg rasch aus.

Ein Blick genügte und er wusste, wer die Ursache für den plötzlichen Halt war.

23

Am nächsten Morgen unterhielten sich Dorothea und Vera lautstark über das Geburtstagsfest im Hause Batheny. Ihre Stimmen weckten Gustav.

Sogleich fiel ihm wieder die Alte ein, die gestern leblos vor dem Einfahrtstor der Hofstallungen gelegen war. Er hatte Karl Konstantin von ihren wirren Prophezeiungen und ihrem Teufelsgequatsche erzählt. Der Erzherzog hatte ihn scherzhaft des Aberglaubens bezichtigt. Um die Alte hatte sich keiner von ihnen gekümmert.

Unausgeschlafen gesellte sich Gustav in Pyjama und Morgenmantel zu den beiden Frauen an den sparsam gedeckten Frühstückstisch. Beim Anblick der trockenen Brotscheiben, des bisschen Butters und der Reste von Josefas Erdbeermarmelade begann er von dem exorbitanten Frühstück zu schwärmen, das er in der Villa seines Vaters genossen hatte.

„Der Bäcker in der Hietzinger Hauptstraße bringt ihnen jeden Morgen ofenfrisches Gebäck. Seine Kaisersemmeln sind fantastisch. Hab noch nie in meinem Leben so gute Kaisersemmeln gegessen ..."

„Das darfst du Josefa gegenüber ja nicht erwähnen, sonst ist sie schwer gekränkt", ermahnte Vera ihn.

„Wieso, es ist nicht ihre Schuld, dass der verdammte Lauritz in der Burggasse keine anständigen Semmeln zusammenbringt."

„Dafür gibt es bei uns Josefas unübertroffene Erdbeermarmelade", sagte Dorothea laut, obwohl die schwerhörige Josefa, die gerade Veras Zimmer aufräumte, sie sicher nicht hören konnte.

„Die Erdbeermarmelade hängt mir, ehrlich gesagt, schon zum Hals heraus. Seit wie vielen Jahren gibt es jetzt schon jeden Morgen Erdbeermarmelade bei uns? Im Hause Batheny ist die Auswahl riesig: Heidelbeer-, Marillen-, Zwetschgen-, ja sogar Orangenmarmelade ... einfach köstlich, ich sag's euch."

„Jetzt hör schon auf, Gustl. Oder willst du es dir mit Josefa endgültig verscherzen? Ich finde ihre selbstgemachte Konfitüre himmlisch", schwärmte Dorothea.

„Ihr seid einfach nur neidisch. Lasst mich weitererzählen. Wer will schon Marmelade, wenn Forellenparfait, mit russischem Salat gefüllte Schinkenröllchen und echter Kaviar am Tisch stehen? Ja, da staunt ihr." Gustav grinste von einem Ohr zum andern.

„Du solltest öfters bei Graf Batheny frühstücken, vielleicht würdest du endlich mal ein paar Kilo zulegen", sagte Vera.

Jemand klopfte heftig an die Wohnungstür.

Gustav stand selbst auf, um zu öffnen, da Josefa das Klopfen in Veras Zimmer nicht hören konnte.

„Morgen. Hoffe, ich störe nicht." Polizei-Oberkommissär Rudi Kasper war um diese frühe Stunde ein ungewohnter Anblick.

Kaum hatte Gustav ihn hereingebeten und die Tür hinter ihm geschlossen, klopfte es wieder.

Ein Mann mit Schirmmütze und an die Brust gehefteter Dienstmarke stand vor der Tür. Seine klobigen Hände umklammerten einen riesigen Strauß üppiger roter Teerosen.

„Soll ich abgeben für Frau von Karoly", sagte der Mann mit tschechischem Akzent.

Vera, die inzwischen aus der Küche gekommen war, um Rudi Kasper zu begrüßen, starrte abwechselnd in Rudis entgeistertes Gesicht und auf die Epauletten am graugrünen Uniformmantel des Dienstmannes.

Josefa trat in den Vorraum und schaute die beiden Männer neugierig an.

„Hol einen Kübel mit Wasser, Josefa. Nein, bring mir lieber mein Portemonnaie ... oder hast du etwas Geld bei dir, Gustav?"

„Darf ich Ihnen aushelfen, gnädige Frau?" Rudi kramte in seiner Hosentasche und reichte dem Dienstmann ein paar Kreuzer. Doch der brauchte beide Hände, um den riesigen Strauß zu halten.

„Nimm dem guten Mann endlich die Blumen ab“, fuhr Vera ihren Neffen an, dem die kleine Aufregung großen Spaß zu machen schien.

„Danke, gnädiger Herr“, verabschiedete sich der Dienstmann mit vielen Bücklingen.

Als die alte Haushälterin den Blechkübel in der Bassena mit kaltem Wasser gefüllt hatte, stellte Gustav die Blumen hinein und fragte: „Und was jetzt?“

„Stell sie an die Luft, Josefa, dort bleiben sie länger frisch.“ Sie entschuldigte sich bei Rudi und folgte Josefa hinaus auf die Terrasse.

Rudi und Gustav, die noch immer im Vorzimmer herumstanden, beobachteten durch das Fenster in der Tür, wie Vera hastig das Kuvert öffnete, das zwischen den Rosen steckte.

„Die sind vom Secki, was wetten wir“, sagte Gustav grinsend.

„Welcher Secki?“ Eine leichte Röte erschien auf Rudis blassen Wangen.

„Meine Tante hat seit kurzem einen leidenschaftlichen Verehrer. Graf Seckenberg ist völlig vernarrt in sie.“

„Steht der alte Trottel nicht schon mit einem Bein im Grab?“, mokierte sich Rudi.

„Kann ich nicht behaupten. Gestern wirkte er jedenfalls recht rüstig. Ach, ich muss dir ja überhaupt noch von dem Fest erzählen ...“

„Später, ich habe ernsthaft mit dir zu reden.“ Rudis Ton wurde plötzlich amtlich.

Vera, die das Kuvert samt dem Briefchen zerrissen und die Papierfetzen Josefa in die Hand gedrückt hatte, gesellte sich wieder zu den beiden Männern.

„Darf ich Ihnen Gustav für ein Stündchen entführen, gnädige Frau?“, fragte Rudi.

„Auch für länger“, sagte Vera.

„Magst mich zur Polizeidirektion begleiten?“

„Von mir aus. Ich zieh mich schnell an. Du kannst ja einstweilen mit den Damen einen Kaffee trinken.“

Als die beiden Freunde wenig später über den Museumsplatz zur Ringstraße schlenderten, teilte der Polizei-Oberkommissär Gustav mit, dass Max von Gutbrunnen am späten Abend des Vortags verhaftet worden war.

„Der Horvath hat ihn vor seiner Wohnung abgepasst und ihn sich geschnappt, als er ziemlich angetrunken nach Hause kam. Er war übrigens sehr merkwürdig gekleidet. Als wir ihn auf seinen Aufzug angesprochen haben, hat er behauptet, auf einem Kostümfest im Hause Batheny gewesen zu sein. Hast du ihn dort gesehen?“

„Nein. Das heißt nicht, dass er nicht dort war. Die meisten Gäste waren maskiert, es waren unheimlich viele Leut ...“

„Mit den Briefen, vor allem mit Hilfe des Abschiedsbriefs von ihr, wird es uns sicher gelingen, ihn zu einem Geständnis zu bringen“, unterbrach Rudi ihn. „Ich weiß nur nicht, wie ich meinem Vorgesetzten erklären soll, wie wir an diese Briefe gekommen sind. Kann ihm ja schlecht sagen, dass mein bester Freund bei Max von Gutbrunnen eingebrochen und die Briefe gestohlen hat ...“

„Hat er schon gestanden?“

„Nein. Das ist ja mein Problem. Er schweigt. Das Einzige, was er bisher von sich gegeben hat, war, dass er einen Anwalt haben möchte.“

„Und? Habt ihr ihm erlaubt, sich einen Anwalt zu nehmen?“

„Nein. Natürlich nicht. Wir haben ihn die halbe Nacht lang in die Zange genommen. Aber er ist ein Sturschädel, macht seinen Mund nicht auf. Wir stellen uns den Tathergang auf Basis der Aussage von dem Krüppel Zoran folgendermaßen vor: Max von Gutbrunnen hatte sich mit seiner Geliebten in der Menagerie zu einer letzten Aussprache verabredet. Wir nehmen an, dass er sie zu erpressen versucht hat. Das können wir aus dem Inhalt ihrer Briefe schließen. Sie war anscheinend eine ziemlich resolute Person und hat ihm Paroli geboten. Laut Zoran hat sie ihn ja bis zur Weißglut getrieben. Und irgendwann, als ihm die Worte ausgegangen sind, hat er zur Mistgabel gegriffen und zugestochen. Eine ganz banale Geschichte. Aber ohne die Briefe, die du mir zukommen hast lassen, hätten wir keine Beweise gegen ihn.“

Gustav wollte sich gerade darüber freuen, dass sein Freund ihm endlich Anerkennung für seine detektivischen Fähigkeiten zollte, als dieser hinzufügte: „Aber wenn dich dieser Reitlehrer wegen Einbruchs und Diebstahls anzeigen sollte, weiß ich von nichts. Ich werde sagen, dass sie mir von anonymer Hand zugespielt worden sind. Ganz sicher werde ich nicht meinen Kopf für dich hinhalten.“

Gustav hatte plötzlich keine Lust mehr, Rudi weiter zu begleiten.

„Ich hab vergessen, dass ich zum Lunch mit dem Erzherzog verabredet bin“, log er und machte kehrt.

24

Auch an den folgenden Tagen langten Blumensträuße und versiegelte Kuverts bei den Karolys ein. Vera ließ sich nicht erweichen. Sie nahm keine der Einladungen von Graf Seckenberg an, schimpfte sogar über ihn, erklärte Gustav und Dorothea, wie impertinent und geschmacklos sie sein Verhalten fände.

Der alte Graf benahm sich wie ein verliebter Gockel. Eines Tages passte er Vera tatsächlich zu Mittag vor den Hofstallungen ab, als sie gerade auf dem Weg zu einer Veranstaltung des Österreichischen Frauenvereins war. Er bot ihr an, sie mit seinem Landauer hinzubringen.

„Ich hab ihm gründlich die Meinung gesagt. Er soll es noch einmal wagen, mich mit seinen Blumensträußen zu belästigen", echauffierte sie sich, als sie heimkam, und zog sich sogleich in ihr Zimmer zurück.

Gustav und Dorothea amüsierten sich königlich.

Nachmittags machte sich Gustav auf den Weg zur Polizeidirektion. Er konnte kaum erwarten zu erfahren, was bei den weiteren Verhören des Reitlehrers herausgekommen war.

Währenddessen saßen Vera und Dorothea bei einer Tasse Tee und kamen wieder einmal auf das unsägliche Thema Männer zu sprechen.

„Hör bitte endlich auf, mich zu frotzeln. Die Avancen, die mir der Secki macht, konvenieren mir nicht. Ich kann es nicht leiden, wenn er sein Monokel aufsetzt und mich mit seinem vergrößerten Auge lüstern anstarrt. Er ist ein alter Mann, ich habe keine Lust, ihn zu pflegen, das hab ich schon mit meinen Eltern und meiner Schwester hinter mir …"

Dorothea pflichtete ihr bei, konnte sich aber ein Lächeln nicht verkneifen.

„Und was ist mit Graf Batheny?“, fragte sie. „Er scheint sich ja auch für dich zu interessieren. Er fragt mich häufig nach dir, fragt, was du machst, wie es dir geht ...“

„Ach hör auf, Dorothea! Ich will mit Männern nichts zu tun haben, das solltest du längst wissen. Das männliche Geschlecht bringt nur Unglück und Elend über uns Frauen. Denk an meine arme Schwester oder an unsere Kaiserin und an all diese armen Frauen in den Vorstädten mit ihren zwölf Kindern und ihren arbeitslosen Ehemännern.“

„Deine beste Freundin, meine Mama, war glücklich mit Papa.“

„Ausnahmen bestätigen die Regel. Ich rate dir, vergiss die Männer, liebe Dorothea, sie sind unser Ruin! Auch ich war einst jung und verliebt. Meine große Liebe war ein Feigling. Er hat eine andere, vermögendere Frau geheiratet. Ich teile also das Schicksal meiner geliebten Schwester. Graf Batheny, den du jetzt zu meinen Verehrern zählst, hat Giselle damals mit ihrem kleinen Sohn schmählich im Stich gelassen und eine Frau geehelicht, die seine Eltern für ihn ausgesucht haben.“

„Was war das für ein Mann, den du geliebt hast? Darf ich das fragen?“

„Du darfst. Aber ich werde dir nicht antworten. Ich muss jetzt wieder an meine Arbeit. Meine Artikel schreiben sich nicht von selbst. Geh nach Zürich studieren. In diesem konservativen Land wird es noch Jahre dauern, bis sie uns Frauen zum Medizinstudium zulassen.“

Vera hatte die Küche kaum verlassen, als Gustav heimkam. Er setzte sich zu Dorothea und erzählte ihr aufgeregt, was er gerade in der Polizeidirektion in Erfahrung gebracht hatte.

„Stell dir vor, Max von Gutbrunnen hat unter der Folter der Staatspolizei alle drei Morde gestanden."

„Die Polizei foltert Verdächtige?"

„Ja, ich kann es selbst kaum glauben. Rudi hat erzählt, dass die Geheimen den Kopf des Reitlehrers so lange unter Wasser gehalten haben, bis er fast ersoffen wäre, und ihm dann sogar einen Fingernagel gezogen haben. Seine Schreie waren angeblich im ganzen Haus zu hören."

Dorothea erblasste.

„Max von Gutbrunnen konnte, laut Rudi, aber nicht erklären, warum und wie er die anderen Frauen umgebracht hat. Bei der Polizei herrscht dennoch Jubelstimmung. – Hättest du gedacht, dass dieser Reitlehrer der Frauenmörder von Schönbrunn ist?"

„Ich bin mir dessen nicht so sicher", antwortete Dorothea. „Vielleicht hat er die Baronin den Tigern zum Fraß vorgeworfen, aber warum sollte er die anderen Damen umgebracht haben? Hat er sie überhaupt gekannt?"

„Genau das versucht Rudi gerade herauszufinden. Vielleicht haben sie ja ebenfalls Reitstunden bei ihm genommen?"

„Auch die deutsche Prinzessin ...?"

„Das wage ich zu bezweifeln."

„Geständnisse, die unter der Folter zustande kommen, kann man sowieso nicht ernst nehmen. Das hast du selbst einmal gesagt."

„Stimmt. Aber die Schlagzeilen der morgigen Zeitungen werden trotzdem lauten: ‚Jack the Ripper von Schönbrunn gefasst', oder so ähnlich."

„Ich hoffe, dass wenigstens diese Zeitung weiterhin seriöse Artikel bringt.“ Dorothea deutete auf die Neue Freie Presse, die aufgeschlagen vor ihr lag. „Sie berichten auf der heutigen Titelseite, dass die Zahl der Obdachlosen in der Reichshaupt- und Residenzstadt schon wieder um Zehntausende gestiegen ist.“

„Ja, das merkt man. Nicht nur in den Prateraeuen stolpert man bei jedem Schritt über die armen Leut, auch in den neuen Kanälen und auf den unzähligen Baustellen hausen die. Selbst bei uns unten in den Stallungen treiben sich einige herum. Ich werde seit geraumer Zeit von einer alten Lumpensammlerin belästigt. Sie scheint es auf mich abgesehen zu haben, weil ich ihr bei unserer ersten Begegnung nichts gegeben habe. Ständig kündigt sie mir weitere gewaltsame Tode schöner Frauen an.“

„Und sie scheint Recht zu haben. Aber wenn die Polizei nun den Mörder überführt hat, ist ja endlich wieder alles in Ordnung in der Stadt“, sagte Dorothea.

Ihr spöttischer Ton machte Gustav stutzig.

„Stört es dich, wenn ich eine rauche?“

„Nein. Gib mir bitte auch eine.“

Gustav holte eine neue Schachtel Zigarillos und den französischen Cognac aus seinem Zimmer, schenkte Dorothea und sich ein und hielt ihr ein Zigarillo hin.

Im Dunst des blauen Rauchs und benebelt vom Cognac, denn es war nicht bei einem Glas geblieben, kamen sie auf Vera und ihren neuen Verehrer zu sprechen.

Dorothea deutete an, dass ihre Patentante beileibe keine alte Jungfrau sei, sondern in jungen Jahren bestimmt den einen oder anderen Liebhaber gehabt hatte.

„Sie hat eher eine Vorliebe für jüngere Männer, glaube ich“, sagte Dorothea. „Ich habe schon seit längerem den Eindruck, dass ihr dein Freund Rudi gefällt.“

„Du bist verrückt! Rudi ist zehn Jahre jünger als sie.“

„Genau genommen zwölf Jahre. Na und? Die meisten Männer in deinen Kreisen haben Frauen, die mindestens zwanzig Jahre jünger sind als sie.“

„Das ist etwas völlig anderes, Dorothea.“

„Du bist ein richtiger Spießbürger, lieber Gustav. Ich nehme an, du findest allein die Vorstellung von den beiden als Paar lächerlich.“

„Du sagst es.“

„Wie kann man nur so borniert sein? Du bist doch ein intelligenter Mensch ...“

„Danke für das Kompliment.“

„Ach hör auf. Warum müssen wir immer streiten? Können wir denn nie einer Meinung sein?“

„Anscheinend nicht.“

„Ich habe keine Lust, mit dir zu streiten. Gute Nacht!“

25

Ein Bote brachte Gustav am nächsten Morgen eine Nachricht von Rudi. Überrascht, da Rudi ihm so gut wie nie schriftliche Nachrichten zukommen ließ, öffnete Gustav das Kuvert. *Komm sofort in mein Büro. Es ist wichtig.* Mit zitternden Händen zerknüllte er den Zettel.

Womöglich ging es ihm nun an den Kragen. Wahrscheinlich hatte der Reitlehrer den Einbruch in seine Wohnung nun doch angezeigt.

Gustav rasierte sich gründlich und zog sich betont langsam und sorgfältig an, entschied sich für einen dezenten grauen Anzug und die bequemsten Schuhe, die er hatte. Dann ging er zu Fuß zur Polizeidirektion. Wer weiß, vielleicht würde es für längere Zeit sein letzter Spaziergang in Freiheit sein.

„Dieser Bastard hat seine Geständnisse widerrufen!", sagte Rudi anstatt einer Begrüßung.

Erleichtert ließ sich Gustav auf dem Sessel vor Rudis Schreibtisch nieder und wischte sich mit einem Taschentuch den Schweiß von der Stirn.

„Was ist passiert?"

„Als ich ihn noch einmal allein verhört habe, hat Max von Gutbrunnen steif und fest behauptet, dass seine Geständnisse durch die Folter erzwungen worden seien. Den Mord in der Menagerie gibt er zu, auch wenn er von Totschlag redet, aber für die anderen Morde hat er Alibis. Die lass ich gerade überprüfen, befürchte aber, dass sie hieb- und stichfest sind."

„Dorothea und ich haben von Anfang an nicht daran geglaubt, dass er der Frauenmörder von Schönbrunn ist ..."

„Ich auch nicht. Oder besser gesagt, ich war skeptisch. Denn wie soll ein Reitlehrer so einfach ins Schloss hineinkommen? Aber der Druck von oben, diesem Max die Morde anzuhängen, ist ständig größer geworden. Soviel ich gehört habe, interessiert man sich sogar an allerhöchster Stelle für die Fälle. Es scheint den Herrschaften aber in erster Linie darum zu gehen, möglichst rasch jemanden als Täter festzunageln, damit wieder Ruhe im Volk einkehrt. An der Aufklärung haben sie offenbar weniger Interesse. Nicht die Wahrheit soll um jeden Preis ans Licht kommen, sondern Macht und Stärke der Herrschenden sollen demonstriert werden."

Rudi klang verbittert. Er sah schlecht aus, hatte dunkle Ringe unter den Augen und seine strähnigen

Haare hingen ihm ins Gesicht. Wahrscheinlich hat er schon länger nicht mehr ordentlich geschlafen, vermutete Gustav. An Tagen wie diesen wusste er wieder, warum er seinen Freund nicht um seine sichere Stellung, sein regelmäßiges Gehalt und sein modernes Büro beneidete. Gustav war ein Freigeist und hätte es in diesem hierarchischen Polizeisystem keine Woche lang ausgehalten.

„Außerdem werde ich andauernd in meinen Ermittlungen behindert", fuhr Rudi fort. „Die Weisungen und Interventionen kommen von ganz oben. Zum Beispiel hat man mir ausdrücklich verboten, die Dienerschaft in Schönbrunn zu verhören. Und genau aus diesem Grund habe ich dich gebeten, zu mir zu kommen. Es wäre mir sehr recht, wenn du deine privaten Ermittlungen fortsetzen würdest. Vielleicht kannst du aufgrund deiner guten Beziehungen mehr ausrichten als ich."

Von wegen gebeten, dachte Gustav, in Angst und Schrecken hast du mich mit deiner Nachricht versetzt! Er sagte es nicht laut, sondern beteuerte: „Ich werde mich bemühen, deine Erwartungen nicht zu enttäuschen."

„Ich danke dir, mein Freund."

So förmlich gingen sie normalerweise nicht miteinander um. Gustav bemühte sich, seine Verlegenheit zu verbergen.

„Ich habe übrigens heute früh sofort veranlasst, den Zoowärter Zoran freizulassen, damit wenigstens einem in diesem verzwickten Fall Gerechtigkeit widerfährt."

Gustav klopfte Rudi auf die Schulter, bevor er ihn mit seinen ungeklärten Fällen allein ließ.

Am Heimweg kaufte er einem Zeitungsjungen eine Tagespost ab. *Mord in der Kaiserlichen Menagerie aufge-*

klärt, stand auf Seite eins. Rasch überflog er den kurzen Artikel. Es war die Rede von einem Mord aus Leidenschaft. Reitlehrer Max von Gutbrunnen hatte die Tat gestanden. Die Polizei gab bekannt, dass es nur eine Frage der Zeit sei, bis der Täter auch die anderen Morde gestehen würde. Zumindest schien Rudi es geschafft zu haben, dass die durch Folter erpressten Geständnisse des Reitlehrers nicht an die Öffentlichkeit gedrungen waren.

Dorothea, die sich seit dem venezianischen Kostümfest fast täglich mit Gustavs Halbschwester getroffen hatte, war mittlerweile davon überzeugt, dass Marie Luises Geschichte von dem Überfall im Schönbrunner Schlosspark erfunden war. Nach der Ermordung der Kaiserin war die Arme völlig durchgedreht und hatte sich mit der Geschichte wohl nur interessant machen wollen.

Eines Nachmittags, während Dorothea in der k.k. Hofzuckerbäckerei Demel auf Marie Luise wartete, kam ihr jedoch noch ein anderer Gedanke. Gustav hatte ihr unlängst den tschechischen Gärtner beschrieben. Der Frantischek sei ein gut aussehender Mann, groß, blond und muskulös, habe etwas derbe, aber sehr männliche Züge und hellgraue Augen, und seine Brauen seien in der Mitte fast zusammengewachsen, was ihm einen finsteren Gesichtsausdruck verleihen würde. Marie Luise hatte ihr neulich von einem Traum erzählt, in dem ihr ein großer, starker Mann mit stechenden hellgrauen Augen zu nahe getreten war. Sie ist eine alte Jungfer, die sich nach einem Mann sehnt, dachte Dorothea, teilte diesen Gedanken aber niemandem mit, auch nicht Gustav. Sie fürchtete, er würde sie womöglich ebenfalls für eine alte Jungfer halten.

Die Comtesse entschuldigte sich umständlich für ihre Verspätung, als sie auf Dorotheas Tisch zusteuerte. Sie schien große Angst zu haben, ihr Wohlwollen zu verlieren.

„Bärtige sollten in der Öffentlichkeit lieber keine Torten mit Schlag essen“, sagte Dorothea, der die vielen Entschuldigungen unangenehm waren, und deutete auf einen vornehm gekleideten Herrn, der sich vergeblich bemühte, mit der Serviette die Reste des Schlagobers aus seinem dunklen Vollbart zu entfernen. Es machte die ganze Misere nur noch schlimmer.

„Sieht er nicht aus wie Sankt Nikolaus?“, fragte Marie Luise.

Die jungen Damen begannen zu kichern wie kleine Mädchen.

Als Marie Luise die köstliche Sachertorte kaum anrührte, sprach Dorothea, die ihren Indianer mit Schlag genüsslich verzehrte, ihre Freundin auf das bekanntlich sehr merkwürdige Essverhalten der verstorbenen Kaiserin an.

„Wenn ich richtig informiert bin, liebte Ihre Majestät die Süßigkeiten vom Demel. Waren nicht Marzipanäpfel und Nußkrapferl ihre Lieblingsnaschereien?“

„Sie hat auch Crème de Jour gerngehabt“, sagte Marie Luise leise und nahm noch einen Bissen von der verführerisch aussehenden Torte. „Wenn sie mal gesündigt hatte, hat sie sich wieder wochenlang nur von Orangen oder von Milch ernährt. Sie hat vor allem Fleisch gemieden. Da sie unter Eisenmangel gelitten hat, musste sie oft eine dünne Fleischbrühe trinken, meistens aus ausgepresstem Kalbfleisch, vor der ihr schrecklich ekelte.“

„Sie war doch sicher unerhört blass und dünn, oder?“

„Sie hat täglich mehrmals ihr Gewicht kontrolliert. Ihre Taille hatte einen Umfang von 51 Zentimetern! 45 Kilo Körpergewicht bei einer Größe von 1,72. Das werde ich niemals schaffen. Als sie einmal 50 Kilo auf die Waage brachte, war sie todunglücklich. Mein Gewicht schwankt zwischen 55 und 60 Kilo, und ich bin genauso groß wie Ihre Majestät. Ich muss unbedingt abnehmen, ich sehe schrecklich aus."

Dorothea begann herzhaft zu lachen.

„Entschuldige, Marie Luise, ich bin 1,65 groß und wiege 60 Kilo, und ich fühle mich sehr wohl, habe noch nie daran gedacht, eine Diät zu machen. In deinen Augen bin ich also zu dick?"

„Nein, nein, keineswegs", beteuerte die Comtesse beschämt. „Du siehst fantastisch aus."

„Ich denke, die Kaiserin wollte ewig ein Mädchen bleiben, nicht erwachsen werden", sagte Dorothea.

Marie Luise starrte sie erschrocken an.

„Ja, das glaube ich. Sie wollte weder Ehefrau noch Mutter sein. Und ich kann sie sogar verstehen. Leider hat sie sich mit diesen Hungerkuren und ihrem täglichen harten Trainingsprogramm nur selbst geschadet. Sie war ja, trotz ihrer körperlichen Ertüchtigungen, eine eher schwächliche Person, soviel ich weiß."

„Das stimmt nicht. Ihre Majestät war unheimlich zäh, hat ihre Hofdamen mit ihren ausgedehnten Fußmärschen zur Verzweiflung gebracht. Auch mich, um ehrlich zu sein."

Dorothea sah ein, dass es keinen Sinn hatte, mit Marie Luise über die Egozentrik und die Eigenheiten der Kaiserin zu diskutieren. Die Arme hatte die Monarchin nun einmal zu ihrem Idol erkoren und würde sich nicht so leicht von ihrer kindlichen Verehrung abbringen lassen. Dorothea wechselte daher das Thema und fragte Marie Luise bei einem zweiten Kaffee, wann sie gedenke, ihren Verlobten Erzherzog Karl Konstantin zu heiraten.

„Ich weiß nicht. Der Stanzi ist zwar eine gute Partie, aber ich liebe ihn nicht."

„Verzeih bitte meine indiskrete Frage: Liebst du einen anderen?"

Es dauerte eine Weile, bis die Comtesse antwortete.

„Deine Frage bringt mich in Verlegenheit. Ich hoffe, ich kann dir vertrauen. Du bist in den letzten Tagen eine wahre Freundin für mich geworden. Ich werde dir etwas mitteilen, über das ich noch mit keinem gesprochen habe: Ich war mit fünfzehn in meinen Reitlehrer verliebt. Leider hat er meine Zuneigung ausgenützt ... Mein Vater und Stanzi wissen nichts von dieser meiner Schmach. Ich habe nur der Kaiserin davon erzählt, und sie hat den Kerl sofort aus Wien verbannt. Er fristet jetzt irgendwo auf einem ungarischen Gestüt sein Dasein als Pferdeknecht."

Dorothea erwies in Gedanken der toten Kaiserin Respekt.

„Heute hasse ich Pferde", fuhr Marie Luise fort. „Ich bin erst in den Dienst Ihrer Majestät getreten, nachdem sie den Reitsport aufgegeben hatte. Als ich jung war, bin ich eine ebenso begeisterte Reiterin gewesen wie sie. Doch nach diesem schrecklichen Vorfall mit meinem Lehrer wollte ich weder von ihm noch von Pferden mehr etwas wissen, wie du dir vorstellen kannst. Eigentlich will ich seither überhaupt nichts mehr mit Männern zu tun haben."

Dorothea musste unwillkürlich daran denken, wie sehr sie als junges Mädchen in Gustav verliebt gewesen war. Er hatte ihr bei ihren seltenen Begegnungen keinerlei Beachtung geschenkt. Heute war es eher umgekehrt. Sie hatte sein Interesse sehr wohl bemerkt. Und auch sie mochte ihn nach wie vor. Aber er war ihr, trotz seines Alters, immer noch zu unreif. Sie wartete darauf, dass er endlich erwachsen werden würde.

Zu ihrer neuen Freundin sagte sie nichts darüber. Die Comtesse von Batheny war zwar intelligent und gebildet, aber Dorothea hielt sie für schwer neurotisch und nur an sich selbst und ihren eigenen Angelegenheiten interessiert.

Marie Luise begann nun über Stanzi zu reden.

„Mit achtzehn habe ich mich in ihn verliebt. Diese juvenile Schwärmerei hat nicht lange angehalten. Wir haben uns, auf Drängen seiner Frau Mama hin, miteinander verlobt. Kaum hatte ich ihn ein bisschen besser kennengelernt, habe ich das Interesse an ihm verloren. Er ist ein dekadenter Filou! Heute empfinde ich fast nur mehr Ekel für ihn. Wenn er mich küsst, schaudert mich. Wie viele Lippen haben die seinen schon berührt? Wie viele kranke, aussätzige Weiber haben seinen Körper gestreichelt? Nein, ich kann ihn unmöglich heiraten! Stell dir nur vor, was er in der Hochzeitsnacht mit mir anstellen würde. Igitt, igitt! Ich möchte keinesfalls schwanger werden. Allein der Gedanke, ich könnte so fett werden wie meine Schwester Sophie, bringt mich vollends zur Verzweiflung. Lieber würde ich mich umbringen, als mit so einem dicken Bauch herumzulaufen. Die Vorstellung, dass etwas in mir wächst wie ein gefährliches Geschwulst, macht mich halb wahnsinnig. Nein, ich will weder Stanzi noch sonst irgendeinen Mann heiraten und ich will auf keinen Fall Kinder bekommen. Allein beim Geruch eines Kleinkindes wird mir übel."

Ihr letzter Satz kam Dorothea bekannt vor. Hatte Marie Luise ihr nicht vor kurzem erzählt, dass Ihre Majestät Säuglinge nicht riechen hatte können und deswegen ihre Kinder, als sie klein waren, kaum sehen wollte?

Nach diesem aufschlussreichen Nachmittag in der k.k. Hofzuckerbäckerei Demel brachte Dorothea ihre neue Freundin ins Palais Batheny in der Herrengasse, wo ihr Herr Papa auf sie wartete, um mit ihr gemeinsam hinaus in die Hietzinger Villa zu fahren. Marie Luise bot ihr an, sie im gräflichen Wagen mitzunehmen und bei den Hofstallungen abzusetzen. Dorothea lehnte dankend ab. Nach der stundenlangen Sitzerei auf den schmalen Thonetstühlchen sehnte sie sich nach etwas Bewegung. Außerdem liebte sie lange Spaziergänge. In dieser Hinsicht glich sie eher der Kaiserin als Marie Luise, die nicht besonders gut zu Fuß war.

26

Ein wunderschöner Herbsttag neigte sich dem Ende zu. Dorothea liebte das weiche, warme Abendlicht, das der Reichshaupt- und Residenzstadt einen fast samtigen Glanz verlieh und all den Dreck und Schutt der vielen Baustellen für kurze Zeit vergessen ließ.

Bei Sonnenuntergang schritt sie durch das Michaelertor, vorbei am Eingang zu den Gemächern Seiner Majestät im Reichskanzleitrakt. Jedermann wusste, dass die kaiserlichen Räume sehr spartanisch eingerichtet waren. Angeblich hatte Seine Majestät nicht einmal Fließwasser, während das Badezimmer der Kaiserin selbstverständlich mit fließend Wasser ausgestattet war. In dieser Hinsicht war Ihre Majestät eben eine sehr moderne Frau, dachte Dorothea. Zwar betete sie als überzeugte Republikanerin die verstorbene Monarchin nicht an, wie Marie Luise es tat, doch eine gewisse Bewunderung und vor allem Respekt für ihre Selbständigkeit konnte sie ihr nicht versagen.

Nachdem sie die Wachen beim Michaelertor passiert hatte, fragte sie sich, ob der alte Kaiser mit seinem Hofstaat bereits in die Hofburg zurückgekehrt war. Ob er seine geliebte Sisi vermisste? Eher unwahrscheinlich, denn die Kaiserin hatte sich in den letzten Jahren ohnehin nur mehr selten in Wien aufgehalten. Seine gute Freundin Katharina Schratt wird ihn schon über den schrecklichen Verlust hinwegtrösten – oder auch nicht, wenn es stimmte, was Marie Luise ihr unter dem Siegel der Verschwiegenheit anvertraut hatte. Angeblich sträubte sich Erzherzogin Marie Valerie dagegen, die Rolle ihrer verstorbenen Frau Mama weiterzuspielen und die Schratt als ihre Freundin auszugeben, damit diese ihr Gesicht wahren konnte. Solange also Marie Valerie dieser angeblich rein platonischen Freundschaft nicht ihren Segen gab, würde die Schauspielerin den alten Kaiser nicht weiterhin entzücken dürfen, dachte Dorothea amüsiert. Was für ein scheinheiliges, verlogenes Theater!

Auf einmal bemerkte sie, dass sie allein war. Keine Spaziergänger, keine Wachposten, nicht einmal Fiaker waren unterwegs. Ihr fiel ein, dass diese ja nicht in den Hof hineinfahren durften. Der ganze Platz war eine einzige Baustelle. Die neue Hofburg war noch immer nicht fertig. Das Gerücht, die Architekten hätten auf die Treppenaufgänge und Toiletten vergessen, hielt sich hartnäckig in der Bevölkerung. Graf Batheny, der die wenigen fertiggestellten Räumlichkeiten besichtigen hatte dürfen, hatte seiner Tochter erzählt, dass es nur bösartiges Gerede war. Die Wiener lieben die Gerüchteküche eben, dachte Dorothea, während sie das imposante Denkmal von Erzherzog Karl betrachtete, der Napoleon in der Schlacht bei Aspern die erste Niederlage zugefügt hatte. Eine technische Meisterleistung – denn das Pferd balancierte samt Reiter lediglich auf den Hinterhufen, ohne den Schweif als zusätzliche Stütze zu haben –, die den Erschaffer vor lauter Sorge, dass Pferd samt Reiter doch noch umfallen könnte, anscheinend in den Wahnsinn getrieben hat. Auch wieder so ein typisches Wiener G'schichtl. Dorothea wusste zwar, dass Anton Dominik von Fernkorn tatsächlich in der Landesirrenanstalt gestorben war, allerdings weil er an einer venerischen Krankheit gelitten hatte.

Jetzt am Abend ruhten die Baumaschinen. Dorothea kam sich auf dem einsamen Gelände ziemlich verloren vor. Die immense Größe des Platzes behagte ihr nicht. Sie hatte wenig übrig für all den imperialen Protz in der Reichshaupt- und Residenzstadt und sehnte sich oft nach ihrer Heimatstadt Hamburg. Vor allem fehlte ihr in Wien das Wasser, die See. In Hamburg hatte sie mit ihren Eltern in einem schmucken zweistöckigen Häuschen an der Binnenalster gewohnt. Von ihrem Zimmer aus hatte sie aufs Wasser geblickt. Und wenn ihr geliebter Vater ausnahmsweise mal Zeit gehabt hatte, war er mit ihr in den Hafen gefahren und hatte der kleinen Dorothea von den fernen Ländern erzählt, aus denen die großen Handelsschiffe und Passagierdampfer kamen. Schöne, leider auch schmerzvolle Erinnerungen. Sie wollte nicht an ihren Vater denken, nicht jetzt. Rasch wischte sie sich die Tränen von den Wangen.

Plötzlich war ihr, als wäre sie nicht mehr allein. Sie hörte Schritte und drehte sich um.

Keine Menschenseele weit und breit. Die Gaslaternen malten gespenstische Schatten auf die hellen Mauern der gewaltigen Burg. Bewegte sich nicht etwas dort drüben beim Prinz-Eugen-Denkmal? Eine große, dunkle Gestalt? Erschrocken zuckte sie zusammen und schritt schneller aus. Gleich darauf schalt sie sich eine ängstliche dumme Gans. Bestimmt spielten die schummrigen Lichter der Gaslaternen ihren kurzsichtigen Augen einen Streich. Nichts als Schatten, dachte sie.

Nein, da war jemand. Sie kniff die Augen zusammen. Und plötzlich sah sie die Silhouette, halb verborgen hinter dem Standbild des Prinz Eugen von Savoyen, des Retters von Wien. Der Mann musste sie schon seit einer Weile verfolgen. Denn warum würde er sich sonst vor ihr verstecken?

Sie legte einen Schritt zu, drehte sich nicht mehr um, bis sie fast beim Äußeren Burgtor angelangt war.

Bedrohlich türmten sich die fünf Torbögen vor ihr auf. Die Beleuchtung ließ zu wünschen übrig. Zwei der Gaslaternen, links und rechts, waren kaputt. Sie wusste, dass das Tor bewacht wurde. Der Gedanke an die Burgwache und der Lärm, der von der nahen Ringstraße herüberschallte, beruhigten sie. Sie steuerte auf das mittlere Tor zu, bis ihr einfiel, dass dieses nur von der kaiserlichen Familie benutzt werden durfte, also wählte sie das äußere rechte Tor.

Als sie auf dem Platz zwischen den neuen Museen angelangt war, wurde ihr wieder mulmig zumute. Die mächtige Statue der kinderreichen Kaiserin Maria Theresia ragte in den dunklen Himmel. Die beiden monströsen Museen, zwischen denen das Monument der alten Matrone stand, hatten längst ihre Pforten geschlossen.

Sie beeilte sich. Als sie wieder Schritte hinter sich vernahm, begann sie zu laufen. Es waren nur mehr wenige Meter bis zu den Hofstallungen. Doch auch die Schritte hinter ihr wurden schneller. Oder waren es ihre eigenen Schuhe, die auf dem Kiesweg knirschende Geräusche von sich gaben?

Sie stolperte über ein Kleiderbündel am Eingang zu den k.k. Hofstallungen. Kam zu Fall. Fiel weich. Plötzlich begann sich das Kleiderbündel unter ihr zu bewegen. Schaudernd starrte Dorothea in die stechenden, violett schimmernden Augen einer alten Frau.

27

Gustav hatte zugesagt, Graf Batheny bei der Auswahl der neuen Möbel für sein Palais in der Herrengasse behilflich zu sein. Marie Luise zeigte kein besonderes Interesse an den Renovierungsarbeiten und weigerte sich, wegen ein paar „blöder Sessel“ extra in die Innere Stadt zu fahren.

Gustav und sein Vater trafen sich im Café Central. Der Graf trug einen schwarzen Mantel, einen schwarzen Zylinder und weiße Handschuhe. Er sah sehr elegant aus. Gustav war froh, seinen besten Anzug gewählt zu haben. Er wirkte nicht minder vornehm als sein Vater.

Nach einem Großen Braunen machten sie sich auf den Weg zur Firma Thonet. Die Gebrüder Thonet waren von Kaiser Franz Joseph I. höchstpersönlich für ihre kunstvollen Arbeiten ausgezeichnet worden. Mittlerweile hatten sie viele Dependancen im ganzen Kaiserreich. Ihre Möbel aus gebogenem Holz waren weltberühmt geworden. Gustav musste seinen Vater nicht lange überreden. Der Graf kaufte sofort einige Stühle.

Anschließend suchten sie das Geschäft des Waldviertler Betriebes Backhausen auf und erstanden dort kostbare Stoffe für die Polstermöbel und Vorhänge. Die k.u.k. Hoflieferanten Backhausen waren nicht nur Ausstatter des Burgtheaters, der Hofoper und des Musikvereins, sondern lieferten ihre exklusiven Webereien mittlerweile in alle Welt.

Zuletzt bat Graf Batheny seinen Sohn, ihn in die Gumpendorfer Straße zu begleiten. Auf der Nummer 32 hatte der Glasfabrikant Bakolowits seinen Firmensitz. Graf Batheny wählte auf Gustavs Empfehlung hin zwei Lampen und einen Luster aus, die der junge Secessionist Koloman Moser entworfen hatte.

Nach ihrer erfolgreichen Einkaufstour besuchten Vater und Sohn eine Klimt-Ausstellung in der Wiener Secession.

Aus Protest gegen einen überholten Kunstbegriff hatten Joseph Maria Olbrich, Gustav Klimt und andere junge Künstler und Architekten 1897 die Künstlervereinigung „Wiener Secession" gegründet. „Der Zeit ihre Kunst, der Kunst ihre Freiheit" lautete ihr wegweisendes Motto. Selbst der Kaiser hatte sich letzten März eine Ausstellung der Secessionisten angesehen. Wie man hörte, hatte er mit ihren Arbeiten nicht viel anfangen können.

Gustav und sein Vater blieben vor einem Porträt von Emilie Flöge, einer engen Freundin des Künstlers, das noch im historistischen Stil gemalt war, stehen. Daneben hing ein neues Werk: Pallas Athene. Die flächig-ornamentale Darstellung, die ihn an ein Mosaik erinnerte, gefiel Gustav außerordentlich. Vor allem beeindruckte ihn die Schönheit dieser griechischen Göttin, die aussah wie eine moderne Femme fatale.

„Zurzeit steht ihm ja die Baronin Sonja Knips Modell. Er arbeitet schon seit vielen Monaten an diesem Bild. Die ganze Ringstraßen-Partie wartet gespannt auf das Ergebnis. Dieser Klimt wird wohl bald zum beliebtesten Porträtisten des Wiener Bürgertums avancieren“, sagte der Graf.

„Angeblich steht ihm die junge Baronin ja nicht nur Modell, sondern lässt sich von ihm auch über ihre unglückliche Ehe mit diesem Industriellen hinwegtrösten“, fügte Gustav hinzu.

Der Graf verkniff sich ein Lachen.

„Ich würde dem Klimt wünschen, dass er mit der Dekorationsmalerei bald aufhören und sich nur mehr den Damen der feinen Gesellschaft widmen kann“, fuhr Gustav fort.

„Du kannst der historistischen Malerei nicht viel abgewinnen, hab ich Recht?“

„Das möchte ich nicht behaupten. Die drei monumentalen Deckengemälde in der Aula der Universität gefallen mir sehr wohl, aber seine schönen Frauenporträts, die so viel Sinnlichkeit, ja sogar Wollust ausstrahlen, sind mir um Häuser lieber.“

„Das kann ich mir denken.“ Der Graf klopfte ihm kameradschaftlich auf die Schulter und wies ihn auf die Darstellung einer schönen Unbekannten hin, die einfach „Damenbildnis“ hieß.

„Kennst du die Baronin Knips persönlich? Ich finde die Dame auf diesem Bild sieht ihr ähnlich.“

Gustav riet seinem Vater sogleich zum Kauf.

„Ich weiß nicht recht. Tag für Tag einer Fremden in die Augen blicken zu müssen, und seien es noch so schöne Augen, widerstrebt mir irgendwie. Lieber würde ich dem Meister selbst einen Auftrag erteilen."

Gustav fragte sich, welche Schöne der Graf im Auge hatte, denn seine Töchter würde er dem Künstler mit dem auf Erotik fixierten Blick wohl nicht gerne anvertrauen.

„Vielleicht genügt ihm ja eine Fotografie als Vorlage? Ich habe einen wunderschönen Abzug von deiner Mutter. Das Bild wurde vor dem Engelsbrunnen im Schönbrunner Schlosspark aufgenommen. Sie sieht sehr glücklich darauf aus. Kennst du diesen kleinen Brunnen? Zwei Kinder sitzen auf einem Walfisch, aus dessen Mund das Wasser ins Muschelbecken rinnt. Sie fand ihn viel hübscher als all die großen, pompösen Brunnen."

„Typisch für Mama", flüsterte Gustav und bemühte sich zu verbergen, wie gerührt er war. Als ihn sein Vater zu einem kleinen Imbiss ins Hotel Sacher einlud, ritt ihn auf einmal der Teufel und er schlug vor, sich lieber bei einem Wurstsieder oder Bratlbrater zu stärken.

Amüsiert folgte ihm der Graf zu einem der fahrbaren Würstelstände am Albertinaplatz.

„Und du bist dir sicher, dass ich nach dem Genuss dieser Schlachtabfälle, die der Kerl in die Därme füllt, nicht krank werde?", fragte der Graf, als Gustav zwei Haße bestellte.

Die dubiosen Gestalten, die sich um den Würstelstand versammelt hatten, Fuhrwerker, Bierkutscher und Strizzis, wichen zurück, machten den feinen Herren Platz und unterhielten sich etwas abseits in unverständlichem Wiener Rotwelsch. Gustav war überzeugt, dass sein Vater kein Wort verstand und übersetzte ihm stolz einige typische Ausdrücke.

„Du beherrschst die Gaunersprache dieser Pülcher?"

„Nein. Ich hab nur auf der Rennbahn einiges mitgekriegt", sagte Gustav. „Diese Leute sind harmlos. Sie werden uns nicht belästigen. Wahrscheinlich haben sie noch nie in ihrem Leben einen leibhaftigen Grafen aus der Nähe gesehen."

Der Wurstsieder übertraf sich an Höflichkeit. Seine Beteuerungen, wie sehr er sich freuen würde, der hochherrschaftlichen Gesellschaft die besten Würstel der Stadt zu offerieren, brachten Gustav zum Lachen.

Sein Vater fiel in sein Gelächter mit ein.

Ein Werkelmann näherte sich mit seiner Drehorgel und spielte das Fiakerlied.

„Extra für die hohen Herrschaften", betonte er.

Graf Batheny warf ihm ein paar Münzen zu. Gustav begann mitzusingen: „I führ zwa harbe Rappen, mein Zeug dös steht am Grab'n." Dann ging ihm der Text aus. Erst beim Refrain stieg er wieder ein: „Mei Stolz is, i bin halt an echt's Weanakind, a Fiaker, wie man net alle Tag find't, mei Bluat is so lüftig und leicht wie der Wind, i bin halt an echt's Weanakind."

Er hatte eine schöne Tenorstimme, sang auf jeden Fall besser als der Werkelmann.

„Du singst fast genauso gut wie der legendäre Schauspieler Alexander Giradi", lobte ihn sein Vater. „Musikalität liegt euch Karolys offenbar im Blut."

Gustav grinste verschämt.

Die harmonische Stimmung zwischen Vater und Sohn hielt nicht lange an. Sobald sie dem Würstelstand den Rücken gekehrt hatten, brachte Gustav das Gespräch wieder auf die Frauenmorde in Schönbrunn.

„Ich dachte, die Polizei hat den Täter schon gefasst."

„Einen, ja. Es handelt sich offensichtlich um zwei verschiedene Täter. Der Reitlehrer Max von Gutbrunnen hat den Mord an der Baronin in der Menagerie gestanden, hat aber für die anderen Morde Alibis. Wir müssen also davon ausgehen, dass der zweite Mörder noch frei herumläuft."

„Oh Gott!"

„Du hast doch versprochen, mir Zugang zum Schloss zu verschaffen. Ohne die kaiserlichen Räumlichkeiten gesehen zu haben, kann ich mir keine Vorstellung davon machen, wie der Mörder dort eindringen konnte. Außerdem wäre es unerhört wichtig, mit der Dienerschaft zu reden. Jemand vom Personal muss der Gräfin von Reichenbach geholfen und womöglich auch ihren Mörder hineingelassen haben ... Mein Freund Rudi bekommt vom Hof keine Erlaubnis, die Diener zu verhören. Ihm sind die Hände gebunden. Er ist ziemlich verzweifelt, denn er ist überzeugt davon, dass der sogenannte Frauenmörder von Schönbrunn noch weitere Male zuschlagen wird."

28

Graf Batheny schaffte es, dank seiner guten Beziehungen zum Obersthofmeister des Kaisers, für Gustav eine Erlaubnis zu erwirken, das Schloss zu betreten. Allerdings erst, nachdem die kaiserliche Familie Schönbrunn verlassen hatte. Die hohen Herrschaften waren dieses Jahr wieder bis in den späten Herbst in ihrer Sommerresidenz geblieben.

Zwar sah es anfangs so aus, als dürfte Gustav die Privatgemächer des Kaiserpaares nicht betreten, also auch das Toilettezimmer nicht, in dem der erste Mord stattgefunden hatte, trotzdem schwebte er im siebten Himmel.

Er kannte die barocke Schlossanlage wie die meisten Wiener bisher nur von außen, wusste aber, dass jedes Familienmitglied des Hauses Habsburg einen eigenen Hofstaat und fünf Räume zur persönlichen Verfügung hatte. Insgesamt gab es tausendzweihundert Zimmer im Schloss und tausend Diener. Und einer von diesen, Josef, führte ihn nun durch die heiligen Hallen. Wie sich bald herausstellte, war der gute Mann über alles, was in Schönbrunn vor sich ging, bestens informiert.

Josef führte ihn zuerst in den Spiegelsaal. Die weißen Wände waren mit goldenem Stuck verziert, die Rokokomöbel dazu passend aus weißgoldenem Holz, die Polsterungen waren mit rotem Samt überzogen. Auch die Vorhänge samten und purpurrot. Sieben große Kristallspiegel, die einander reflektierten, ließen den Raum optisch größer erscheinen, als er war. Von der Decke hingen zwei prächtige Kristallluster.

„Das Spiegelzimmer dient dem Kaiserpaar als Empfangssalon", sagte Josef. „Hier fand auch der legendäre Auftritt von Wolfgang Amadeus Mozart statt. Im zarten Alter von sechs Jahren gab er vor Kaiserin Maria Theresia und dem Hofstaat sein erstes Konzert. Nach dem Klavierspiel sprang das Wunderkind der Kaiserin auf den Schoss und umarmte und küsste sie."

Gustav sah ihn skeptisch an.

„Diese Geschichte ist verbürgt, sie stammt von jemandem, der dabei gewesen ist", beteuerte der Diener.

Als sie die Große Galerie betraten, fühlte sich Gustav einfach überwältigt angesichts all der Pracht und Herrlichkeit. Er stellte sich vor, wie fantastisch dieser gigantische Saal aussehen musste, wenn in den über sechzig vergoldeten Wandleuchten und den zwei schweren Lustern alle Kerzen brannten. Die vierzig Meter lange

Galerie mit ihren Deckenfresken und den vielen Kristallspiegeln an den Wänden beeindruckte ihn mehr, als er sich eingestehen wollte.

Nicht minder beeindruckt war er vom Chinesischen Rundkabinett, in dem Maria Theresia ihre geheimen Konferenzen mit dem damaligen Staatskanzler Fürst Kaunitz abgehalten hatte. Sein Großvater Albert von Karoly hatte ihm oft von diesem Zimmer und den konspirativen Gesprächen erzählt, obwohl er selbst nie die Ehre gehabt hatte, Schloss Schönbrunn betreten zu dürfen. Angeblich führte eine geheime Stiege in diesen Konferenzraum, über die wichtige Staatsmänner die mächtige Kaiserin aufsuchten. Und wenn es nichts zu konferieren gab, frönte die lebenslustige Maria Theresia hier ihrer Spielleidenschaft, dachte Gustav. Er empfand, trotz seiner republikanischen Einstellung, durchaus Sympathie für die legendäre Herrscherin.

Sprachlos vor Staunen war er, als er einen Blick in das Millionenzimmer werfen durfte. Mit offenem Mund bewunderte er den mit Rosenholz getäfelten und mit wertvollen Miniaturen aus Persien und Indien versehenen Raum, der als schönster Rokokoraum der Welt galt.

„Man sagt, diese kunstvollen indopersischen Malereien waren Ihrer Majestät, der Kaiserin Maria Theresia, Gott hab sie selig, lieber als alle ihre Juwelen“, erklärte der Diener, der sich über Gustavs Begeisterung zu freuen schien.

„Und hat sich auch Napoleons Sohn, der kleine Herzog von Reichstadt, in diesen Räumen aufgehalten?“

„Nein, Euer Gnaden. Die ehemaligen Kinderzimmer aus Maria Theresias Zeiten befinden sich im Parterre. Möchten Sie diese ebenfalls besichtigen?“

„Nein, nein, mir ist nur gerade eingefallen, dass der Herzog im Schloss Schönbrunn verstorben ist.“ Das

Schicksal von Napoleon II. hatte Gustav schon als Kind sehr berührt. Seine Großmama hatte ihm erzählt, dass der arme Prinz im Alter von vier Jahren, kurz nach der Verbannung Napoleons ins Exil, nach Wien gebracht und getrennt von seiner Mutter, der Erzherzogin Marie Louise, am Hof einer radikalen Umerziehung unterzogen worden war. Der kleine Franzi, wie er später genannt wurde, avancierte im Laufe der Jahre zum Liebling des Wiener Hofes, starb aber im zarten Alter von einundzwanzig Jahren.

„Kommen Sie bitte weiter, Euer Hochwohlgeboren." Josef zeigte ihm als Nächstes das Schlafzimmer von Kaiserin Maria Theresia.

„Im Ehebett Ihrer Majestät hat übrigens einst auch Napoleon höchstpersönlich geschlafen. Und sein Sohn ist in diesem Bett gestorben."

„Die Privatgemächer Seiner Majestät befinden sich ebenfalls hier oben, nehme ich an?", Gustav blickte den alten Diener fragend an.

„Sie ermitteln in der Mordsache, hat mir der Herr Graf gesagt. Deshalb würden Sie wohl gern den Ort der schrecklichen Tat näher in Augenschein nehmen, nicht wahr?"

„Ich will keinesfalls, dass Sie Ärger bekommen ..."

Der Diener deutete Gustav zu warten. Er öffnete alle Türen, auch eine Tapetentür, die Gustav gar nicht bemerkt hatte, und warf einen Blick in die angrenzenden Räume.

„Wir sind allein", sagte er leise und ging raschen Schrittes voran.

Neugierig betrat Gustav das Schlafzimmer Seiner Majestät. Seine hohen Erwartungen wurden nicht erfüllt. Der alte Kaiser verbrachte seine einsamen Nächte in einem einfachen Militärbett.

Das Toilettezimmer der Kaiserin war erst recht eine einzige Enttäuschung für ihn. Kein Badezimmer, kein Wasserklosett, keine Elektrizität. Und auch keine Spuren der Mordtat mehr. Die Badewanne war entfernt und die Wände mittlerweile gesäubert worden. Er bildete sich ein, dass die Maiglöckchen auf den Tapeten nach wie vor leicht rosa schimmerten. Auf ihrem Frisiertisch war entweder nichts durcheinandergebracht oder alles von fleißiger Hand wieder in Ordnung gebracht worden. Bürsten, Kämme, Haarspangen und Spiegel lagen in Reih und Glied nebeneinander. Jedermann im Reich wusste, dass die Pflege des prachtvollen Haares der Kaiserin täglich mehrere Stunden in Anspruch genommen hatte.

Gustav schloss die Augen und sogleich tauchte das Bild der jungen Kaiserin mit langem offenem Haar, in dem kleine Diamantsternchen blitzten, vor ihm auf.

„Gibt es einen geheimen Zugang zu diesem Zimmer?", fragte Gustav.

Ein verschmitztes Lächeln erschien auf den schmalen Lippen des Dieners.

„Nicht einmal ich, der ich schon über dreißig Jahre hier arbeite, wage zu behaupten, alle Geheimtüren und Hintertreppen in diesem Schloss zu kennen."

„Ich begreife nicht, wie die Gräfin von Reichenbach in diese Räumlichkeiten gelangen konnte, ohne bemerkt zu werden."

„Sie war eine der Hofdamen und kannte sich in den Gemächern Ihrer Majestät gut aus."

„Dennoch, sie muss mindestens eine Mitwisserin oder einen Helfer gehabt haben. Ich kann mir nicht vorstellen, dass sie sich selbst das Wasser heiß gemacht hat. Außerdem sehe ich hier keinen Herd."

„In diesem Schloss gibt es nicht nur unzählige geheime Stiegenhäuser und Gänge, sondern auch viele unsichtbare gute Geister."

„Vielleicht kennen Sie sogar den Namen dieses einen guten Geistes?"

„Ich möchte nicht indiskret sein."

„Diskretion ist in diesem Fall ein Luxus, den wir uns nicht leisten können." Gustav hatte seinen Worten einen etwas schärferen Ton verliehen.

„Es sind gewisse Gerüchte in Umlauf. Küchenklatsch, besser gesagt."

„Egal. Erzählen Sie, was Sie gehört haben."

„Eine der neuen Zofen ist kurz nach dem Skandal mit Schimpf und Schande aus dem Haus gejagt worden."

„Damit die Wahrheit nicht ans Licht kommt", murmelte Gustav und sagte laut: „Ich muss unbedingt mit dieser Zofe sprechen."

„Ich kenne leider nur ihren Vornamen. Alle nannten sie Marie. Ich habe gehört, dass man sie zurück in ihre Heimat geschickt hat. Ich glaube, sie kam aus Galizien, oder war es die Walachei? Ich weiß es leider nicht mehr."

„Verdammt", fluchte Gustav. Entschuldigte sich sogleich bei dem Alten, der bei seinem zornigen Ausruf zusammengezuckt war.

„Diese Bestie muss sich am Hof gut ausgekannt haben, außer die Zofe hat den Mörder durch die Geheimgänge in die kaiserlichen Räume geführt. Vielleicht hatte er ein Tête-à-tête mit der Gräfin Reichenbach? Kommen Sie schon, Josef, was munkelt man unter der Dienerschaft? Ihnen sind bestimmt alle möglichen Vermutungen, was den Täter betrifft, zugetragen worden. Ich gebe Ihnen mein Wort als Ehrenmann, dass alles, was wir beide besprechen, unter uns bleibt."

Der alte Mann erblasste. Schweißperlen erschienen auf seiner Stirn.

„Sie brauchen keine Angst zu haben. Sehen Sie hier irgendeinen Zeugen für unser Gespräch? – Nein. Sie können also alles leugnen, wenn ich mein Wort brechen sollte. Außerdem kenne ich viele der absurden Gerüchte, die in der Stadt die Runde machen, bereits. Ich könnte mir vorstellen, dass es auch hier in Schönbrunn viel Gerede gibt."

„Dummes Gerede, mein Herr", stieß Josef schwer atmend hervor. „Bitte lassen Sie uns jetzt gehen, bevor uns jemand hier erwischt."

„Ich bewege mich nicht von der Stelle, wenn Sie mir nicht versprechen, mir alles zu erzählen, was Sie gehört haben."

„Ich werde Ihnen alles sagen, aber nicht hier, wo die Wände Ohren haben", sagte der Diener leise. „Ich begleite Sie hinaus in den Park, Euer Hochwohlgeboren, wenn ich darf."

Gustav folgte ihm beinahe beschwingt die prunkvolle Hauptstiege hinunter und schlenderte dann Seite an Seite mit dem alten Domestiken durch den Schlosspark, der auch jetzt im Spätherbst und trotz des grauen Himmels sehr einladend wirkte. Barock und Klassizismus in trauter Zweisamkeit, dachte Gustav. Die barocke Idee, die Natur beherrschen zu können, dominierte allerdings. Er hatte sich schon öfters über die akkurat gestutzten Bäume und die abgegrenzten Blumenrabatte lustig gemacht, heute empfand er die strenge Ordnung fast tröstlich, denn in seinem Kopf herrschte ein absolutes Durcheinander.

Sie schlugen den Weg zum Obelisken ein. Der alte Diener blieb ein paar Schritte hinter Gustav zurück.

„Bin ich zu schnell?“, fragte er ihn freundlich. Gustav war daran gewöhnt, sowohl von Vera als auch von Dorothea wegen seines schnellen Schrittes kritisiert zu werden.

Unlängst hatte Dorothea ihm erklärt, sie komme sich vor wie eine japanische Geisha, die ihrem Herrn hinterhertrippelt. Nur weil er die längeren Beine habe, müsse er ihr nicht dauernd davonlaufen. Seither bemühte er sich, langsamer zu gehen, vor allem in Gesellschaft von Damen.

Josef blieb kurz stehen, um Luft zu holen.

„Verzeihen Sie bitte, Euer Hochwohlgeboren, mein Herz ...“

„Setzen wir uns auf die nächste Bank. Und dann erzählst du mir alle Gerüchte über den Frauenmörder. – Bäume haben keine Ohren“, fügte er grinsend hinzu. Er war zum leutseligen Du übergegangen, in der Hoffnung, den Alten dann eher zum Reden zu bringen. Er bot ihm sogar eines von seinen Zigarillos an.

Der Diener lehnte dankend ab und deutete erneut auf sein Herz.

„Man munkelt, dass der Mörder ein Mann von Adel sein muss“, begann er leise. „Ein Normalsterblicher hätte es durch die Kontrollen am Schlosstor nicht geschafft.“

Genau dasselbe hatten sich Gustav und sein Freund Rudi auch gedacht.

„Es könnte auch einer aus der Dienerschaft sein. Ihr bewegt euch ja alle recht frei hier.“

„Diesen Verdacht habe ich schon am eigenen Leib zu spüren bekommen. Die Geheimen haben jede männliche Person im Schloss unter die Lupe genommen. Alle Dienstboten wurden gründlich verhört. Anscheinend ist nichts dabei herausgekommen.“

„Weil alle Angst haben, nehme ich an. Irgendwer muss etwas mitgekriegt haben. Das gibt's doch nicht."

Zögernd vertraute Josef ihm an, dass die neue Zofe etwas von einem ebenfalls neuen Kammerdiener Seiner Majestät geschwafelt habe.

„Keiner aus der Dienerschaft hat je von ihm gehört, geschweige denn, ihn zu Gesicht bekommen. Vielleicht hat sie ihn erfunden, um von sich abzulenken."

„Du meinst also, es kann nur einer gewesen sein, der offiziell bei Hofe verkehrt."

„Meine Meinung zählt nicht. Euer Hochwohlgeboren wollten wissen, was man in der Küche und in den Aufenthaltsräumen der Bediensteten so tratscht."

„Sei nicht so störrisch, Josef. Mich interessiert deine Meinung sehr wohl. Erzähl mir beides, das Geklatsche der Weiber und deine eigene Theorie."

„Die Frauen glauben, dass irgendein alter Graf die Morde begangen hat. Verzeihen Sie bitte, die sind alle ein bisserl verrückt, diese Weiber."

„Wer weiß, vielleicht haben sie Recht."

„Darf ich offen reden?"

„Das solltest du unbedingt."

„Er hat die Opfer nicht ver... ich meine, nicht miss..., Euer Hochwohlgeboren versteh'n schon, was ich sagen will."

„Du meinst, er hat seine Opfer nicht vergewaltigt."

„Genau. Deshalb glauben die Weiber, dass der Mörder ein alter Mann ist, der nicht mehr kann ..."

„Sehr interessant", bemerkte Gustav. „Und was glaubst du?"

„Zuerst hab ich gedacht, es war vielleicht der eifersüchtige Mann von der Gräfin. Aber das hat keinen Sinn mehr ergeben, als die zweite Frau und dann die dritte ermordet worden sind. Ich weiß nicht ..."

„Na, komm, sag schon!"

„Ich denk, es war der Italiener. Die sind dort unten alle politisch."

„Welcher Italiener? Meinst du den Cavaliere, dem seit kurzem die halbe Damenwelt von Wien zu Füßen liegt?"

„Ja, genau den mein ich. Das ist kein Edelmann. Der kommt aus dem Volk, so wie ich."

29

Gustav durchquerte den Schönbrunner Schlosspark. Die verschwiegenen Heckengänge des Irrgartens brachten ihn auf andere Gedanken. Er malte sich aus, wie er im nächsten Frühjahr mit Dorothea in diesem Labyrinth Arm in Arm lustwandeln, ihr einen Kuss stehlen und ihr seine Liebe gestehen würde ...

Als er an der Menagerie angelangt war, fiel ihm wieder ein, dass Kaiserin Maria Theresia im Sommer ihr Frühstück, umgeben von ihren geliebten Raubkatzen – sicher verwahrt hinter Gitterstäben –, eingenommen hatte. Nun hatte die Baronin den schönen Tieren als Frühstück gedient.

Er schritt schneller aus, erreichte das riesige Palmenhaus, angeblich das größte der Welt, und verließ das Schlossgelände durch den Ausgang zum Hietzinger Platzl. Er überlegte, seinen Vater zu besuchen, dann erinnerte er sich, dass dieser heute ja wieder die Renovierungsarbeiten in seinem Palais überwachte.

Der Graf und seine Tochter weilten noch immer in der Villa in Hietzing, obwohl es rundherum ziemlich einsam geworden war. Der Hof und die meisten

Nachbarn und Bekannten der Bathenys waren längst wieder in ihre Stadtpalais gezogen.

Vielleicht würde er ja Dorothea in der Villa antreffen und sie mit nach Hause nehmen können? Dorothea besuchte ihre neue Freundin fast täglich. Hin und wieder ließ sie sich von Gustav oder zumindest von Edi abholen. Doch es war noch zu früh. Die Damen saßen zu dieser Stunde beim Kaffee. Da er keine Lust auf ein schöngeistiges Gespräch mit den beiden hatte, ging er auf einen Kleinen Braunen ins Casino Dommayer.

Als er ein wenig später an die Haustür der Bathenys klopfte, teilte ihm Johann mit, dass der Herr Graf nicht zu Hause und das Fräulein Palme vor zwanzig Minuten gegangen sei.

Marie Luise kam in den Vorraum und schimpfte mit Johann: „Warum bittest du Herrn von Karoly nicht herein, du alter Esel!"

Johann schien an die Liebenswürdigkeiten der Comtesse gewöhnt zu sein. Ohne die Miene zu verziehen, verbeugte er sich tief vor Gustav und hielt ihm die Tür auf.

Gustav war froh, dass seine Halbschwester inzwischen aufgehört hatte, mit ihm zu kokettieren. Sie war in letzter Zeit freundlich, aber ein bisschen distanziert ihm gegenüber gewesen. Dennoch behagte ihm der Gedanke, mit ihr und der Dienerschaft allein im Haus zu sein, nicht besonders.

„Ich wollte Dorothea abholen. Johann sagte, dass sie schon gegangen sei."

„Ja, vor etwa einer halben Stunde. Sie wollte im Hellen heimkommen."

„Dann will ich mich lieber beeilen. Vielleicht kann ich sie einholen."

Er schlug das Angebot aus, sich mit einem Gläschen Wein für den langen Weg zu stärken, und spazierte zurück zum Seiteneingang des Schlosses, wo fast immer Fiaker vor dem Tor standen.

Seit dem Abend nach ihrem Besuch beim Demel hatte Dorothea Sorge, allein in der Dämmerung nach Hause zu gehen. Dabei hatte die arme Obdachlose, über die sie gestolpert war, nur wirres Zeug über den Frauenmörder von Schönbrunn gefaselt, sie aber nicht weiter belästigt. Hatte sie sich nur eingebildet, verfolgt worden zu sein? Der häufige Umgang mit Marie Luise schien nicht ohne Wirkung auf sie zu bleiben. Womöglich ist Hysterie ansteckend, dachte Dorothea in letzter Zeit so manches Mal.

An diesem ungewöhnlich warmen Oktobertag hatte sie beschlossen, endlich wieder einmal ein Stück zu Fuß zu gehen. Sie war kein Angsthase und wollte den vielleicht letzten lauen Abend genießen. Es war noch nicht dunkel und auf der Mariahilfer Straße würde sie einen Fiaker finden.

Als sie in der Schönbrunner Allee anlangte, war sie schweißgebadet. Erneut hatte sie sich verfolgt gefühlt und war nahezu den ganzen Weg gerannt. Da es zu regnen begonnen hatte, waren nicht mehr viele Menschen unterwegs.

Ich benehme mich einfach lächerlich, schimpfte sie mit sich selbst.

Plötzlich hielt ein Wagen neben ihr. Der italienische Cavaliere, den sie seit Marie Luises Geburtstagsfest nicht mehr gesehen hatte, öffnete den Verschlag und fragte, ob er sie irgendwohin mitnehmen könne.

Sie versuchte sich an seinen Namen zu erinnern, hieß er nicht genauso wie der berühmte italienische

Architekt, nach dessen Plänen das Äußere Burgtor errichtet worden war?

Obwohl es sich für gewöhnlich nicht gehörte, stieg sie erleichtert zu ihm in die Kutsche. Seine Hilfe beim Einsteigen lehnte sie ab.

Lächelnd bot er ihr seinen Platz an. Sie nahm dankend an, da ihr immer übel wurde, wenn sie mit dem Rücken zur Fahrtrichtung saß. Als der Cavaliere keine Anstalten traf, sich ihr gegenüber hinzusetzen, sondern neben ihr blieb, bereute sie ihren Leichtsinn augenblicklich.

Er hielt sich nicht lange mit Höflichkeitsfloskeln auf, presste sein Knie an ihres und flüsterte ihr Komplimente ins Ohr. Obwohl Dorothea die italienische Sprache und vor allem Latein ganz gut beherrschte, tat sie, als würde sie kein Wort verstehen, und rückte ein Stück von ihm weg. Er rutschte nach und umfing ihre Taille mit seinem Arm. Sie presste sich in die Ecke, doch er zog sie an sich und versuchte sie zu küssen.

Dorothea biss ihn empört in die Lippe und trat gleichzeitig mit dem spitzen Absatz ihres Schuhs heftig auf seine Zehen.

„Blödes Trampel! Was zierst dich denn so? Z'erst hast mir schöne Augen gemacht und jetzt stellst dich an wie die heilige Jungfrau", schrie der Cavaliere sie an.

Verwundert schaute ihm Dorothea in die Augen. Plötzlich begann sie schallend zu lachen. Sie verstand nur die Hälfte seiner in breitestem Wienerisch vorgebrachten Schimpfworte, „läufige Hündin" verstand sie sehr wohl.

„Cave canem", stieß sie prustend hervor und versetzte ihm einen kräftigen Stoß, der ihn zu Boden beförderte. Als sie seines wütenden Blickes gewahr wurde, verging ihr das Lachen.

30

Am nächsten Tag kam es zu einem plötzlichen Wetterumbruch. Kalte Winde fegten über die Reichshaupt- und Residenzstadt, brachten Regen und später sogar Schneetreiben. Die Temperaturen sanken gegen null Grad.

Vera und Dorothea saßen am Küchentisch und schauten den Wassertropfen zu, die an die Fensterscheiben klopften.

Dorothea hatte ihrer Patentante bisher nichts von ihrem unseligen Abenteuer erzählt, da sie fürchtete, Vera würde sie für eine dumme Gans halten. Warum war sie bloß zu diesem Fremden in die Kutsche gestiegen? Nur weil er bei Graf Batheny zu Gast gewesen war, hieß das noch lange nicht, dass er vertrauenswürdig war. Sie ärgerte sich über ihren Leichtsinn.

Vera bemerkte, dass mit Dorothea etwas nicht stimmte. Auf ihre Nachfrage hin gestand sie ihr, dass sie in den letzten Tagen öfters das Gefühl gehabt hatte, verfolgt zu werden.

Vera schien beunruhigt und wollte wissen, was genau passiert sei.

„Nichts von Bedeutung. Ich habe mir bestimmt alles nur eingebildet", schwächte Dorothea ihre Worte gleich wieder ab. Denn Vera hatte momentan andere Sorgen. Josefa litt seit ein paar Tagen unter Atemnot und rasselndem Bronchialhusten. Bei dem nasskalten Wetter nun hatte sich ihr Befinden rapide verschlechtert. Vera machte sich große Sorgen um sie. Dorothea hatte Josefa am Morgen ein wenig Brechwurz gegeben, damit sich der Schleim löste, und ihr geraten zu inhalieren. Vera schwor bei Bronchitis und Asthma auf Senfwickel für die Brust. Aber wenn sich Josefas Zustand nicht bald besserte, würden sie einen Arzt holen müssen.

Als sich Gustav am späten Vormittag zu den beiden Damen in die Küche gesellte und sich bei Dorothea erkundigte, ob sie am Abend noch gut nach Hause gekommen sei, wollte sie nicht lügen. Sie schilderte ihm und Vera nun ihr unangenehmes Erlebnis, bemühte sich jedoch, ihre Begegnung mit dem Cavaliere möglichst harmlos darzustellen, und betonte immer wieder ihre eigene Dummheit und ihren Leichtsinn.

Gustav bekam einen Wutanfall, als sie erwähnte, dass der falsche Italiener sie zu küssen versucht hatte. Er sprang auf und schrie: „Ich bringe ihn um!"

„Bitte beruhige dich, Gustl, es ist mir ja nichts passiert. Ich bin schon mit ihm fertiggeworden. Ich hab die Laterne auf meiner Seite aus der Halterung gerissen und sie diesem Falotten auf den Kopf geschlagen, als er sich erneut auf mich stürzen wollte. Er ist umgekippt und seine Stirn hat geblutet. Ich hab das Fenster aufgerissen und dem Kutscher befohlen, anzuhalten. Entweder ist der Kerl mit dem Cavaliere unter einer Decke gesteckt oder er hat mich wirklich nicht gehört. Ich hab großes Glück gehabt, der Wagen ist gerade langsamer geworden, weil wir auf die Mariahilfer Straße eingebogen sind, und ich bin einfach rausgesprungen. Habe mir nur ein paar Prellungen und blaue Flecken geholt. Es ist halb so schlimm."

„Er wird dafür bezahlen!", rief Gustav.

„Sei nicht so theatralisch. Ich glaube, es wird genügen, wenn wir überall herumerzählen, dass dieser allseits beliebte Cavaliere höchstwahrscheinlich kein italienischer Adeliger ist, sondern ein Hochstapler aus Ottakring oder Hernals."

„Nein! Das genügt mir nicht. Ich werde ihn mir vorknöpfen.“

„Willst du dich etwa mit ihm duellieren?“, fragte Vera.

„Sicher nicht, denn dieses Schwein ist nicht satisfaktionsfähig. Ich werde ihn einfach verprügeln, sein hübsches Gesicht zu Brei schlagen ...“

„Ach, hör auf, Gustav, ich bekomme Kopfweh, wenn ich dich so reden höre.“

Wenig später entschuldigte sich Vera. Sie hatte tatsächlich Kopfschmerzen und wollte sich ein bisschen hinlegen.

„Du wirst uns doch nicht auch noch krank werden“, sagte Gustav.

„Du siehst ganz blass aus“, warf Dorothea besorgt ein.

„Heuer ist es schon zu spät, aber nächstes Jahr schick ich die beiden wieder auf den Semmering“, meinte Gustav, nachdem Vera die Tür hinter sich geschlossen hatte. „Die reine Luft dort oben tut ihnen beiden gut. Vera sitzt jahrein, jahraus an ihrem Schreibtisch und kommt fast nie an die frische Luft. Wovon rede ich da eigentlich? Frische Luft ist echt Mangelware in Wien. All der Dreck und Staub in der Stadt werden vor allem Josefa eines Tages den Garaus bereiten.“

Viele Künstler flüchteten sich schon seit Jahren in den heißen Sommermonaten auf den Semmering. Dank der von Ritter von Ghega errichteten Semmeringbahn war diese Bergwelt vor den Toren Wiens gut und schnell erreichbar. Das reiche Großbürgertum und so manche Adelige folgten den Künstlern. Wahre Traumschlösser und Märchenvillen waren mittlerweile dort errichtet worden.

„Leider ist so eine Sommerfrische für verarmte Adelige wie uns heutzutage kaum mehr erschwinglich. Die wohlhabende Wiener Gesellschaft hat den Semmering für sich erobert."

„Ich werde lieber nach ihr sehen", unterbrach ihn Dorothea.

Sie klopfte kurz an die Tür von Veras Zimmer und trat ohne Aufforderung ein.

„Das darf nicht wahr sein! Hab ich's mir doch gedacht. Jetzt lass endlich deine Schreibmaschine in Ruh. Du wolltest dich hinlegen, hast du gesagt", hörte Gustav sie mit ihrer Patentante schimpfen.

Er wollte sich gerade aus dem Staub machen, als er erneut Dorotheas energische Stimme vernahm.

„Gustav, komm sofort her und heiz den Kachelofen ein!"

„Kann das nicht Josefa machen?"

„Die ist krank, hast du das schon wieder vergessen?"

„Es ist kein Holz mehr da."

„Dann hol welches aus dem Keller."

Widerspruch war zwecklos. Er tat wie ihm befohlen, zündete eine Petroleumlampe an und ging in den Keller, der unangenehm feucht war. Hoffentlich würde das Holz überhaupt brennen?

Als er mit einem großen Stapel Holzscheiter und einer alten Zeitung in den Armen das Zimmer betrat, kniete Dorothea gerade auf Veras wuchtigem Schreibtisch, der auf einem Podest direkt vor dem Fenster stand, und stopfte zwei Wolldecken zwischen die äußeren und inneren Scheiben des Doppelfensters. Versunken in den entzückenden Anblick ihres wohlgerundeten Hinterteils blieb er mitten im Zimmer stehen.

Dorothea drehte sich zu ihm um.

„Was gibt es da blöd zu gaffen? Eure Fenster sind alle undicht und Zugluft ist pures Gift für Vera. Ich fürchte, sie brütet einen schrecklichen Katarrh aus."

Relativ hilflos sah Gustav in den nächsten Tagen dabei zu, wie Dorothea seine Tante und Josefa liebevoll pflegte. Vera fieberte, schnupfte und hustete fast genauso schlimm wie sein altes Kindermädchen. Dorothea befürchtete, dass sie sich nicht nur eine schwere Erkältung zugezogen hatte, sondern eine richtige Grippe, da sie auch über Gelenkschmerzen klagte.

Trotz ihres erbärmlichen Zustands setzte sich Vera tagsüber manchmal an ihre Schreibmaschine. Unzählige Manuskripte und Bücher türmten sich vor ihr auf und raubten ihr die Sicht auf die Straße vor den Hofstallungen. An drei Wänden ihres Zimmers reichten die Bücherregale bis an die Decke. Seit sie krank war, stapelten sich die Bücher auch auf ihrem Bett. Sie war schwach. Länger als ein, zwei Stunden verbrachte sie kaum an ihrem Schreibtisch, dafür sorgte ihre resolute Patentochter.

Doktor Lipschitz, der Hausarzt von Graf Batheny, schaute jeden zweiten Tag auf eine kurze Visite in den Hofstallungen vorbei. Als der Graf selbst anfragte, ob er einen Krankenbesuch machen dürfe, lehnte Vera energisch ab.

„Der fehlt mir gerade noch", sagte sie.

Gustav hatte Sorge, sich anzustecken. Er flüchtete so oft wie möglich aus dem Krankenlager in seinen vier Wänden. Auf Dorothea war Verlass. Sie umsorgte die beiden Kranken Tag und Nacht und war bald selbst schon ganz blass und hohlwangig.

„Du warst jetzt fast eine Woche lang nicht draußen, Kind. Warum besuchst du morgen nicht wieder einmal

Marie Luise? Gustav hat mir versprochen, zu Hause zu bleiben und sich notfalls um uns zu kümmern", sagte Vera eines Tages und sah ihren Neffen mit ihren grauen Augen so streng an, dass er keine Widerrede wagte.

Zwar protestierte Dorothea und beteuerte, dass es ihr nicht das Geringste ausmache, bei dem scheußlichen Wetter in der Wohnung zu bleiben, doch Gustav fühlte sich dadurch erst recht bemüßigt zu beteuern, dass er gern mal einen ruhigen Tag daheim verbringen würde.

Zu Mittag kochte er nach Josefas Rezept sogar eine Hühnersuppe für die beiden. In Josefas Kabinett stand kein Ofen, aber er sorgte dafür, dass das Feuer im Kohleofen in der Küche nicht ausging, und ließ die Tür zur Kammer offen.

Am Abend traf er sich mit seinem Freund Rudi und klagte ihm sein Leid wegen des Lazaretts zu Hause. Artig verlieh Rudi seiner Sorge um Veras Gesundheitszustand Ausdruck, brachte das Gespräch aber bald auf ein erfreulicheres Thema. Er hatte die Adresse von zwei netten Mädeln in der Tasche, die sich eine Wohnung in der Nähe der Gürtelstraße teilten, und wollte Gustav überreden mitzukommen, betonte, dass die jungen Frauen sehr anständig waren und sich ihren Lebensunterhalt als Perückenmacherinnen verdienten.

„Ich weiß nicht recht. Dorothea ist allein mit den beiden Kranken. Ich sollte besser ihr Gesellschaft leisten."

„Du bist verliebt in diesen Blaustrumpf, gib's zu."

Gustav sah seinen Freund lange an.

„Ja, es ist mir ernst mit ihr. Du kannst dir nicht vorstellen, wie aufregend und zugleich quälend es für mich ist, die Wohnung mit dieser wunderschönen, klugen Dame zu teilen. Ich darf ihr nicht den Hof machen, geschweige denn, sie anfassen ... Seit Monaten schlafe ich schlecht. Und träume regelmäßig von ihr. Die Gedanken an sie quälen mich also Tag und Nacht. Ich sehe ihren nackten Körper vor mir, sehe ihre hohen Brüste, ihre schlanke Taille und ihre weichen Schenkel. Jede Nacht sterbe ich fast vor Sehnsucht nach ihren sinnlichen Lippen und ihren wollüstigen Blicken, die ich mir natürlich nur einbilde. Denn ich fürchte, sie hat absolut nichts für mich übrig."

Rudi lauschte den Worten seines Freundes mit fast verzücktem Gesichtsausdruck. Seine hellen Augen funkelten leidenschaftlich. Gustav brach abrupt ab. Er wusste, dass sein Freund besessen war vom weiblichen Geschlecht, ihm gefielen alle Frauen, egal ob dick oder dünn, alt oder jung. Er wollte seine erotischen Empfindungen mit weiteren Schilderungen nicht noch mehr anheizen. Allerdings hatte ihn das Gespräch über Dorothea selbst so erregt, dass er nun gewillt war, Rudi zu begleiten.

Im Dunkeln hantelten sie sich das Stiegengeländer hinunter ins Souterrain eines Hauses in der Thaliastraße. In der Ein-Zimmer-Wohnung empfing sie trostlose Leere. Am Boden lag ein zerschlissener Läufer. Hinter einem halb geschlossenen Vorhang befand sich eine Kochnische, jedoch kein Kochgeschirr. An den schmutzigen, gelb getünchten Wänden hingen weder Bilder noch Fotografien. Es waren auch keinerlei persönliche Sachen zu sehen. Nur auf dem Bett lagen ein paar Kleidungsstücke. Der Rest des Interieurs bestand aus einem Waschtisch, einem Holzstuhl und einem wackeligen Tischchen unter der Oberlichte, auf dem eine Petroleumlampe leuchtete. Ihr fahles Licht ließ unheimliche Schatten an den Wänden tanzen. Das schmale Fenster ging auf einen Lichthof hinaus.

Gustav hatte den Verdacht, dass die beiden Perückenmacherinnen nicht hier wohnten, sondern den Raum stundenweise mieteten. Offensichtlich war Rudi wieder einmal geheimen Prostituierten auf den Leim gegangen. Da Gustav panische Angst vor der Ansteckung mit einer venerischen Krankheit hatte, seit ihm Vera die „Psychopathia sexualis“ von Doktor Krafft-Ebing auf sein Nachtkästchen gelegt hatte, verlor er sogleich jegliches Interesse an einem Schäferstündchen.

Während sich Rudi von dem faulen Zauber der feschen Milli betören ließ, verabschiedete sich Gustav unter dem Vorwand, dass er sich nicht gut fühle.

„Ich glaube, ich werde krank. Habe mich bei meiner Tante angesteckt“, sagte er.

Bevor er die Tür erreicht hatte, begann das Flitscherl, das Rudi für ihn vorgesehen hatte, zu zetern. Als sie auch noch zu heulen anfing und ihm schluchzend von ihrer todkranken Mutter erzählte, warf er ein paar Münzen auf den Waschtisch und stürzte aus dem finsteren Gebäude nach draußen.

Trotz des eisigen Nordostwinds wollte er zu Fuß nach Hause gehen. Ein halbstündiger Spaziergang schien ihm bestens geeignet, seinen Kopf auszulüften. Er ging schnell, atmete die kalte Luft ein und sorgte sich um seine Bronchien. Unter seinen Schuhsohlen knirschte der frische Schnee. Er lauschte dem Wind und seinen eigenen Schritten.

Er war der Teufel in Menschengestalt. Zum ersten Mal war er ihr aufgefallen, als er zum Schloss zurückkehrte, während sich die hohen Herrschaften und ein Großteil der Dienerschaft beim Begräbnis befanden. Er hatte dort nichts verloren. Er wohnte nicht im Schloss, während sie sowohl in den Ställen von Schönbrunn als auch in den Hofstallungen nahe der Hofburg zu Hause war. Die Ställe waren ihre Residenz. Als man die erste Tote fand, wollte sie zur Polizei gehen. Mit der Polizei stand sie jedoch nicht auf bestem Fuß. Deshalb wandte sie sich an den feschen Detektiv, der über den Ställen wohnte. Doch der war ein rechter Tropf, schien nicht zu verstehen, was sie ihm sagen wollte. Sobald sie in Erfahrung gebracht hatte, wo der Satan lebte, ließ sie ihn keine Nacht mehr aus den Augen.

Er musste bemerkt haben, dass sie ihn verfolgte, denn plötzlich kehrte sich die Situation um. Er stellte ihr nach, jagte sie wie einen Hasen. Und es schien ihm Spaß zu machen. Sie versteckte sich in Häusernischen und hinter Abfallbergen. Wenn er sie entdeckt hatte, huschte sie weiter. Fast hatte sie ihr Ziel erreicht. In den k.k. Hofstallungen kannte sie sich besser aus als er. Doch kaum war sie durch das Seitentor beim Volkstheater geschlüpft, hörte sie wieder Schritte hinter sich. Es waren eindeutig seine.

Als sich von hinten zwei Hände um ihren Hals schlossen, ließ sie sich sofort fallen. Der Teufel trug schwarze Handschuhe aus feinem Leder, wollte sich nicht an ihr schmutzig machen. Sie stellte sich tot. Und sie hatte Glück. Als er sich zu ihr hinunterbeugte, raste ein mit zwei Rappen bespannter Wagen durch den Hof. Der Teufel machte sich aus dem Staub. Sie blieb regungslos liegen. Erst als er im Toreingang verschwunden war, raffte sie sich auf und schleppte sich, mehr oder weniger auf allen vieren, zum Haupteingang. Sie vernahm keine

Schritte mehr, als sie sich dort in ihrer Nische auf dem Boden niederließ. Während sie noch überlegte, ob sie bis zur Portiersloge kriechen sollte, traf sie der erste Schlag mitten ins Gesicht. Auch den zweiten sah sie nicht kommen. Ihr Kopf knallte gegen die Mauer. Gleichzeitig traf sie ein Fußtritt in der Magengegend. Sie bekam keine Luft. Den dritten Schlag spürte sie nicht mehr.

31

Edi brachte Dorothea auch am nächsten Morgen in die Villa Batheny. Gustav ließ es sich, nachdem er sich den ganzen Tag daheim gelangweilt hatte, nicht nehmen, Dorothea abends persönlich abzuholen.

Dorothea schien sich zu freuen, als sie ihn an der Haustür erblickte.

Als sie sich auf den paar Metern zwischen Villa und Straße bei ihm einhängte und ihre Brust seinen Oberarm berührte, beschleunigte sich sein Puls rapide. Wie gern hätte er ihr mitgeteilt, wie sehr er es mochte, wenn sie ihn berührte.

Sei kein Narr, wies er sich selbst zurecht.

Als sie in Edis Fiaker saßen, wickelte sich Dorothea in eine Decke. Gustav verzichtete auf seine und legte sie über Dorotheas Knie. Dann ließ er den Kopf in die schwarzen ledernen Sitzpolster zurücksinken und schloss die Augen.

Die Stadt versank in graubraunem Schneematsch. Die Kerze in der kleinen Laterne, die das Innere der Kutsche beleuchtete, warf zitternde Schatten auf sein müdes Gesicht. Der Fiaker schaukelte im heftigen Wind. Im Wagen zog es wie in einem Vogelhaus.

Gustav war froh, dass er den Wintermantel seines Großvaters bei seinem Schneider in der Webgasse ändern hatte lassen. Der lange schwarze Mantel mit dem braunen Zobelfell als Kragen stand ihm gut und wärmte ihn.

Dorothea trug eine Fuchsstola mit ausgestopftem Tierkopf, Klauen und Schwanz um Hals und Schultern. Das raffiniert geschnittene hochgeschlossene blaugraue Kleid, das unter Stola und Decke hervorblitzte, brachte ihre rote Haarpracht bestens zur Geltung. Ein leicht rosa Schimmer überzog ihre Wangen.

„Du siehst gut aus", sagte Gustav.

„Ich habe Marie Luise, trotz des leichten Schneefalls, heute Nachmittag zu einem kleinen Spaziergang im Schlosspark überredet. Obwohl sie sich anfangs über die schreckliche Kälte beklagt hat, war sie dann doch begeistert von all der frisch verschneiten Pracht. Wir sind zuerst die Lichte Allee entlang und dann weiter bis zum Taubenhaus. Ich hatte in der Villa deines Vaters um ein Stück altes Brot gebeten, wollte die armen Tiere füttern. In der prunkvollen Voliere war weder ein Tümmler Kiebitz noch ein Ganselkröpfer, nicht einmal ein Fluggansel. Auch in den gemauerten Nischen, in denen sie normalerweise schlafen, haben sie sich nicht versteckt. Weißt du, wohin man sie im Winter bringt?" Sie erwartete keine Antwort, sprach aufgeregt weiter. „Danach sind wir zum Neptunbrunnen hinüberspaziert. Der Gott des Meeres hat jetzt einen lustigen weißen Schnurrbart und an seinem Dreizack hängen kleine Eiszapferl. Die Meeresgöttin Thetis, die zu seiner Rechten kniet, hat schneeweißes Haar, genauso wie die Nymphe zu seiner Linken. Marie Luise begann zu lachen, als wir den schmalen Schlangenweg hinunter zum zweiten Najadenbassin sind. Die Quell- und Wassergeister hatten auch alle hübsche Schneehäubchen auf. Sie haben ziemlich dumm aus der Wäsche geschaut. Wenn uns jemand beobachtet hat, wie wir lachend durch die Irrgartenallee gestapft sind, muss er uns für zwei Verrückte gehalten haben. Aber als in der Ferne plötzlich ein Mann auftauchte, ist Marie Luise das Lachen vergangen. Sie hat meinen Arm genommen und ist schnellen Schrittes mit mir die finstere Allee entlang zum Hietzinger Tor gelaufen. Wir sind richtig gerannt. Ich glaube, sie fürchtet sich momentan vor jedem männlichen Wesen, außer vor ihrem Vater und dir und Karl Konstantin."

Gustav wäre bei der Schilderung ihres kleinen Ausflugs beinahe eingenickt. Dorothea ließ ihn nicht schlafen, redete wie aufgezogen weiter, teilte ihm ihre neuesten Erkenntnisse, was die Beziehung zwischen Marie Luise und Karl Konstantin betraf, mit: „Sie liebt ihn nicht, glaub mir. Deshalb ist sie einer Heirat bis jetzt auch aus dem Weg gegangen. Obwohl ihr bewusst ist, dass tout Vienne auf ihre Hochzeit mit dem Erzherzog wartet, gibt sie ihm immer wieder einen Korb. Und ich kann sie verstehen. Ich finde Karl Konstantin auch nicht sehr sympathisch. Er ist so von sich selbst eingenommen, einen solchen Mann kann eine feinfühlige Frau wie Marie Luise nicht lieben."

Auf den verschneiten Straßen der Vorstadt war nicht viel Verkehr. Im dichten Schneetreiben war die Sicht so miserabel, dass Edi vom Kutschbock steigen und sein Gespann am Zügel durch die Gassen führen musste. Dorothea hatte endlich zu reden aufgehört, lehnte sich ebenfalls in ihren Sitz zurück und schaute Gustav unverwandt an.

Angenehme Stille. Der frische Schnee, weich wie Watte, schluckte fast jedes Geräusch.

Mit der Fuchsstola sah Dorothea richtig mondän aus, fand Gustav.

Er schloss die Augen und malte sich aus, wie ihre kleine Zunge ihre Lippen umspielte und ihre schönen graublauen Augen ihn bewundernd ansahen. Er träumte wieder davon, wie sie sich ihm hingab, voller Lust und Leidenschaft, zugleich schüchtern und ängstlich, wie es sich eben für eine Jungfrau geziemte. Dass Dorothea, trotz ihrer fünfundzwanzig Jahre, jungfräulich war, stand für ihn fest.

Sich ihres unverhohlen bewundernden Blickes sicher, riss er die Augen auf und starrte sie voller Verlangen an.

Weder Bewunderung noch Begehren lag in ihrem Blick, eher eine leise Besorgnis.

„Du bist andauernd müde in letzter Zeit. Hoffentlich bekommst du nicht auch die Grippe.“ Ihre prosaischen Worte ernüchterten ihn schlagartig.

Als sie vor dem Tor der k.k. Hofstallungen ankamen, hielt die Kutsche plötzlich an. Gustav wunderte sich, denn normalerweise ließen die Wachen Edi anstandslos passieren. Er öffnete das Fenster und wollte gerade fragen, warum er stehen geblieben war, als er den kleinen Menschenauflauf in der Einfahrt erblickte.

„Bleib sitzen“, sagte er zu Dorothea und verließ den Wagen.

Das Kleiderbündel in der Einfahrt bewegte sich nicht, obwohl ihm einer der Stallknechte ein paar heftige Tritte verpasste.

Gustav befahl ihm, sofort aufzuhören.

„Gesindel, elendiges“, schimpfte der Portier.

„Die ist sternhagelvoll, Euer Hochwohlgeboren“, mischte sich einer der Stallburschen ein.

Gustav beugte sich über die alte Frau. Er ahnte, dass es sich um seine Hexe handelte.

Dorothea blieb natürlich nicht im Wagen. Neben der Alten am Boden kniend, legte sie ihre Hand auf deren Hals, auf die Handgelenke, nahm aber nicht das geringste Pulsieren wahr.

„Sie ist tot“, meinte sie erschüttert.

„Erfroren“, sagte Gustav und glaubte es selbst nicht.

„Keinesfalls. Sie hat schwere Verletzungen am Kopf. Reich mir mal die Kerze, ich kann nichts sehen. An der Mauer sind dunkle Flecken. Ich glaube, es ist Blut."

„Soll ich die Sicherheitswache holen?", fragte der Portier beflissen.

„Nein, Sie bleiben hier und rühren sich nicht von der Stelle!", herrschte Gustav den vor Angst schlotternden Mann an.

Gustav nahm die Kerze aus der Halterung im Inneren der Kutsche und beleuchtete mit der Flamme das Gesicht der Toten.

„Sind das nicht Würgemale auf ihrem Hals?"

„Ja. Halt! Leucht mal auf ihre Stirn. Siehst du das getrocknete Blut auf ihrem Haar?" Dorothea fuhr der alten Frau über den Kopf. „Jemand hat sie gewürgt und dann erschlagen, totgeschlagen wie eine Ratte."

Gustav bemerkte im Schein der Flamme, dass Dorotheas Augen feucht waren. Er legte seinen Arm um ihre Schultern und zog sie an sich.

„Wir können nichts mehr für sie tun", sagte er leise.

Dorothea stieß ihn weg.

„Du verständigst jetzt deinen Freund Rudi und ihr knöpft euch gemeinsam diese Kerle hier vor. Zumindest der Portier muss mitangesehen haben, was buchstäblich vor seinen Augen passiert ist."

Gustav tat, wie ihm geheißen, und schickte Edi sogleich zu Rudi.

„Falls der Polizei-Oberkommissär nicht mehr in der Polizeidirektion sein sollte, fahr ins Wirtshaus seines Vaters. Und wenn er dort nicht ist, suchst du ihn so lange, bis du ihn findest, durchkämm alle Lokale am Spittelberg."

Edi schien froh, diesen Ort des Unheils verlassen zu dürfen. Er trieb seine Rösser an, raste in höllischem Tempo die Lastenstraße entlang.

Die beiden Stallburschen machten sich ebenfalls aus dem Staub. Gustav wollte ihnen nach und sie zwingen, mit ihm auf die Polizei zu warten, als ihm gerade rechtzeitig einfiel, dass er die beiden ja vom Sehen kannte, da sie schon länger in den Hofstallungen arbeiteten. Falls Rudi sie verhören wollte, würden sie die Kerle schon ausfindig machen.

Dorothea weigerte sich zuerst, Gustav mit dem Pförtner und der Leiche allein zu lassen. Erst als Gustav ihr hoch und heilig versprach, Rudi nachher mitheimzubringen, ging sie nach Hause. Es war bitterkalt geworden. Gustav fror trotz des warmen Wintermantels.

„Wir warten hier drinnen", sagte er und ging voran in die Portiersloge.

Als Edi etwa eine halbe Stunde später mit dem Polizei-Oberkommissär zurückkehrte, hatte Gustav den Portier schon auf Herz und Nieren geprüft und die ganze Lebensgeschichte des Mannes in Erfahrung gebracht. Als Mörder der Alten schied er in seinen Augen jedenfalls aus.

Er überließ es seinem Freund, den Mann noch einmal ins Gebet zu nehmen.

„Die Alte hat oft hier in der Gegend geschlafen. Sie hat ja niemandem was getan. Aber das habe ich schon alles Seiner Hochwohlgeboren erzählt." Der Portier deutete auf Gustav.

„Und jetzt berichte mir noch mal alles von Anfang an." Rudis scharfer Ton ließ keinen Widerspruch zu.

„Mir ist heute nichts Besonderes aufgefallen. Hab gar nicht gesehen, wann sie gekommen ist. Sie ist halt einfach wie so oft in der Mauernische drinnen in der Einfahrt gelegen. Dass sie verletzt war, hab ich nicht bemerkt. Erst als mich die beiden Stallburschen gerufen haben, bin ich hin zu ihr ...“

„Hier muss ein brutaler Kampf stattgefunden haben. Die Alte ist ihren Verletzungen nach zu schließen nicht nach dem ersten Schlag gestorben, sondern wurde zusammengeschlagen, da musst du doch irgendetwas gehört haben. Zumindest Schreie.“

„Verzeihen Sie, ich bin vielleicht ein bisserl eingenickt. Ich mache schon seit sechs Uhr früh hier Dienst. Manchmal fallen mir halt die Augen zu. Bitte sagen Sie das nicht dem Burghauptmann, ich habe sieben Kinder ... Ich brauche diese Arbeit.“

„Wer hat dich bestochen, damit du schweigst?“, schrie Rudi ihn an. „Gesteh oder ich lasse dich aufs Kommissariat bringen.“

„Bitte nicht, gnädiger Herr. Ich hab nichts Böses getan. Mein einziger Fehler ist, dass ich zu gutmütig bin. Ich hab der Alten, seit es so kalt ist, halt erlaubt, hier in der Einfahrt zu schlafen. Sie werden mich doch jetzt nicht wegen meines guten Herzens verhaften. Ich appelliere an Ihre Großzügigkeit, gnädiger Herr. Bitte verzeihen Sie mir, ich habe sieben Kinder ...“

„Sieben oder siebzehn, das ist mir egal! Hör auf zu lamentieren, du Schwachkopf“, herrschte Rudi ihn an.

Nachdem die Beamten von der Sicherheitswache eingetroffen waren, übergab er ihnen den Fall und begleitete seinen Freund in die Wohnung.

„Max von Gutbrunnen können wir diesen Mord beim besten Willen nicht anhängen. Er sitzt im Gefängnis“, sagte Rudi mit einer gewissen Genugtuung in der Stimme.

Vera, die immer noch kränklich war und sich in ihr Zimmer zurückgezogen hatte, ließ sich von Dorothea beim Herrn Polizei-Oberkommissär entschuldigen.

Rudi hielt mit seiner Enttäuschung nicht hinterm Berg: „Ich würde ihr gern meine Aufwartung machen. Ich fürchte mich nicht vor Ansteckung“, beteuerte er.

„Sie ist schon zu Bett gegangen“, sagte Dorothea und blickte Gustav vielsagend an.

Gustav schaute finster drein. Womöglich hatte sein bester Freund tatsächlich ein Auge auf seine Tante geworfen.

Da Josefa auch nach wie vor krank war – man hörte ihr Husten aus der Kammer –, bat Gustav Dorothea und Rudi in sein Zimmer.

Bei einem Gläschen Slibowitz erzählte Dorothea den beiden Männern, was die Alte vor ein paar Abenden zu ihr gesagt hatte: „Er bringt sie alle um, alle Frauen, die aussehen wie unsere Kaiserin. Er ist der Teufel in Person. Keiner kann ihn aufhalten. Er holt alle zu sich, er ist unersättlich ... Ja, so ungefähr hat sie sich ausgedrückt. Ich hab zuerst nicht recht verstanden, was sie gemeint hat, aber sie hatte Recht, die ermordeten Frauen sehen alle Ihrer Majestät ähnlich, oder nicht?“

Rudi schrieb eifrig in sein kleines schwarzes Büchlein.

„Der Täter ist höchstwahrscheinlich ein kranker Mann. Womöglich will er der Kaiserin nach ihrem gewaltsamen Tod Opfer darbringen, oder was weiß ich ...“, überlegte Dorothea laut.

„Sie hat wieder mal den Nagel auf den Kopf getroffen.“ Gustav saß gebeugt auf seinem Stuhl, den Blick zu Boden gerichtet.

„Du meinst also auch, er bringt sie um, weil sie der Kaiserin ähnlich sehen?“, fragte Rudi.

Gustav nickte.

„Er ist besessen von ihr“, murmelte Dorothea.

32

Die k.k. Hofoper und die Wiener Theater hatten den Betrieb wieder aufgenommen.

Marie Luise machte einen zweiten Überraschungsbesuch à la Kaiserin Elisabeth bei den Karolys. Sie lud Gustav, Dorothea und Vera zu einer Aufführung ins Schönbrunner Schlosstheater ein.

„Sie spielen Kaiserin Elisabeths Lieblingsstück, ‚Ein Sommernachtstraum‘ von William Shakespeare. Das müssen wir uns ansehen“, schwärmte sie euphorisch.

Vera bekam sogleich einen fürchterlichen Hustenanfall.

„Die hätten ihre rechte Freude an mir. Hustendes Publikum ist der Traum eines jeden Schauspielers“, sagte sie zu Marie Luise.

Nachdem die Comtesse wieder abgerauscht war, vertraute Vera ihrem Neffen an, dass sie keine Lust auf Shakespeare hatte.

Statt Vera hatte sich, zur Überraschung aller, Erzherzog Karl Konstantin bereit erklärt, mitzukommen. Wie es Marie Luise gelungen war, ihn zu überreden, fragte sich nicht nur Gustav.

Die Loge von Graf Batheny befand sich unweit der Kaiserloge. Der Erzherzog schälte sich aus seinem Zobelpelz und warf ihn mit unvergleichlicher Nonchalance der Garderobiere hin, bevor er Gustav und den Damen auf ihre Plätze folgte.

„Ihre Majestät liebte Shakespeare, hat ihn sogar ins Griechische übersetzt", sagte Marie Luise. „Immer wieder hat sie Titania beklagt, die Einsame, die nie Erfüllung in der Liebe fand." Sie zitierte eine Strophe aus einem Gedicht von Kaiserin Elisabeth:

„Doch immer beim Morgengrauen,
An's Herz gedrückt noch warm,
Musst mit Entsetzen ich schauen
Den Eselskopf im Arm!"

Dorothea sah sie erstaunt an.

Marie Luise fuhr lächelnd fort:

„In Wirklichkeit hasste sie die Liebe.
Für mich keine Liebe,
Für mich keinen Wein;
Die eine macht übel,
Der and're macht spei'n!

Die Liebe wird sauer,
Die Liebe wird herb;
Der Wein wird gefälschet
Zu schnödem Erwerb.
Doch falscher als Weine
Ist oft noch die Lieb';
..."

„Behauptete das die Kaiserin oder die Feenkönigin Titania?", fragte Dorothea.

„Die beiden sind eins!"

Gustav und Karl Konstantin saßen hinter den beiden Damen. Sie fadisierten sich und machten sich während der Vorstellung über die relativ junge Titania, Hedwig Bleibtreu, lustig, äfften ihre Sprechweise halblaut nach.

Statt Gelächter ernteten sie böse Blicke von ihren Begleiterinnen, die beide die Schauspielerin sehr verehrten. Dorothea drohte Gustav schließlich: „Wenn du nicht sofort deine blöden Bemerkungen einstellst, gehe ich nie mehr mit dir ins Theater!"

„Das war wohl eher ein Versprechen als eine Drohung", sagte Karl Konstantin leise zu Gustav.

Beide Herren begannen daraufhin zu lachen und wurden nun auch mit missbilligenden Blicken aus den Nachbarlogen bedacht. Das schien ihre gute Laune keineswegs zu trüben.

Ein letztes Mal in diesem Jahr waren die hohen Herrschaften nach Schönbrunn hinausgepilgert, um den berühmten österreichischen Charakterdarsteller Josef Kainz in der Rolle des Oberon zu sehen. Nach seinen großen Erfolgen in den USA war er nun am Deutschen Theater in Berlin engagiert und nur für diesen einen Abend in sein geliebtes Wien gekommen. Der Ruf, der beste deutschsprachige Hamlet und der berechnendste und schaurigste Franz Moor zu sein, eilte ihm voraus. Das theaterverrückte Wien wartete sehnsüchtig darauf, dass er endlich für immer nach Österreich zurückkehren würde.

Dorothea schien völlig hingerissen von seiner Darstellung. Und selbst Gustav musste zugeben, dass Josef Kainz den Oberon grandios verkörperte.

Seine Blicke wanderten indes während der Vorstellung mehrmals hinüber zu einer der Seitenlogen. Eine wunderschöne junge Frau saß dort allein. Sie wirkte weniger begeistert von Josef Kainz, ließ ihren Operngucker häufig über die gegenüberliegenden Logen und die Besucher im Parterre schweifen.

Nicht alle Frauen schwärmen von Josef Kainz, dachte Gustav und dieser Gedanke befriedigte ihn durchaus.

Die Dame trug ein schulterloses Kleid mit tiefem Dekolletee und noch tieferem Rückenausschnitt. Sehr frivol, sehr gewagt.

Karl Konstantin bemerkte Gustavs Interesse an der Schönen in der Loge schräg links von ihnen.

„Ich kann dich mit ihr in der Pause bekannt machen, wenn du möchtest", flüsterte er ihm ins Ohr. „Ihr Mann, Baron von Längenfeld, war ein Jagdfreund meines Vaters. Er ist übrigens schon ein bisschen vertrottelt, der gute Fritzl. Umso besser für dich. Das erhöht deine Chancen bei der Baronin. Die schöne Franziska langweilt sich bestimmt zu Tode mit diesem Greis. Aber Vorsicht, es heißt, dass er sich bei den Weibern am Spittelberg etwas geholt hat und deshalb mit seinen siebenundsechzig Jahren schon so vertrottelt ist."

Sein letzter Satz genügte, um Gustavs Begeisterung für die Dame schwinden zu lassen.

Am Ende der Pause verabschiedete sich Karl Konstantin von den Damen. Er forderte Gustav auf, mit ihm auf eine Partie Billard ins Dommayer zu gehen. Doch Gustav fühlte sich verpflichtet, bei den Damen zu bleiben.

„Hab ich's mir gedacht, dass du kneifst. Dir ist das Wohlwollen der schönen Dorothea wichtiger als mein Vergnügen, hab ich Recht?", scherzte Karl Konstantin. „Habe die Ehre, mein Freund, und viel Vergnügen mit Titania und ihrem heimtückischen Ehegespons wünsch ich allerseits." Und schon war er verschwunden.

Nach der Pause kehrten Gustavs Blicke unwillkürlich zur jungen Baronin in der Seitenloge zurück. Vor allem, als er bemerkte, dass auch sie ihn mit ihrem Opernglas ins Visier genommen hatte.

In diesem Moment drehte sich jedoch Dorothea zu ihm um und streifte mit ihren Lippen fast sein Ohr, als sie sagte: „Gib es zu, der Kainz ist der beste Schauspieler, den wir je auf einer Bühne gesehen haben." Sie strahlte ihn so begeistert an, dass er nicht anders konnte, als ihr einen Kuss auf die hohe Stirn zu drücken.

Eine tiefe Röte überzog Dorotheas Wangen und sie drehte sich rasch wieder um.

Nach diesem Kuss hatte Gustav jedes Interesse an der Frau mit dem fast obszönen Ausschnitt verloren.

Als er später noch einmal einen Blick hinüber riskierte, weil er all dem Versteckspiel auf der Bühne nichts abgewinnen konnte, musste er feststellen, dass das Interesse der Baronin an ihm nachgelassen hatte. Sie hatte sich in ihrem Sessel zurückgelehnt, ihr Kopf war auf ihre Brust gesunken. Anscheinend war sie eingeschlafen.

Bis zum Ende der Vorstellung bemühte er sich redlich, dem leicht verwirrenden Geschehen auf der Bühne zu folgen. Hin und wieder entkam ihm sogar ein Lächeln.

Die Baronin war böse, schrecklich böse auf ihn. Wie konnte er es sich nur erlauben, sie bei ihrem ersten Rendezvous dermaßen zu brüskieren? Sie hatte ihm eine Einladung geschickt, da ihr Mann sie nicht begleiten wollte. Die Gicht hatte es ihm nicht erlaubt. Seine Hypochondrie ging ihr auf die Nerven, andererseits machte sie ihr das Leben mit ihm leichter. Doch ihr neuer Verehrer war nicht gekommen. Hatte sie während der gesamten todlangweiligen Vorstellung allein in ihrer Loge sitzen lassen. Gesehen hatte sie ihn sehr wohl. Er war im Theater, mit einer anderen. Sie hatte ihm tiefe Blicke zugeworfen, er hatte sie nicht erwidert. Sie hasste ihn dafür und beschloss, den eitlen Gecken nie mehr wiederzusehen.

Die Tür ihrer Loge ging auf. Sie drehte sich nicht um, spürte nur den leisen Luftzug in ihrem nackten Rücken. Als sie ihren Operngucker auf den Platz richtete, an dem er gesessen war, stellte sie mit Befriedigung fest, dass sein Sitz leer war. Er war also doch noch gekommen. Viel zu spät in ihren Augen. Sie würde ihm keine Vorwürfe machen, ihn aber ein wenig zappeln lassen. Scheinbar fasziniert von der Schlussszene auf der Bühne, ignorierte sie ihn, als er seine Hände auf ihre Schultern legte.

„Verzeih“, murmelte er. „Sie hat mich nicht früher weggelassen.“

„Warum seid ihr Männer bloß so schrecklich feige?“, fragte sie und drehte sich mit einem falschen Lächeln auf den Lippen um.

Sie erschrak, als sie in das Antlitz eines Maskierten blickte, fasste sich sogleich wieder und schloss die Augen in Erwartung eines leidenschaftlichen Kusses. Statt seiner Lippen auf ihrem Mund spürte sie seine Finger um ihren Hals. Als er zudrückte, versuchte sie zu schreien. Ein kaum hörbares Röcheln entwich ihrer Kehle. Der Druck seiner Finger ließ nach, rasch griff sie sich an den

Hals, nicht fähig, einen Ton von sich zu geben. Erst als sie einen Stich im Rücken spürte, stieß sie einen halblauten Schmerzensschrei aus. Ihr Oberkörper sank nach vorn. Lange bevor der Vorhang fiel, trat sie, begleitet von Oberon und Titania, ihren Weg ins Jenseits an.

33

Der Applaus wollte auch nach zehnmaliger Verbeugung der Schauspieler nicht enden. Marie Luise und Dorothea waren so begeistert von dem König der Elfen, dass sie noch minutenlang im Stehen applaudierten, obwohl sich der Vorhang nicht mehr öffnete.

Plötzlich durchbrach ein lauter Schrei den abebbenden Applaus.

Alle Blicke aus dem Parterre richteten sich auf die Logen. Denn der Schrei war von oben gekommen. Gustav bemerkte sogleich, dass sich in der Loge, in der die Baronin von Längenfeld den ganzen Abend lang allein gesessen war, ein Tumult abspielte. Jede Menge Livrierte hatten sich dort versammelt.

Er bat Dorothea, Marie Luise zum Ausgang zu bringen und dort auf ihn zu warten.

„Nein. Ich komme mit dir."

„Bitte, Dorothea! Oder willst du, dass Marie Luise womöglich einen ihrer hysterischen Anfälle bekommt?", flüsterte er ihr ins Ohr und drückte ihren Arm.

Sie schaute ihn böse an, gab aber nach und dirigierte Marie Luise, die darauf wartete, dass sich Hedwig Bleibtreu und Josef Kainz noch einmal zeigen würden, ins Stiegenhaus.

Gustav eilte zu der Seitenloge. Als er eintrat, schenkte ihm keiner der Livrierten Beachtung. Ein halbes Dutzend Männer hatten ihre Köpfe über die Dame in der ersten Reihe gebeugt.

Gustav dachte zuerst, die Baronin sei vielleicht in Ohnmacht gefallen. Dann sah er die Würgemale auf ihrem Hals.

Keiner hinderte ihn daran, die Tote an den Oberarmen zu packen und ihren Körper zur Seite zu drehen.

Beim Anblick des Blutes auf ihrem nackten Rücken und dem Kleid wichen die Männer erschrocken zurück.

Der Einstich war von hinten in die Lunge erfolgt. Er rührte von einer Stichwaffe her.

„Hat jemand die Polizei benachrichtigt?“, schrie Gustav.

„Wer sind Sie? Was haben Sie hier verloren?“, herrschte ihn nun einer der älteren Livrierten an.

Gustav imitierte den arroganten Blick seines Freundes Karl Konstantin, sah auf den kleinen dicklichen Mann herab und sagte: „Sind Sie taub? Sie haben sofort die Sicherheitswache zu verständigen! Es handelt sich um Mord.“ Er beugte sich wieder über die Tote.

Keiner der Livrierten wagte mehr zu protestieren.

Gustav nahm einem der Männer die Lampe aus der Hand und beleuchtete den blutbeschmierten nackten Rücken der jungen Frau.

Er nahm wahr, dass sich einige der Schaulustigen verschämt abwandten. Nur der Alte, der ihn angeherrscht hatte, starrte gemeinsam mit ihm auf drei kleinere Einstiche an der linken Schulter, um die sich allerdings kein blutiger Kranz gebildet hatte.

„Diese Schnitte sind ihr post mortem zugefügt worden“, murmelte Gustav. „Sie ist zuerst gewürgt und danach erstochen worden.“ Er sprach mit sich selbst.

Der Täter hatte auf Nummer sicher gehen wollen, dachte Gustav. In der Dunkelheit hatte er nicht sehen können, ob ihr Gesicht schon blau angelaufen war, was bei Tod durch Erstickung der Fall gewesen wäre. Sie starb erst, als der Mörder zugestochen hatte. Ihr bleiches Antlitz deutete auf einen großen Blutverlust hin. Die Einstiche auf der Schulter aber gaben Gustav nach wie vor ein Rätsel auf. Warum, weshalb diese Markierungen?, fragte er sich nicht zum ersten Mal.

Rudi Kasper traf gleichzeitig mit dem Gerichtsmediziner ein.

„Du schon wieder! Hast du sie angefasst?“, fuhr er seinen Freund an.

Gustav nickte.

„Idiot!“

Der ehrgeizige Polizei-Oberkommissär ärgerte sich, dass ihm der private Ermittler Gustav von Karoly wieder einmal zuvorgekommen war und mehr über die Tote wusste als er selbst.

„Die Klinge hat auch das Brustbein beschädigt“, sagte der Arzt. „Die Tatwaffe war höchstwahrscheinlich ein Dolch. Nein, ein Bajonett, würde ich sagen.“

„Er hat sie wieder punktiert“, flüsterte Gustav und wies seinen Freund auf die kleinen Ritze an der linken nackten Schulter der Baronin hin.

„Glaubst du, ich bin blind? Wir haben diese Markierungen bisher nicht publik gemacht, behalte sie also für dich, falls du das schaffst.“

Gustav hatte keine Lust, Rudis schlechte Laune weiterhin zu ertragen, außerdem warteten Dorothea und Marie Luise am Eingang des Theaters auf ihn.

„Darf ich mich verabschieden, oder kann ich noch was für dich tun?“, fragte er.

„Verschwinde jetzt. Komm morgen um neun Uhr früh zu mir in die Polizeidirektion. In diesem Fall bist du ein wichtiger Zeuge. Der Horvath muss deine Aussage protokollieren.“

„Wie der Herr befiehlt“, spöttelte Gustav. „Es handelt sich übrigens um die Baronin von Längenfeld.“ Diesen kleinen Triumph hatte er sich nicht versagen können. Nach einem Blick auf Rudis gereizte Miene empfahl er sich.

Sowohl Marie Luise als auch Dorothea bestürmten ihn mit Fragen, während sie zu Fuß zur Villa Batheny spazierten.

Gustav berief sich auf das Versprechen, das er seinem Freund gegeben hatte, und erzählte ihnen keine Details, obwohl ihn vor allem Dorothea inständig darum bat.

Marie Luise wusste zu berichten, dass die Baronin von Längenfeld ein Gspusi mit „diesem Italiener" gehabt hatte.

Als Gustav und Dorothea nicht auf ihre Worte reagierten, betonte sie: „Mit Giuseppe Cagnola. Ihr wisst schon, wen ich meine? Dieser venezianische Cavaliere hat ja auch mir bei meinem Geburtstagsfest schöne Augen gemacht. Ich habe ihn sofort durchschaut."

Gustav konnte sich ein kleines Grinsen nicht verkneifen. Seine Halbschwester war eine Meisterin im Verdrehen von Tatsachen. Der falsche Italiener hatte es auf Dorothea abgesehen gehabt und keineswegs auf Marie Luise. Da Dorothea nicht widersprach, ließ er die aufgeregte Marie Luise einfach weiterschwätzen. Offensichtlich hatte Dorothea ihre Freundin noch nicht darüber aufgeklärt, dass Giuseppe Cagnola kein italienischer Cavaliere war. Sie würde schon ihre Gründe dafür haben, dachte er.

Die Heimfahrt mit Dorothea in einem Fiaker verlief äußerst unerfreulich für Gustav. Da er, auch als sie allein waren, nicht gewillt schien, ihr mehr über den neuen Mord zu erzählen, schmollte sie, sprach kein Wort mit ihm.

Gustav, der sich sehr bemüht hatte, ein Gespräch in Gang zu bringen, wunderte sich wieder einmal über die Sturheit der Frauen.

34

Als Gustav von Karoly am nächsten Morgen Rudis Büro in der Polizeidirektion betrat, echauffierte sich sein Freund sofort wieder über die Berichterstattung in den Zeitungen.

„Sie schreien alle nach Scotland Yard, behaupten, nur die englische Polizei hätte genügend Erfahrung mit so einem Massenmörder. Und vergessen dabei völlig, dass gerade diese hochgelobte englische Polizei es in den letzten zehn Jahren nicht geschafft hat, Jack the Ripper zu fassen."

„Ich bin überzeugt, dass du den Wiener Jack the Ripper eher fassen wirst als Scotland Yard", sagte Gustav grinsend.

„Ich finde das überhaupt nicht witzig."

Manchmal mangelt es Rudi an Humor, dachte Gustav und steckte sich ein Zigarillo an.

„Angeblich hat die junge Baronin, die gestern ermordet worden ist, ein Gspusi mit Giuseppe Cagnola gehabt", sagte Rudi. „Eine venezianische Maske wurde in der Loge gefunden. Sie deutet auf diesen Cavaliere hin. Einige Besucher aus dem Parkett haben nach der Pause einen Mann bemerkt, der hinter ihr stand. Manche glauben, den Cavaliere erkannt zu haben."

„Ich weiß", sagte Gustav und zog genüsslich an seinem Zigarillo.

„Was weißt du schon wieder?"

„Dass die Dame ein Doppelleben geführt hat? Marie Luise ist eine unerschöpfliche Quelle, was Tratsch und Klatsch bei Hof betrifft. Dieser vermeintliche Cavaliere ist übrigens gar kein Italiener." Gustav berichtete seinem Freund von Dorotheas unangenehmer Begegnung mit dem Mann, und von seinem derben Wienerisch.

„Warum hast du mir das nicht schon früher erzählt?" Rudis Gesicht war rot angelaufen. Gustav hatte den Jähzorn seines Freundes in Jugendjahren öfters zu spüren bekommen. Er war ihm bei fast jeder ihrer Raufereien unterlegen gewesen.

„Dorothea wollte keine große Sache daraus machen, du kennst sie ja. Aber die Situation hat sich nun geändert."

Es schien ihm gelungen zu sein, Rudis Zorn zu besänftigen.

„Ich habe gehofft, dass das Bajonett, mit dem die Baronin ermordet wurde, uns ein Stück weiterbringen würde, aber es handelt sich um ein durchaus gebräuchliches Modell ..."

„Das gleiche, das wir bei der Armee hatten", sagte Gustav.

„Ja, du Klugscheißer", schnauzte Rudi ihn an.

„Soll ich wieder gehen, Herr Oberkommissär?" Gustav war angeschlagen und sah nicht ein, dass er nach all den schrecklichen Ereignissen der letzten Tage nun auch noch den Grant seines Freundes ertragen musste.

„Entschuldige, war nicht so gemeint. Ich bin mit meinem Latein am Ende. Der Mörder scheint schlauer zu sein als wir. Ich habe das Gefühl, dass er uns zum Narren hält."

„Ja, er ist ziemlich raffiniert. Deshalb scheiden ja der Gärtner und der Zoowärter für mich als Täter aus."

„Dein Wort in Gottes Ohren! Der Frantischek sitzt nach wie vor im Häfn."

„Nein! Das ist ein Skandal. Er kann sie alle gar nicht auf dem Gewissen haben. Als sie ermordet wurden, hattet ihr ihn ja schon längst eingebuchtet."

„Wem sagst du das? Wir haben strengste Anordnung von ganz oben, ihn weiterhin in Haft zu behalten. Wenigstens den Mordanschlag auf deine Schwester ..."

„Halbschwester, bitte!"

„Von mir aus. Also diesen Überfall auf die Comtesse Marie Luise wollen sie ihm auf jeden Fall anhängen."

„Das musst du verhindern, Rudi! Er war es nicht. Dorothea ist sich dessen hundertprozentig sicher."

„Und was Dorothea sagt, ist heilig, oder wie?"

Rasch wechselte Gustav das Thema: „Wieso nimmt einer ein Bajonett ins Theater mit? Doch nur, wenn er vorhat, damit jemanden umzubringen. Eine andere Erklärung gibt es für mich nicht."

„Außer er ist bei der Armee und in Uniform im Theater gewesen."

„Er war sicher Soldat – vielleicht irgendwann mal –, denn ein einziger Stich hat gereicht ..."

„Wenn er nicht genau die Lunge getroffen hätte, wäre die Kleine wahrscheinlich am Leben geblieben", unterbrach Rudi seinen Freund.

„Mit der weiblichen Anatomie scheint er sich ziemlich gut auszukennen."

„Du meinst, er könnte Arzt sein?"

„Oder Künstler, die studieren auch den menschlichen Körper."

„Mein Vorgesetzter hat sich übrigens von der Journaille aufhussen lassen und mir gedroht, Scotland Yard um Hilfe zu ersuchen. Die Morde erinnern ihn sehr an die Londoner Frauenmorde."

„Wie bitte? Dem ist nicht mehr zu helfen."

„Du sagst es. Die Morde in London weisen keinerlei Ähnlichkeit mit unseren Morden hier in Wien auf. Warum sollte also ein Inspektor von Scotland Yard bei uns mehr ausrichten als in seinem eigenen Land?"

„Naja, Scotland Yard gilt immerhin als die beste Polizei der Welt."

„Danke, mein Freund, diese Bemerkung habe ich gerade noch gebraucht. – Zehn Jahre ist es jetzt her, dass ‚Jack the Ripper' in Whitechapel sein Unwesen getrieben hat. Und ganz London steckt bis heute die Angst in den Knochen. Dieser geheimnisvolle Unbekannte hat mehrere Prostituierte in einem Armenviertel von London auf grausamste Art und Weise umgebracht. Alle Opfer waren sehr arm und hatten Alkoholprobleme, alle waren zwischen vierzig und fünfzig Jahren alt und gingen zumindest gelegentlich dem horizontalen Gewerbe nach", sagte Rudi. „Er mordete immer mit einem Messer oder mit einem Dolch. Also mit ähnlichen Mordinstrumenten wie unser Täter. Aber das ist dann auch die einzige Gemeinsamkeit. Außerdem hat er den Frauen meist das Gesicht zerschnitten und vor allem den Unterleib, hat sogar Organe aus ihrem Körper entfernt ..."

„Ich bitte dich, Rudi, so genau will ich es gar nicht wissen." Gustav hielt sich demonstrativ die Ohren zu.

„Keine Angst, unser Mörder verzichtet wenigstens darauf, seine Opfer zu sezieren. Dafür fügt er ihnen Schnittverletzungen zu. Ich war bei der Autopsie dieser bayerischen Comtesse dabei ..."

„Du sollst Ruhe geben, hab ich gesagt. Mir ist eh schon schlecht."

„Ich hab mir überlegt, ob ich nicht nach London fahren und mit den Ärzten, die die Obduktionen durchgeführt haben, persönlich reden sollte. Das würde vielleicht mehr bringen, als wenn sich irgendein junger, unerfahrener Kollege von Scotland Yard bei uns wichtig macht. Ich könnte mich dann auch gleich vor Ort über dieses neumodische Fingerabdrucksverfahren schlaumachen. In Indien wird es schon längst eingesetzt, um die einheimischen Bevölkerungsgruppen voneinander zu unterscheiden."

„Fingerabdrücke werden bei uns noch nicht als Beweismittel zugelassen", warf Gustav ein.

„Das weiß ich auch. Aber ich könnte mir vorstellen, dass das ein recht praktisches und unkompliziertes Verfahren ist, um einen Täter zu identifizieren."

„Nicht, wenn der Mörder Handschuhe getragen hat. Und Marie Luise hat behauptet, dass der Mann, der sie gewürgt hat, schwarze Lederhandschuhe anhatte. Aber lass dich nicht aufhalten. Vielleicht solltest du zuerst einmal diesen falschen Italiener verhaften. Wenn du es schaffst, die Frauenmorde in Schönbrunn aufzuklären, wirst du jedenfalls der nächste Polizeipräsident von Wien werden", prophezeite Gustav seinem Freund.

Zu Hause wurde Gustav von zwei aufgeregten jungen Damen empfangen. Dorothea hatte Marie Luise mitgebracht. Beide redeten gleichzeitig auf ihn ein.

Gustav war immer noch sauer auf den Italiener, der Dorothea belästigt hatte.

„Könnte nicht dieser Giuseppe Cagnola der Frauenmörder von Schönbrunn sein?", fragte er plötzlich die jungen Damen.

„Red keinen Blödsinn, Gustav", wies ihn Dorothea zurecht.

Auch Marie Luise verteidigte den Cavaliere. Er habe sie „bellissima Sisi" genannt, erklärte sie fast stolz, und ihr Komplimente wegen ihrer Ähnlichkeit mit der schönen Kaiserin gemacht.

Vera ließ sich das Abendessen in ihrem Zimmer servieren. Seit ihrer Genesung schrieb sie fast rund um die Uhr. Sie hatte jede Menge aufzuarbeiten.

Josefa servierte Gustav und den Damen einen Teller mit dampfenden heißen Würsteln im Schlafrock. Keiner hatte ihr Bescheid gesagt, dass sie zum Abendessen einen Gast haben würden, sonst hätte sie sich mehr Mühe gegeben. Da sie die Comtesse von Batheny nicht leiden konnte, hielt sich ihr schlechtes Gewissen in Grenzen.

Nach dem Essen brach Gustav das Versprechen, das er Rudi gegeben hatte, und erzählte den beiden Frauen von den merkwürdigen Schnitten, die der Täter zumindest dreien seiner Opfer zugefügt hatte.

„Er markiert seine Opfer an der linken Schulter mit einer Art Halbmond und einem langen Strich mit winzig kleinen Schnitten links und rechts. Nein, pardon, wenn ich es mir recht überlege, erinnern mich diese Einschnitte eher an einen Anker oder so etwas Ähnliches."

Marie Luise starrte ihn entsetzt an. Dann entblößte sie ihre linke Schulter.

„Ja, genauso sehen diese Verletzungen aus!" Gustav war völlig perplex.

„Ihre Majestät die Kaiserin hatte einen solchen Anker auf ihrer linken Schulter. Der Kaiser war schockiert, als sie ihn sich stechen ließ, so wie ein einfacher Matrose ... Nachdem sie mir ihre Tätowierung gezeigt hatte, habe ich mich auch tätowieren lassen. Es hat sehr weh getan", sagte sie stolz.

35

Am nächsten Tag traf sich Gustav zu Mittag mit Rudi in der Weinstube „Zum Schwarzen Kameel". Beim Hofspezereienwarenhändler war wie immer um die Mittagsstunde viel los. Sie konnten gerade noch einen Platz an der Theke ergattern.

Sein Freund wirkte niedergeschlagen.

„Hab heute den Italiener eingesperrt. Die Weisung kam vom Hof, direkt aus dem Vorzimmer Seiner Majestät, soviel ich gehört habe. Der Mann ist ein Schwindler, Betrüger und Hochstapler, aber sicher kein Mörder. Als die Hofdame während der Begräbnisfeierlichkeiten in der Badewanne der Kaiserin ermordet wurde, war er nicht in Wien. Das hat mir der Kutscher deines Vaters bestätigt. Graf Batheny hat ein, zwei Tage vor dem venezianischen Kostümfest den Cavaliere und die italienische Sopranistin am Kaiserin-Elisabeth-Bahnhof von seinem Kutscher abholen lassen. Und der Kutscher hat mit eigenen Augen gesehen, wie der Zug in den Bahnhof eingefahren ist und die beiden ausgestiegen sind. Er kann also den ersten Mord nicht begangen haben."

„Außer, er ist schon früher aus Italien angereist, wieder zurückgefahren und mit der Sängerin erneut nach Wien gekommen."

„Das haben wir nachgeprüft. Er hat für den Tag, an dem die Gräfin von Reichenbach ermordet wurde, ein hieb- und stichfestes Alibi. Sowohl diese italienische Sängerin als auch dutzende andere Leute haben bestätigt, dass er an diesem Tag bei einer Matinee im Teatro La Fenice in Venedig war. Die Sängerin steckte übrigens nicht mit ihm unter einer Decke. Im Gegenteil, sie war eines seiner ersten Opfer. Er hat sie ausgenommen wie eine Weihnachtsgans."

Nach zwei Achterln Wein und ein paar Pogatschen verabschiedete sich Gustav von seinem Freund und schlenderte nachdenklich über den Kohlmarkt. Bei der k.k. Hofzuckerbäckerei Demel angelangt, überlegte er kurz, ein paar Törtchen für die Damen daheim mitzunehmen. Ein Blick in sein Portemonnaie veranlasste ihn, weniger großzügig zu sein.

Der Wein hatte ihn hungrig gemacht. Er kaufte einem Maronibrater ein paar heiße Kastanien ab. Maroni seien gut für die Leber, pflegte Josefa oft zu behaupten.

All der Staub und Dreck und Lärm auf der Baustelle der Neuen Burg ließen ihn schneller ausschreiten. In der Wohnung angekommen, traf er keine der Damen an. Entweder hielten sie sich in ihren Zimmern auf, oder sie waren ausgegangen.

Gelangweilt sah er die Post durch. Zwischen den Rechnungen entdeckte er eine Nachricht des Erzherzogs. Karl Konstantin lud ihn schriftlich für den Abend zu einem Souper im Casino ein. Gustav sollte ihn abholen und bei ihm zu Hause einen Aperitif trinken. Er freute sich sehr über die unerwartete Einladung in das Stadtpalais des Erzherzogs. Was sollte er anziehen? Er schämte sich seiner abgetragenen Kleider. Am liebsten hätte er seine alte Uniform herausgeholt. Darin sah er einfach am besten aus, das hatte selbst Vera einmal gesagt. Da er schon vor Jahren seinen Dienst bei der Armee quittiert hatte, konnte er unmöglich in Uniform erscheinen. Er musste sich mit seinem alten Frack begnügen, den Josefa ihm rasch aufbügelte.

Der Erzherzog war Besitzer eines kleinen Stadtpalais am Fleischmarkt. Ein Renaissancejuwel, das er von seinem Vater geerbt hatte.

Der wachsame Hausmeister spähte durchs schmale Fenster seiner Loge und kam unter mehrfachen Verbeugungen heraus, um das Portal aufzuschließen, nachdem Edi ihm mitgeteilt hatte, dass Seine Kaiserliche Hoheit Erzherzog Karl Konstantin von Österreich seinen Herrn erwartete.

Der Fiaker zwängte sich durch die enge Toreinfahrt und blieb mit einem Ruck stehen. Gustav wäre fast vom Sitz gerutscht.

„Idiot“, herrschte er Edi an.

„Entschuldigen S’, gnä’ Herr, da herinn ist es so eng. Das hab ich a bisserl unterschätzt.“

Der kleine Innenhof war mit Kopfsteinen gepflastert und von hohen efeuberankten Mauern umgeben.

Über den Arkadengängen erhoben sich drei Geschoße mit großen mehrsprossigen Bogenfenstern.

Gustav stieg aus der Kutsche und schickte Edi wieder zurück. Er hoffte, dieser Trottel würde beim Umdrehen besser Acht geben und die Pferde nicht sämtliche Ziersträucher im Hof niedertrampeln lassen. Allerdings fragte er sich, wie Karl Konstantin mit seinem Sechsspänner hier überhaupt hereinkam, geschweige denn umdrehte. Wahrscheinlich hatte er ihn woanders untergestellt.

Ein livrierter Diener empfing Gustav am Eingang des Palais.

Angenehm erregt folgte er ihm hinauf in die Beletage.

Das Stiegenhaus war mit Fackeln beleuchtet, in der Empfangshalle, in die ihn der Diener führte, brannte elektrisches Licht.

Die modernen Lampen passen zu dem alten Gewölbe wie die Faust aufs Auge, dachte Gustav, dennoch war er schwer beeindruckt, dass Karl Konstantin sein Palais elektrifizieren hatte lassen. Die wertvollen Gobelins an den Wänden waren extra angestrahlt.

Die Tür am anderen Ende der mit kostbaren Gemälden und Skulpturen geschmückten kleinen Halle ging auf und Karl Konstantin kam auf ihn zu. Er trug seine eng anliegende Husarenuniform und sah sehr elegant aus. Am Gürtel hing eine Reitgerte. Gustav fragte sich, ob er gerade von einem Ausritt zurückgekommen war.

„Grüß dich Gott, Gustl. Schön, dass du da bist."

„Servus, Erzherzog!", sagte Gustav betont nonchalant. „Sind das deine Ahnen?" Er deutete auf einige düstere Porträts, die nicht beleuchtet waren.

„Ja, das ist Großmama, Erzherzogin Theresa-Luppina. Ihr gehörte einst die halbe Walachei, die Kornkammer unseres Reiches. Sie war eine sehr strenge, fast unheimliche Person. Als Kind habe ich mich vor ihr gefürchtet, wenn ich mich richtig erinnere. Und daneben hängt ihr werter Gemahl. Er war ein Heuchler und Frömmler, wie er im Buche steht, und hatte es faustdick hinter den Ohren, war furchtbar raffgierig und verlogen. Tut mir leid, meine Vorfahren waren keine besonders sympathischen Leute", sagte er lachend, als er Gustavs entsetzten Blick bemerkte.

Der Salon übertraf Gustavs Erwartungen bei weitem. Wunderschöne Renaissancemöbel, wertvolle Bilder, ein riesiger elektrischer Luster und eine prächtig gedeckte Tafel.

„Wollten wir nicht im Casino soupieren?", fragte Gustav überrascht.

„Das ist doch kein Souper, mein Guter. Ich hab nur einen kleinen Imbiss vorbereiten lassen."

Gustav lief beim Anblick von Austern, Wildlachs, Foie gras und den anderen Köstlichkeiten das Wasser im Mund zusammen.

„Bring den Champagner, Heinrich", sagte Karl Konstantin und bat seinen Gast, es sich kommod zu machen.

Während sich Gustav über die köstlichen Hors-d'œuvres hermachte und sich sehr beherrschen musste, nicht eine Auster nach der anderen zu schlürfen, erzählte ihm Karl Konstantin von der Kaiser-Franz-Joseph-Jubiläumsausstellung am Rotundengelände im Prater und dem zweiten Marcus-Wagen, der dort präsentiert wurde.

„Ein mit einem Benzinmotor betriebenes Straßenfahrzeug, das muss man sich einmal vorstellen", sagte er. „Dieser Siegfried Marcus ist ein echtes Genie!"

„Er ist nicht der Erfinder des ersten Automobils", warf Gustav ein.

„Ist es nicht völlig egal, wer dieses göttliche Fahrzeug erfunden hat?", unterbrach ihn Karl Konstantin leicht gereizt. „Jedenfalls werde ich mir demnächst so einen Wagen zulegen."

„Seine Majestät scheint ja nicht gerade begeistert von dieser Neuerfindung zu sein", sagte Gustav.

„Unser geliebter Kaiser ist jedem Fortschritt abhold, wie wir wissen", fuhr ihm Karl Konstantin erneut dazwischen. „Hoffe, du wirst mich auf meiner Jungfernfahrt begleiten?"

„Gern, mein Lieber, wenn in diesem Gefährt überhaupt zwei Personen Platz haben."

„Wir werden schon Platz für dich schaffen." Karl Konstantin klopfte Gustav leutselig auf die Schulter.

Das Gespräch verebbte. Der Erzherzog schien sich zu langweilen. Er gähnte mehrmals demonstrativ. Gustav wusste nicht so recht, welches Thema er anschneiden könnte, um seinen Gastgeber bei Laune zu halten.

Nachdem sie die Champagnerflasche geleert hatten, sagte Gustav: „Wollten wir nicht ins Casino?"

„Ja, brechen wir auf, es ist bald halb zehn. Um diese Zeit kann man sich dort schon sehen lassen. – Lass den Wagen vorfahren, Heinrich“, befahl Karl Konstantin.

Während Gustav einer weiteren Auster den Garaus machte, sprang der Erzherzog auf. Sogleich eilte ein anderer Diener herbei und reichte ihm einen weißen Pelz. Karl Konstantin schlang ihn um seine Schultern und deutete Gustav, ihm zu folgen.

Der Sechsspänner wartete draußen am Fleischmarkt. Kaum saßen sie im Wagen, schien der Erzherzog wieder besser gelaunt. Er erzählte Gustav von den neuen Pferden, die er sich kürzlich angeschafft hatte.

„Ich darf wohl behaupten, den schnellsten Sechsspänner der Stadt zu besitzen“, sagte er voller Genugtuung, während sie das kurze Stück vom Fleischmarkt in die Kärntner Straße in höllischem Tempo zurücklegten.

36

Im Casino war nicht allzu viel los. Gustav war dennoch froh, seinen Frack zu tragen, denn die wenigen Herrschaften, die heute Abend hier verkehrten, waren alle sehr vornehm gekleidet.

Karl Konstantin erwiderte die Grüße des einen oder anderen Bekannten mit hochgezogenen Brauen.

„Willst du unbedingt hier soupieren?“, fragte er Gustav. „Hier ist es so fad.“

„Wir können gern woanders hingehen. Sag du, wonach dir ist.“

„Ich weiß nicht, hab zu nix Lust, alter Freund.“

„Auch nicht auf nette weibliche Gesellschaft?“, fragte Gustav augenzwinkernd.

„Gut, dann lass ich uns ein paar Weiber kommen." Er winkte den Ober heran und flüsterte ihm etwas ins Ohr.

Während sie warteten, tranken sie einen Bordeaux und rauchten schweigend Virginiazigarren. Karl Konstantin wirkte immer noch trübsinnig.

Als ihnen der Ober nach etwa zwanzig Minuten zu verstehen gab, dass draußen zwei Frauen für sie bereitstünden, gab ihm der Erzherzog ein fürstliches Trinkgeld und drängte Gustav, der sich in dem schönen großen Speisesaal des Casinos sehr wohl fühlte, zum Aufbruch.

Die beiden Mädeln waren mollert und keine zwanzig Jahre alt. Sie stellten sich als Josephine und Helene vor.

Zuerst besuchten sie ein Chambre séparée in einem bekannten Restaurant auf der Kärntner Straße. Das Souper ließ Gustavs Meinung nach zwar zu wünschen übrig, doch Karl Konstantin wirkte zufrieden. Gierig verschlang er seine gefüllte Kalbsbrust und ließ sich von Helenchen danach mit flambierten Himbeeren füttern.

Gustav, der sein Schnitzel kaum angerührt hatte, schäkerte mit Josephine.

„Du bist ein kecker Mensch", sagte sie lachend und schlug ihm mit ihrem Retikül auf die Finger.

„Aua", protestierte er.

Er mochte ihr Gschau. Sie konnte genauso unschuldig dreinsehen wie ein Kind. Auch ihr Lachen gefiel ihm. Es erinnerte ihn an Dorotheas Lachen.

Vorsichtig entfernte er die Hutnadel aus ihrer Kopfbedeckung, nahm ihr das kokette Hütchen ab und machte sich an den dutzenden Haarnadeln zu schaffen, die ihre rötlichblonden Locken im Zaum hielten.

Sie hatte die gleiche Haarfarbe wie Dorothea. Auch ihre großen graublauen Augen waren denen Dorotheas ähnlich. Nur war Josephine einen halben Kopf kleiner und mindestens zehn Kilo schwerer als die zukünftige Frau Doktor.

Nach dem Essen fuhren sie in Karl Konstantins Sechsspänner quer durch die Innere Stadt in ein Hotel am Tiefen Graben. Kaum saßen sie im Wagen, ging ein Wolkenbruch über der Stadt nieder. Der Regen trommelte aufs Verdeck. Die leicht bekleideten Damen froren und schmiegten sich eng an ihre Begleiter.

Der Nachtportier des Hotels schien den Erzherzog zu kennen. Er reichte ihm einen Schlüssel für eine Suite, ohne dass dieser danach gefragt hatte.

„Kennst du das Buch ‚Venus im Pelz' von Leopold von Sacher-Masoch?", fragte Karl Konstantin, als er neben Gustav die mit rotem Teppich ausgelegten Stiegen hinauf in den zweiten Stock schritt. Die Mädeln trippelten auf ihren hohen Absätzen kichernd hinter ihnen her.

„Ja, selbstverständlich", murmelte Gustav. Zwar konnte er sich an keine einzige Zeile in diesem Buch erinnern, aber er hatte es vor einigen Jahren, als er an der Grenze zum russischen Reich stationiert war, in Ermangelung anderer Lektüre gelesen.

„Und die Werke des Marquis de Sade kennst du ebenfalls?"

„Nicht wirklich, ‚Justine' habe ich mal in meiner Jugend ge...lesen", stammelte Gustav. „Warum fragst du?"

„Ich wollte mich nur vergewissern, dass du meine Einladung zu würdigen weißt", sagte Karl Konstantin in scherzhaftem Ton und hakte sich bei dem wankenden Gustav unter, schleppte ihn mit sich bis zu einer ganz im Dunkeln gelegenen Tür.

Auf einem restaurierungsbedürftigen Louis-seize-Tischchen mitten im Zimmer stand ein Kübel mit einer Flasche billigem Sekt. Die Mädeln waren bald genauso beschwipst wie Gustav, der schon nach dem Genuss des schweren Bordeaux nicht mehr geradeaus hatte gehen können. Karl Konstantin schien hingegen halbwegs nüchtern zu sein.

Gustav sah die zwei Frauen doppelt und dreifach. Er fühlte sich umringt von einer Schar halbnackter Mädchen und wollte schon um Hilfe schreien, als er Karl Konstantins warme, tiefe Stimme an seinem Ohr vernahm: „Sollen sie sich nicht endlich ganz ausziehen?“

Gustav nickte ergeben.

Kaum waren die Mädchen nackt, befahl ihnen Karl Konstantin, sich auf das Bett zu knien, mit dem Rücken zu ihm. Dann begann er mit seinem Rutenspiel, streichelte ihre Rücken und ihre ausladenden Hinterteile fast zärtlich mit seiner Reitgerte. Die Mädchen kicherten und feuerten ihn an.

„Na komm, mein Süßer, gib's mir oder traust du dich nicht, du Feigling!“

Plötzlich zauberte Karl Konstantin eine zweite Rute aus der Schublade einer Kommode. Er reichte sie Gustav.

„Komm schon, worauf wartest du? Reiten kann man diese versauten Schnepfen nicht. Man steckt sich nur an. Ich weiß, wovon ich rede.“

Gustav war augenblicklich stocknüchtern. Er weigerte sich, die beiden hübschen Fräuleins zu schlagen.

„Sei kein Spielverderber. Sie lieben es“, sagte Karl Konstantin und ließ seine Gerte erneut über die prächtigen weißen Hintern der jungen Frauen gleiten. Als seine Hiebe stärker wurden, begannen die Mädeln im Chor zu kreischen. Gustav war sich nicht sicher, ob es

Lustschreie oder Schmerzensschreie waren. Er wollte es gar nicht so genau wissen. Knöpfte sein Hemd zu und verließ fluchtartig das Hotelzimmer.

Mit sadomasochistischen Praktiken hatte er nichts am Hut. Im Gegenteil, er war stolz darauf, ein überaus zärtlicher Liebhaber zu sein, was ihm viele seiner Eroberungen bereits bezeugt hatten. Kaum hatte er das Etablissement am Tiefen Graben hinter sich gelassen, zündete er sich ein Zigarillo an, um sich zu beruhigen. Ein paar Züge lang verweilte er in einem schützenden Hauseingang. Es regnete Schusterbuben. Kein Fiaker weit und breit. Er stülpte den Kragen seines Mantels hoch und ging im strömenden Regen zu Fuß nach Hause.

Nach diesem missglückten Herrenabend hatte Gustav keine Lust mehr, sich mit Karl Konstantin zu treffen. Er ließ sich sogar von seiner Tante verleugnen, als der Erzherzog am nächsten Tag seinen Diener mit der Botschaft schickte, er würde in seinem Wagen unten am großen Platz in den Hofstallungen auf ihn warten.

37

Zu Allerheiligen schneite es, so wie fast jedes Jahr. Gustav begleitete Dorothea zum Grab ihrer Mutter am Hietzinger Friedhof.

Die Gräber waren mit Schnee bedeckt und sahen wunderhübsch aus. Gustav ergriff Dorotheas Hand und führte sie durch die Gräberzeilen dieses Nobelfriedhofs, der auf sanft ansteigenden Terrassen errichtet worden war. Vorbei an Empire- und Biedermeiergräbern und prunkvollen Mausoleen schlenderten sie den Hang hinauf.

Einer der berühmtesten österreichischen Dichter, Franz Grillparzer, sowie der Sohn von Johann Nestroy, ein Namensvetter von Gustav, und die berühmte Tänzerin Fanny Elßler, der einst ganz Wien zu Füßen gelegen war, hatten hier ihre letzte Ruhestätte gefunden.

Dorotheas Mutter lag nicht rein zufällig in dem Grab neben Johann Malfatti, dem Arzt von Ludwig van Beethoven, der 1802 die Gesellschaft der praktischen Ärzte in Wien gegründet hatte. Sie hatte den Mediziner sehr verehrt, also hatte Dorothea dafür gesorgt, dass sie in seiner unmittelbaren Nähe begraben wurde. Das moderne Grabmal hatte der junge Architekt Joseph Maria Olbrich entworfen. Seine Eltern waren mit der Familie Palme befreundet gewesen. Inmitten der klassizistischen Tempelbauten und neugotischen und neobarocken Friedhofskapellen, die alle sehr teuer und repräsentativ aussahen, wirkte das Grabmal von Dorotheas Mutter beinahe bescheiden: eine schlanke weibliche Gestalt, deren Haupt mit Lorbeer verziert war und die sich auf einen Stab stützte, der von einer Natter umschlungen wurde, ein weiblicher Asklepios also.

„Der Asklepiosstab ist, wie du weißt, das Symbol der Heilkunde“, sagte Dorothea.

„Äskulap war ein Mann“, warf Gustav ein.

„Na und? Der Hahn, die Eule, die Schlange und die Zypresse waren ihm jedenfalls heilig. Asklepios war der Sohn des Apollon. Es gelang ihm, einen Toten mit den magischen, heilenden Kräften des Blutes der Gorgone Medusa wieder zum Leben zu erwecken. Daraufhin schleuderte der eifersüchtige Zeus, der allein die Macht über Tod oder Leben haben wollte, einen Blitz auf Asklepios und tötete ihn“, erklärte Dorothea ihrem Freund, der die moderne Statue nun genauer betrachtete.

Auch viele Angehörige der Aristokratie waren am Hietzinger Friedhof begraben. Gustav las die Namen der Khevenhüllers, der Pálffys, der Esterházys und der Liechtensteins auf den pompösen Monumenten.

Dorothea verabschiedete sich vor der Grabstätte ihrer Familie von Gustav. Sie wollte kurz ungestört sein mit ihrer Mutter und danach ihre Freundin Marie Luise besuchen.

Gustav ließ sie ungern allein, wollte aber nicht aufdringlich erscheinen und machte sich betont langsam auf den Rückweg, in der Hoffnung, sie würde ihn vielleicht bald einholen.

Hinter der alten Friedhofsmauer glich der Hietzinger Friedhof mehr einem englischen Garten mit gepflegten Hecken und großzügig angelegten Gräberreihen. Da ihm Dorothea nicht folgte, nahm er die Abkürzung durch den Schönbrunner Schlosspark, um auf einen Sprung im Casino Dommayer vorbeizuschauen. Er war schon lange nicht mehr dort gewesen. Womöglich hatte mittlerweile jemand eine Nachricht für ihn hinterlassen. Sein Inserat war schon vor einigen Wochen erschienen.

Der Teich vor der Gloriette war zugefroren. Gustav wagte sich nicht aufs Eis, es war noch zu dünn. Lieber nahm er einen kleinen Umweg in Kauf und stapfte, die letzten Sonnenstrahlen im Rücken spürend, durch den gut zehn Zentimeter hohen Schnee am Ufer des Teichs.

Am Schönbrunner Berg geriet er ins Rutschen und landete auf dem Hosenboden. Fluchend rappelte er sich wieder auf, klopfte den Schnee von seinem Mantel und drehte sich noch einmal um, warf einen Blick auf die Sonne, die sich gerade hinter dem Ruhmestempel der Habsburger verabschiedete.

Stand da oben auf der Aussichtsplattform am Dach jemand? Die hohe, schlanke Gestalt war unverkennbar. Was um Himmels willen hatte Dorothea auf dem Dach der Gloriette verloren? Und wie war sie da überhaupt hinaufgekommen? Soviel Gustav wusste, führten links und rechts gusseiserne Wendeltreppen hinauf auf die Terrasse. Diese Treppen waren für die Öffentlichkeit normalerweise nicht zugänglich, denn in der warmen Jahreszeit diente der Speise- und Festsaal Seiner Majestät dem Kaiser als Frühstückszimmer und jetzt war dort oben alles geschlossen.

Plötzlich erblickte er eine zweite Gestalt auf der Empore des Ruhmestempels. Dorothea schien den dunkel gekleideten Mann, der zu ihr hinaufschaute, noch nicht bemerkt zu haben. Sie stand mit dem Rücken zum Schloss an der Brüstung und betrachtete offensichtlich den fantastischen Sonnenuntergang.

Hatte sie womöglich ein heimliches Rendezvous mit diesem Kerl? Die Eifersucht brachte Gustav dazu, kehrtzumachen. Sorgsam darauf bedacht, nicht wieder auszurutschen, stapfte er zurück.

Der Mann verschwand aus seinem Blickfeld. Dennoch eilte Gustav, so schnell er konnte, weiter. Die kalte Luft raubte ihm den Atem. Er keuchte und geriet ins Schwitzen, als er die Silhouette plötzlich vor dem orangeroten Himmel erblickte. Der Mann stand nun auf der linken Plattform, nur ein paar Meter von Dorothea entfernt, und näherte sich ihr mit erhobenem Arm. Auch sie hatte ihn endlich entdeckt, fiel jedoch nicht in seine Arme, sondern wich vor ihm zurück.

Gustav stürzte die Stiege hinauf. Er hatte nur einen einzigen Gedanken: Würde er Dorothea rechtzeitig erreichen? Würde er sie retten können? Er schrie aus

Leibeskräften. Schrie ihren Namen, schrie, bis seine Lunge zu platzen drohte.

Mit bloßen Händen versuchte Dorothea, das Messer des maskierten Mannes abzuwehren. Ihr Blut tropfte auf den frischen Schnee. Als er ihr das Messer in die Brust stoßen wollte, glitt die Klinge an den großen Knöpfen ihres Mantels ab.

Sie wollte ihm die Maske vom Gesicht reißen. In Sekundenschnelle registrierte sie, dass er dieselbe venezianische Maske trug wie der Scharlatan Giuseppe Cagnola auf dem Kostümfest. Sein Schlag traf sie in den Bauch, er war so heftig war, dass sie zu Boden gegangen wäre, wenn die Brüstung sie nicht aufgefangen hätte.

Gustav rannte um sein, oder besser gesagt um ihr Leben, nahm die nicht enden wollenden Stufen der Wendeltreppe im Laufschritt. Er verfluchte seinen ungesunden Lebenswandel, als er auf der obersten Stufe zusammenbrach.

Bevor ihm die Sinne schwanden, bekam er gerade noch mit, wie Dorothea dem Angreifer, der sich erneut auf sie stürzte, mit ihren Fingern ins Gesicht fuhr.

„Verfluchte Hexe!“, brüllte der Maskierte, ließ das Messer fallen und wollte Dorothea um die Taille packen und sie über die Brüstung werfen. Sie stieß ihm ihr Knie auf die Stelle zwischen seinen Beinen, wo es besonders wehtat. Als er sich zusammenkrümmte, riss sie ihm die Maske vom Gesicht und sah ihm in die Augen. Sie wusste, wer er war, hatte ihn schon vorher an seiner Stimme erkannt.

Als Gustav wieder zu sich kam, sah er in Dorotheas graublaue Augen, die vor Zorn fast schwarzblau funkelten.

„Du lebst“, stöhnte er.

Sie gab ihm einen Klaps auf die Wange und half ihm aufzustehen.

„Wo ist dieses Schwein?", stieß Gustav hervor.

„Er ist da rübergelaufen, hat sich längst aus dem Staub gemacht." Sie zeigte auf die andere Seite der Terrasse. „Du brauchst ihn nicht zu verfolgen. Ich habe ihn erkannt. Und wir haben sein Messer." Sie zeigte Gustav einen Hirschfänger, an dessen Klinge Blut klebte. Dorotheas Blut. Fast wäre er wieder in Ohnmacht gefallen.

Er griff nach ihren Händen. Die Handflächen waren blutverschmiert.

„Du musst sofort zu einem Arzt!"

„Nein, das sind nur Kratzer. Ich habe dummerweise zuerst versucht, sein Messer mit meinen bloßen Händen abzuwehren."

Plötzlich gaben ihre Knie nach. Gustav konnte sie gerade noch auffangen.

„Danke, Gustl! Du hast mir das Leben gerettet. Ich stehe tief in deiner Schuld", sagte sie leise.

„Wieso denn, ich hab gar nichts gemacht. Du warst grandios, hast diesem Mörder Paroli geboten, du mein tapferes kleines Mädchen." Gustav streichelte zärtlich die rotblonden Locken, die unter ihrem Hut hervorquollen.

„Ich hätte auf die Dauer keine Chance gegen ihn gehabt. Er hätte mich da hinuntergeworfen." Schaudernd deutete sie auf den Abgrund. „Er hat die Flucht nur ergriffen, weil du aufgekreuzt bist."

„Ich war ohnmächtig und dir keine große Hilfe, verzeih ..."

„Allein deine Anwesenheit hat genügt." Sie stellte sich auf die Zehenspitzen und gab ihm einen Kuss auf die Wange.

Gustav errötete und umarmte sie.

„Du bist einfach unglaublich! Ich hab gesehen, wie du ihm mit deinen Fingern die Augen auskratzen wolltest. Du warst großartig!“

„Und dann hab ich ihm mein Knie zwischen die Beine gestoßen.“ Dorothea konnte sich plötzlich nicht mehr halten vor Lachen.

Gustav stand zu sehr unter Schock, als dass er in ihr Gelächter hätte einstimmen können. Obwohl er ahnte, wer der Angreifer gewesen war, wollte er es einfach nicht glauben.

„War es wirklich ER?“

Sie nickte.

„Ich fasse es nicht! Dieser Mann war mir ein Freund.“

„Du hast dir nur eingeredet, dass er dein Freund ist. Menschen wie Karl Konstantin haben keine Freunde. Er ist ein kranker Mann, ein Psychopath, würde Doktor Freud sagen. Er ist besessen von der Kaiserin. Wir haben doch letztens festgestellt, dass alle Opfer ihr ähnlich sahen, jugendliche Kopien Ihrer Majestät.“

„Glaubst du, er hat sie gehasst?“

„Die Kaiserin? Ich denke ja. Vielleicht war es eine Art Hassliebe. Entweder hat er ihr diese edlen Damen als Opfer dargebracht oder er hasst Frauen, die ähnlich wie sie nach Selbständigkeit und Selbstbestimmung streben. Ich neige zur letzteren Variante.“

„Verzeih meine direkte Frage, hältst du freizügige Frauen, die sich dem Gebot der ehelichen Treue widersetzen, für selbständig?“

„Du willst jetzt mit mir nicht ernsthaft diese Frage diskutieren, Gustl!“

„Nein. Entschuldige bitte“, stammelte er. „Wir haben noch einen weiten Weg vor uns, bis wir einen Fiaker finden. Wirst du es schaffen oder soll ich dich tragen?“

„Mach dich nicht lächerlich. Ich hab nur ein paar Schrammen abbekommen."

„Auf deinem Mantel sind Blutflecken."

„Ich habe mir meine Hände daran abgewischt."

Gustav fand ein sauberes Taschentuch in seiner Jackentasche und wickelte es um Dorotheas rechte Hand, die immer noch ein wenig blutete.

„Hast du noch ein Taschentuch? Ich verbinde sicherheitshalber auch deine andere Hand."

„Lass es gut sein." Dorothea hatte keines dabei.

Da Gustav ihr nicht zumuten wollte, die vereisten Wege oder gar den steilen Schönbrunner Berg auf dem Hintern hinunterzugleiten, stapfte er mit ihr durch den Wald Richtung Menagerie. Sie mussten sich immer wieder an Baumstämmen oder an dicken Zweigen festhalten, um nicht ins Rutschen zu geraten.

Die Menagerie war geschlossen. Kein Fiaker weit und breit. Es blieb ihnen nichts anderes übrig, als zu Fuß weiterzugehen. Dorothea war die Erschöpfung anzusehen. Sie war beängstigend bleich, hing schwer an seinem Arm und ging sehr langsam.

Sie sprachen kein Wort miteinander. Es war kein unangenehmes Schweigen. Gustav empfand große Bewunderung für die Tapferkeit seiner Begleiterin. Jede andere Frau hätte gejammert oder geheult. Dorothea war wirklich eine sehr außergewöhnliche junge Dame.

Am Hietzinger Platzl fanden sie endlich einen Fiaker.

Gustav bemühte sich, es Dorothea auf der Fahrt so angenehm wie möglich zu machen, legte ihr eine Decke um die Schultern und breitete die andere über ihre Knie. Sanft strich er über ihre linke Hand und fragte, ob er sie nicht besser doch verbinden solle. Als er sein Hemd aus dem Hosenbund zog und Anstalten traf, vom Saum ein Stück abzureißen, sagte sie: „Lass gut sein, wir sind eh gleich zu Hause. So schlimm ist es nicht. Was ich jetzt gern hätte, wär ein Schlückchen von deinem Cognac!"

„Sobald wir daheim sind, bekommst du die ganze Flasche, wenn du willst."

Den Rest der langen Fahrt verbrachten sie wieder schweigend.

Nachdem sie in den k.k. Hofstallungen angekommen waren, ließ Gustav nach Edi suchen und schickte ihn zu Polizei-Oberkommissär Rudi Kasper.

Vera erbleichte, als sie Dorotheas Verletzungen sah und Gustav ihr berichtete, was geschehen war, doch sie behielt einen kühlen Kopf, reinigte Dorotheas Wunden, gab vorsichtig Jod darauf und verband dann behutsam ihre Hände. Gustav versorgte die Damen mit Cognac. Auch Vera benötigte dringend einen kleinen Schluck zur Beruhigung.

Als Edi nach einer Weile zurückkam und ihnen mitteilte, dass der Herr Polizei-Oberkommissär weder in seiner Wohnung noch in der Polizeidirektion anzutreffen gewesen war, wurde die ruhige, besonnene Vera von Karoly laut: „Such ihn gefälligst, du Idiot!", schrie sie den böhmischen Kutscher an. Gustav konnte sich nicht erinnern, seine Tante jemals so außer Fassung erlebt zu haben.

Josefa servierte ihnen Mohnnudeln zum Abendessen. Keiner der drei hatte Appetit.

Dorothea konnte wegen des dicken Verbandes die Gabel kaum halten und weigerte sich standhaft, sich füttern zu lassen wie ein Kleinkind. Gustav schien sich an diesem Abend lieber von Cognac zu ernähren und Vera stocherte lustlos in ihrem Essen herum. Ausnahmsweise war die gute Josefa nicht beleidigt, dass man ihre Mohnnudeln verschmähte. Sie räumte die fast vollen Teller wieder ab und zog sich in ihre Kammer zurück.

Zu dritt beratschlagten sie nun, wie sie den Erzherzog überführen könnten. Dorotheas Aussage würde womöglich nicht genügen. Vor allem würden sie ihm die Morde nicht nachweisen können.

Dorothea schlug vor, Karl Konstantin eine Falle zu stellen, ihn zu entführen und notfalls mit Gewalt in Rudis Büro zu schleppen.

„Sie hat Recht. Wir müssen es schaffen, ihn in die Polizeidirektion zu deinem Freund Rudi zu bringen. Der wird ihm schon ein Geständnis entlocken", meinte Vera.

Gustav, der sich mittlerweile nicht mehr darüber wunderte, dass seine Tante so große Stücke auf Rudi hielt, hörte sich den abenteuerlichen Plan der beiden Damen ungeduldig an.

„Verzeiht, ich fürchte, ihr lest zu viele Kriminalromane. Wir leben in Wien, am Ende des 19. Jahrhunderts, und der alte Kaiser bestimmt, was Recht ist und was nicht. Vergesst eure fantastischen Ideen. Jack the Ripper haben sie auch nie erwischt. Jedermann weiß inzwischen, dass sich hinter diesem Namen höchstwahrscheinlich ein englischer Adeliger verbirgt. Ihr glaubt doch nicht im Ernst, dass die Habsburger Justiz ein Mitglied des Herrscherhauses wegen der Morde in Schönbrunn anklagen wird?"

„Du denkst, der Hof wird alles vertuschen? Nicht, wenn Graf Batheny ihn beschuldigt. Wir müssen ihn einweihen", sagte Dorothea.

Gustav nickte nur und entschuldigte sich bald darauf bei den Damen aufgrund von Kopfschmerzen. All die Anstrengungen des Tages waren zu viel für seine zarte Konstitution gewesen.

Die Stimmen von Vera und Dorothea drangen wie ein monotones Summen an sein Ohr, während er sich in seinem Bett unruhig hin und her wälzte. Er hätte zu gern gewusst, worüber sie sprachen. In den frühen Morgenstunden fasste er einen neuen, selbst in seinen eigenen Augen ziemlich verrückten Plan.

38

Zu Allerseelen saß Gustav am späten Vormittag bei einem Kleinen Schwarzen im Casino Dommayer, als Karl Konstantin hereinspazierte. Der Erzherzog zögerte kurz, als er Gustav erblickte, ging dann forschen Schrittes und ohne ihn zu grüßen an ihm vorbei geradewegs zu einem Tisch am Fenster.

Gustav sprang auf und folgte ihm. Bevor der Erzherzog Platz genommen hatte, baute sich Gustav, der ein paar Zentimeter größer war als Karl Konstantin, vor ihm auf und herrschte ihn an: „Sie haben vier unschuldige Frauen auf dem Gewissen. Sie sollten sich stellen, mein Herr, bevor man Sie in Fesseln abführt, wie es bei gemeinen Mördern üblich ist."

Gustav war bewusst zum förmlichen Sie zurückgekehrt. Er sprach leise, weil ihm solch öffentliche Auftritte peinlich waren. Außerdem würde ihm ohnehin keiner der Gäste glauben, dass Karl Konstantin der Frauenmörder von Wien war.

Der Erzherzog setzte sich hin, ohne ihn eines Blickes zu würdigen.

„Sie sind zu feige, die Verantwortung für Ihre Taten zu übernehmen."

„Sind Sie betrunken, Herr von Karoly?"

Karl Konstantin griff nach einer Zeitung. Damit brachte er das Fass zum Überlaufen. Gustav packte ihn am Kragen seiner Jacke und versuchte, ihn wieder hochzuziehen: „Sie werden mir jetzt auf der Stelle Rede und Antwort stehen, sonst ..."

„Sonst?"

„Ich schwöre Ihnen, ich werde Sie aufs Schafott bringen!"

„Machen Sie sich nicht lächerlich. Wenn Sie mich weiter belästigen, lasse ich Sie hinauswerfen."

Der Erzherzog blickte sich nach einem Ober um.

Gustav sah sich bereits hochkantig zur Tür hinausfliegen. Von einer Sekunde zur anderen beruhigte er sich wieder und schlug eiskalt eine Partie Billard auf Leben und Tod vor: „Eine Partie, die alles entscheidet!"

Vera und Dorothea hätten seine Vorgehensweise gewiss missbilligt. Aber er war eben ein Spieler, genauso wie der Erzherzog. Bei ihren letzten drei Spielen hatte er ihn besiegt. Er war sich hundertprozentig sicher, auch diese Partie zu gewinnen, was den Tod des Erzherzogs bedeuten würde.

„Wenn Kaiserliche Hoheit verlieren, dann wissen Kaiserliche Hoheit, was Kaiserliche Hoheit zu tun haben!"

„Sehr amüsant, Herr von Karoly. Worin besteht denn Ihr Einsatz, wenn ich fragen darf?"

„Sollte ich verlieren, werde ich ewig schweigen – unter der Bedingung, dass das Morden ein Ende hat."

„Nennen Sie das Fairplay?" Der Erzherzog zog seine dichten rötlichen Brauen hoch und bedachte Gustav mit einem verächtlichen Blick. „Sie beleidigen meine Intelligenz."

„Ich gebe Ihnen einen Punktevorsprung."

„Halten Sie mich für einen kompletten Dummkopf? Selbst ein Punktevorsprung würde mir nichts nützen. Leute wie Sie hatten offensichtlich jahrelang nichts anderes zu tun, als Billard zu spielen."

„Wir spielen eine offene Partie auf hundert Punkte. Ich gebe Ihnen siebzig Punkte vor."

Gustav bemerkte ein kurzes Aufblitzen von Interesse in Karl Konstantins Augen.

„Das scheint mir mehr als ein faires Angebot zu sein, das grenzt schon an Hasardieren", legte Gustav noch ein Schäuflein nach.

„Vorgabe siebzig Punkte bei einer offenen Partie auf hundert? – Ich nehme an!"

Gustav war bemüht, sich seine Genugtuung nicht anmerken zu lassen. Obwohl er wusste, dass es keine leichte Partie werden würde, denn für einen Laien spielte der Erzherzog gar nicht schlecht. Bei ihrem letzten Spiel im Dommayer war Gustav sogar fast in die Bredouille geraten, weil ihn die Nachricht von der Ermordung der Großnichte der Kaiserin abgelenkt hatte. Aber dieses Mal würde der Erzherzog trotz des enormen Punktevorsprungs keine Chance gegen ihn haben. Er wusste nicht, wie gut Gustav tatsächlich spielte. Dieser hatte ihn bei ihren ersten beiden Partien, die er zwar überlegen gewonnen hatte, geschont, er hatte es sich mit ihm nicht verderben wollen. So stolz war er auf seine Freundschaft mit einem Mitglied des Kaiserhauses gewesen. Heute schämte er sich für seine Gefühle in Grund und Boden.

Der Erzherzog befahl dem Ober, Ihnen das Billardzimmer für ein, zwei Stunden zur Verfügung zu stellen.

„Wir möchten nicht gestört werden", fügte er hinzu.

Mit tausend Entschuldigungen und unzähligen Bücklingen schaffte es der routinierte Oberkellner schließlich, die murrenden Spieler hinauszukomplimentieren. Als der Besitzer des Casinos herbeieilte, überließ es Gustav dem Erzherzog, diesen über ihr Vorhaben aufzuklären.

Gustav hatte unter den vertriebenen Spielern einen Bekannten aus seiner Zeit beim Militär entdeckt. Mit dem Freiherrn von Klausenburg, kurz Klausi genannt, hatte er damals so manche Nacht beim Kartenspiel und auch am Billardtisch verbracht. Er war ein patenter Kerl, weilte aber höchst selten in Wien und hatte daher mit der ganzen Wiener Mischpoche, wie Dorothea oft zu sagen pflegte, nicht viel zu tun.

Nach kurzer freundlicher Begrüßung erklärte er seinem ehemaligen Kameraden in knappen Worten, dass es sich um eine Partie auf Leben und Tod handle, und bat ihn, ihm als Zeuge zu dienen.

Klausi staunte nicht schlecht, erklärte sich aber sofort bereit: „Ein Duell am Billardtisch, so was habe ich noch nie erlebt!“ Er schien sich richtiggehend darauf zu freuen.

„Frauengeschichte?“, flüsterte er Gustav ins Ohr.

„Im weitesten Sinne ... ja, könnte man sagen.“

„Wo bleibt der Marqueur?“ Der Erzherzog wirkte ungehalten.

Mit Befriedigung registrierte Gustav dieses erste Anzeichen von Nervosität.

„Wer wird Euer Zeuge sein, Kaiserliche Hoheit?“, fragte Gustav.

„Brauch keinen.“

„Oh doch. Bei einem Duell muss alles seine Richtigkeit haben.“

„Dann bleiben Sie da!“ Karl Konstantin deutete auf den Casinobesitzer.

Der gute Mann wurde bleich im Gesicht. Es war ihm anzumerken, dass er lieber das Weite gesucht hätte.

„Eine Flasche Champagner für die Herrschaften?“, fragte der Oberkellner.

Nach ein paar Minuten kam er mit einem Tablett mit vier Gläsern und einer Flasche Champagner zurück, im Schlepptau hatte er den Marqueur. Gustav informierte den Mann über ihre Vereinbarung.

„Siebzig Punkte?“ Der Marqueur sah ihn ungläubig an, hielt aber die Vorgabe dann schriftlich fest.

Gustav überließ dem Erzherzog die Wahl seines Spielballes. Karl Konstantin nahm den weißen, überließ Gustav den gelben. Der Marqueur reichte ihnen einige Queues zur Auswahl. Gustav prüfte alle eingehend, bevor er sich für einen entschied. Während sich beide Herren etwa fünf Minuten lang einspielten, tranken die beiden Zeugen hastig Champagner. Gustav rührte sein Glas nicht an, der Erzherzog leerte seines in einem Zug und sagte: „Fangen wir endlich an.“

Er ist tatsächlich nervös, dachte Gustav.

Der Marqueur bereitete die Anfangsaufstellung vor. Das Los entschied gegen Gustav.

Grinsend machte Karl Konstantin den ersten Stoß. Sein Spielball berührte zunächst den roten und dann den gelben Ball. Jetzt erst registrierte Gustav, dass der Erzherzog Linkshänder war.

„Ein Punkt“, verkündete der Marqueur, bevor er ihn notierte.

Karl Konstantin erzielte noch weitere acht Punkte, bevor er schließlich die rote Kugel verfehlte. Mit einem leisen Fluch auf den Lippen machte er ein paar Schritte zurück und überließ Gustav den Spieltisch.

Wenn Gustav aufgeregt war, so merkte man es ihm zumindest nicht an. Er legte sein Zigarillo in den Aschenbecher, bearbeitete die Spitze seines Queues mit Kreide und ging es sehr gemächlich an. Es gelang ihm nicht nur, beide Bälle zu karambolieren, sondern er brachte sie zudem in eine ideale Position im linken vorderen Drittel des Tisches. Das war Gustavs Lieblingsposition. Er erzielte Punkt um Punkt. Es schien, als könne er die Bälle endlos hin und her spielen. Als er sich einem Punktestand von fünfzig näherte, rief Karl Konstantin aus: „Das ist doch kein Spiel! Sie sind ein Feigling, Herr von Karoly.“

Der Marqueur wagte es nicht, den Erzherzog zu ermahnen. Klausi setzte zum Protest an, doch Gustav brachte ihn mit einem Wink zum Schweigen und holte weitere zehn Punkte in Serie, indem er einfach damit fortfuhr, immer die gleiche Kombination einmal von unten und einmal von oben zu spielen.

Der Erzherzog belauerte ihn, versuchte ihn mit seinen Blicken zu fixieren. Gustav ignorierte seinen Gegner, dennoch verlor er für ein paar Sekunden die Konzentration.

„78 zu 58“, verkündete der Marqueur den Punktestand. „Zweite Aufnahme für Eure Kaiserliche Hoheit.“

Betont langsam beugte sich der Erzherzog über den Tisch, richtete sich noch einmal auf, griff nach einem Taschentuch und schnäuzte sich lautstark.

„Kreide her“, fauchte er den Marqueur an.

Gustav warf Klausi einen belustigten Blick zu. Mit diesen Spielchen bringt er sich nur selbst aus der Ruhe, dachte er. Als der Erzherzog endlich bereit war, karambolierte er aber recht souverän, erzielte zwölf Punkte in Serie, bevor ihn das Glück und die Konzentration wieder verließen.

„90 zu 58. Zweite Aufnahme Herr von Karoly“, sagte der Marqueur.

Gustav schnitt seinen Spielball unten rechts an und versetzte ihm damit einen Rechtsdrall. Er berührte den roten Ball, raste aber dann knapp an dem weißen vorbei und touchierte die kurze Bande.

„Karambol ist eben ein Präzisionssport, Herr von …“, spöttelte der Erzherzog. Doch das letzte Wort blieb ihm in der Kehle stecken, den Gustavs Ball hatte inzwischen die linke lange Bande touchiert und dann die weiße Kugel karamboliert.

Auf der Stirn des Erzherzogs erschienen Schweißperlen. Bei den nächsten Stößen spielte Gustav fast nur mehr über die Banden. Der Erzherzog schlich um den Tisch wie ein hungriger Panther. Mit zusammengekniffenen Augen beobachtete er jede Bewegung seines Gegners. Gustav spielte wie in Trance. In rapidem Tempo holte er Punkt für Punkt auf. Der Marqueur kam mit dem Zählen kaum mehr nach und aus dem Staunen nicht mehr heraus.

Klausi applaudierte schließlich, wurde aber sogleich vom Erzherzog ermahnt, dies gefälligst zu unterlassen. Das Ende der Partie schien greifbar nahe, als Gustav beim Stand von 90 zu 88 den Fehler machte, Karl Konstantin anzublicken, der mit hochrotem Gesicht auf der anderen Seite des Tisches stand und vor Wut zu platzen drohte. Gustav musste unwillkürlich grinsen.

Er verfehlte knapp den weißen Ball, ging zu Klausi und klopfte ihm auf die Schulter.

„Schön langsam komm ich wieder rein“, sagte er, so als ob es bei dieser Partie um nichts ginge.

Karl Konstantin, der seine Worte gehört hatte, hielt sich nun bei keinen Mätzchen auf, sondern machte ein paar astreine Stöße.

Klausi, der mitgezählt hatte, flüsterte Gustav ins Ohr: „97 zu 88 für ihn. Wenn nicht bald etwas passiert, hast du verloren."

„Ruhe!", schrie der Erzherzog.

Im Billardzimmer herrschte ohnehin Totenstille, aber vom Tanzsaal drangen Musik und fröhliche Stimmen herüber.

Den nächsten Stoß hätte der Erzherzog beinahe vermasselt. Gustav und Klausi waren sich sicher, dass der weiße Ball den gelben nicht berührt hatte. Aber der Marqueur entschied für den Erzherzog.

Gustav blieb ruhig, ließ Karl Konstantins Hände nicht aus den Augen. Bildete er sich nur ein, dass sie leicht zitterten?

„Verflucht!", schrie der Erzherzog, als er den folgenden Stoß komplett vergeigte. Er warf seinen Queue an die Wand und griff nach seinem Champagnerglas.

„98 zu 88. Dritte Aufnahme Herr von Karoly." Die Stimme des Marqueurs bebte.

Gustav spielte eine saubere Serie bis zum Stand von 99 zu 99. Doch dann ritt ihn der Teufel. Klausi schloss die Augen, als er sah, was sein Kamerad vorhatte. Der Besitzer des Dommayer und der Marqueur traten ganz nahe an den Tisch heran. Nur der Erzherzog tat, als würde ihn das alles nicht mehr interessieren. Er hatte sich eine Zigarette angezündet und blickte demonstrativ an die Decke, während Gustavs Ball über fünf Banden rannte und zuerst den weißen, dann den roten Ball karambolierte.

„Das war der Todesstoß", jubelte Klausi und umarmte seinen Kameraden.

Einem erleichterten Seufzer von Gustav folgte ein Raunen der übrigen anwesenden Herren.

Der Erzherzog war erbleicht, fing sich jedoch rasch wieder, griff nach seinem Glas und prostete Gustav zu.

„Gratuliere!“, rief er. „Dieses Mal hast du kein Pardon gekannt.“

Nachdem sich Klausi und die anderen beiden Männer verabschiedet hatten, zündete sich Karl Konstantin eine Zigarette an, während die andere noch brennend im Aschenbecher lag, und blickte Gustav belustigt an.

Gustav begriff, dass er sich wieder einmal geirrt hatte. Von wegen Stolz und Ehre. Karl Konstantin war kein Mann von Ehre. Er würde nicht im Traum daran denken, diese tödliche Wettschuld einzulösen. Sein Verdacht wurde bestätigt, als der Erzherzog plötzlich spöttisch grinste.

„Du Bastard hast im Ernst geglaubt, dass ich mich auf so einen Blödsinn einlasse?“

Gustav holte aus und versetzte Karl Konstantin einen Schwinger mit seiner Rechten.

Der Erzherzog taumelte, wollte sich an dem dreibeinigen Rauchertischchen festhalten und krachte samt Tisch zu Boden. Lachend rappelte er sich wieder auf.

Gustav schlug ein zweites Mal zu. Karl Konstantin landete auf dem Billardtisch. Blut tropfte von einem Cut über seinem rechten Auge auf die teure grüne Bespannung.

„Willst du mich umbringen?“

„Wegen dir gehe ich sicher nicht ins Gefängnis“, sagte Gustav. „Aber wie wäre es mit einem echten Duell? Pistolen, Säbel oder Degen. Wie Sie wünschen.“

„Mit einem Parvenü wie dir schlage ich mich nicht. Das ist unter meiner Würde.“ Karl Konstantins höhnisches Gelächter trieb Gustav zur Weißglut.

„Ich werde es allen erzählen. Jedermann in Wien wird erfahren, dass du diese Frauen umgebracht hast ...“

„Und du denkst wirklich, dass man einem windigen Privatdetektiv wie dir eher glauben wird als einem Erzherzog? Armer Gustl! Mach dich nicht lächerlich, mein Lieber."

Gustav hörte sich aufheulen vor Zorn, bevor er noch einmal mit voller Kraft zuschlug.

„Du hast mir die Nase gebrochen, du Idiot!", schrie Karl Konstantin und hielt beide Hände vor Nase und Mund.

Gustav weidete sich für einen Moment an dem erbärmlichen Anblick, den der Erzherzog bot, dann drosch er weiter auf ihn ein.

„Du wirst deine Fratze nicht mehr wiedererkennen!", brüllte er.

Wenn in dieser Sekunde nicht der Lokalbesitzer und sein Oberkellner ins Zimmer gestürzt wären und Gustav mit vereinten Kräften zurückgehalten hätten, er hätte seine Drohung wahr gemacht. So blieb ihm nichts anderes übrig, als wutentbrannt das Casino Dommayer zu verlassen.

Zu Hause musste sich Gustav Dorotheas und Veras abfällige Kommentare über männlichen Stolz und alberne Ehrbegriffe anhören, kaum, dass er ihnen von dem missglückten Duell erzählt hatte. Ihm blieb nichts anderes übrig, als dem verrückten Plan der beiden Damen kleinlaut zuzustimmen. Sie benötigten allerdings die Unterstützung von seinem Vater und von Edi für die Realisierung.

Gustav schickte Edi sogleich zu Graf Batheny, der, wie Dorothea von Marie Luise wusste, gerade in seinem Palais in der Herrengasse weilte. Als der Graf in den Hofstallungen eintraf, erklärte ihm Gustav kurz und bündig, was in den letzten beiden Tagen passiert war.

Graf Batheny war während der Schilderung, wie die tapfere Dorothea den Erzherzog in die Flucht geschlagen hatte, sehr blass geworden. Gustav überließ es seiner Tante, den Grafen von ihrem Vorhaben zu überzeugen, den Erzherzog zu entführen.

Nach langer Diskussion gab der Graf seinen Segen zu dem gewagten Unternehmen. Obwohl er um den Skandal wusste, den es geben würde, und er um Marie Luises Nerven fürchtete, wollte auch er weitere Morde verhindern.

Edi hatte sowieso keine Wahl.

„Ich riskiere Kopf und Kragen", protestierte er, als Gustav ihm den Plan erklärte. Vera ließ keine Widerrede gelten, da das ganze Unternehmen ohne ihn nicht funktionieren würde.

39

Novembernebel. Die Kaiserstadt versank unter einer grauen Glocke. Graf Batheny passte Karl Konstantin auf seinem morgendlichen Ausritt in Lainz ab. Er gab sich den Anschein, nichts von Gustavs Verdacht zu ahnen. Nach anfänglichem Misstrauen willigte der Erzherzog ein, ihm bei einem Schnäpschen und einem Kaffee im Forsthaus Gesellschaft zu leisten. Sie übergaben ihre Pferde einem Knecht und betraten gemeinsam das alte Holzhaus. Im Kamin brannte Feuer. Sie nahmen an einem Tisch direkt davor Platz.

Der Pächter, hocherfreut über die vornehmen Gäste, überbot sich an Höflichkeit und scharwenzelte um sie herum. Sie waren die einzigen Gäste zu dieser frühen Stunde.

„Lass uns allein", sagte der Graf, nachdem er ihnen Kaffee und Schnäpse gebracht hatte.

Hinter dem Forsthaus spazierte ein Mann in einem schwarzen langen Mantel unruhig auf und ab, seine Hände auf dem Rücken verschränkt. Ein Fiaker stand ein paar Meter weiter auf dem Forstweg, verborgen hinter hohen Fichtenstämmen. Ein leises Keuchen und Stampfen drang durch das Gestrüpp. Gustav deutete Edi, der auf dem Kutschbock sitzen geblieben war, die Gäule ruhig zu halten. Doch momentan verhüllten dichte Nebelschwaden das Gespann.

In der Gaststube beklagte sich Graf Batheny, dass sich Karl Konstantin schon lange nicht mehr bei ihnen anschauen hatte lassen.

„Ich habe viel zu tun, bereite seit Tagen meine Reise vor. Eigentlich hätte ich schon zu Allerheiligen auf unser Gut in Transsylvanien fahren sollen, aber meine Abreise hat sich etwas verzögert.

„Fährst du zu deiner Frau Mama?"

„Ja, ich hole sie ab. Die lange Fahrt bedeutet eine große Anstrengung für sie. Wie du weißt, verbringt sie die Wintermonate lieber in Wien."

„Ich hoffe, du wirst Marie Luise noch auf Wiedersehen sagen."

„Selbstverständlich. Ich hatte ohnehin vor, euch heute oder morgen zu besuchen. Wie geht es ihr?"

„Gut, gut. Sie zeigt endlich auch ein wenig Interesse an der Renovierung meines Stadtpalais. Spätestens zu Weihnachten möchten wir alles fertig haben."

Graf Batheny drohte der Gesprächsstoff auszugehen. Ihm wollte partout kein unverfängliches Thema einfallen. Und da der Erzherzog ausnahmsweise auch nicht sehr gesprächig war, schwiegen sie eine Weile. Es war ein unangenehmes Schweigen.

Plötzlich erhob sich Karl Konstantin, trank seinen Schnaps ex und ging zur Tür.

Erschrocken stand auch der Graf auf.

„Willst du schon gehen?"

„Ich muss mal austreten."

Kaum hatte sich die Eingangstür hinter dem Erzherzog geschlossen, stürzte der Graf zum Fenster, riss es auf und stieß, wie ein ordinärer Straßenjunge, einen lauten Pfiff aus.

Buchstäblich in letzter Sekunde versteckte sich Gustav hinter einem Holzstapel und hielt den Atem an. Ausgerechnet diesen Holzstapel suchte sich jedoch der Erzherzog aus, um sich zu erleichtern. Als Gustav den Strahl auf das Holz prasseln hörte, zuckte er zusammen. Er bildete sich ein, dass sich ein paar Tröpfchen durch die Holzscheiter verirrten und auf seinem Zylinder landeten. Zum Glück hatte er nichts im Magen, aber es würgte ihn, und er befürchtete, sich jeden Moment übergeben zu müssen.

Graf Batheny hatte mittlerweile seinen Schnaps weggeleert und eine zweite Runde Slibowitz bestellt. Die eine Hälfte des Betäubungsmittels gab er in Karl Konstantins Kaffee, die andere sicherheitshalber in den Slibowitz.

„Ich denke, wir sollten bald aufbrechen. Hab zu Mittag eine wichtige Verabredung", sagte der Erzherzog, als er zurückkehrte und die vollen Schnapsgläser erblickte.

„Noch einen zum Abschied. Prost! Wünsche dir eine gute Reise, Stanzi, falls wir uns doch nicht mehr sehen sollten", erwiderte der Graf.

Dem Erzherzog blieb nichts anderes übrig, als sein Glas ebenfalls zu leeren.

„Deinen Kaffee magst nicht mehr? Ich finde ihn ausgezeichnet. Trink in Ruhe aus und dann reiten wir zurück in die Stadt. Ich hab schon bezahlt, während du draußen warst."

Der Erzherzog griff nach dem Kaffeehäferl, doch anstatt daraus zu trinken, stieß er es um. Der Kaffee rann über die Tischplatte und tropfte auf den Bretterboden.

„Verdammt", stöhnte er, „mir ist so seltsam ..." Sein Kopf sank auf den Tisch und sein Körper drohte vom Sessel zu rutschen.

Graf Batheny packte seine Arme und schrie: „Gustav!"

Als dieser ein paar Sekunden später in die Stube stürzte, rührte sich Karl Konstantin nicht mehr.

Auch der Pächter war herbeigeeilt.

„Dem Erzherzog ist schlecht geworden. Es muss der Schnaps gewesen sein. Wir bringen ihn zu einem Arzt. – Nein, wir brauchen keine Hilfe. Räum die Schweinerei hier weg und halt den Mund, sonst geht es dir an den Kragen. Auf Schwarzbrennerei steht Gefängnis!", sagte der Graf.

Gustav und sein Vater nahmen den Erzherzog in ihre Mitte und schleppten ihn zum Fiaker, hoben ihn mit Edis Hilfe hinein und fuhren los.

„Sag deinem Burschen, er soll seine Rösser ein bisschen antreiben. Der Stanzi wird gleich wieder munter werden. Er hat nur die Hälfte von dem Zeug intus, da er seinen Kaffee umgeschüttet hat."

Kurz bevor sie bei der Polizeidirektion angelangt waren, kam der Erzherzog tatsächlich wieder zu sich. Gustav versetzte ihm mit der kleinen Laterne kurzerhand einen Schlag auf den Kopf, so wie es Dorothea neulich bei dem falschen Italiener gemacht hatte. Von der Kleinen kann man auch in dieser Hinsicht was lernen, dachte er vergnügt. Graf Batheny schenkte ihm zwar einen missbilligenden Blick, als Blut über die Stirn des Erzherzogs tropfte, sah aber ein, dass sie keine andere Möglichkeit hatten.

Als sie den Erzherzog die Stiegen hinauf in Rudis Büro zerrten, begegneten sie zum Glück nur einem Polizisten, der sie erstaunt anblickte, aber keine Fragen zu stellen wagte.

„Wahrscheinlich hält er uns für Geheime, die einen gefährlichen Verbrecher geschnappt haben", flüsterte Gustav seinem Vater zu, nachdem der Polizist aus ihrem Blickfeld verschwunden war.

„Und er hat nicht ganz Unrecht. Zwar sind wir keine Geheimen, aber wir haben den gefährlichsten aller Verbrecher in unsere Gewalt gebracht." Gustav registrierte erfreut den Stolz, der in der Stimme seines Vaters mitschwang.

Dorothea wartete bereits in Rudis Büro auf sie und machte ihre Aussage, identifizierte den immer noch benommenen Karl Konstantin eindeutig als den Mann, der versucht hatte, sie mit einem Hirschfänger zu töten. Die Wunden auf ihren Handflächen waren noch nicht verheilt.

Der Polizei-Oberkommissär entließ die hübsche Dorothea bald und zwinkerte Gustav zu. Dann bat er ihn und den Grafen, draußen am Gang zu warten.

Rudi schien bestens gelaunt. Er durfte zwar seinem Freund und Graf Batheny nicht erlauben, beim anschließenden Verhör anwesend zu sein, da sein Assistent Horvath zugegen sein und die Aussagen des Erzherzogs protokollieren würde, aber er ließ die Tür des Vernehmungsraumes einen Spalt offen, sodass Gustav und sein Vater, die auf zwei unbequemen Stühlen Platz genommen hatten, jedes Wort mithören konnten.

Der Erzherzog war mittlerweile wieder Herr seiner Sinne. Gustav und sein Vater hörten ihn schimpfen.

Er wollte die beiden sofort wegen Überfalls und Entführung anzeigen. Doch Rudi schnitt ihm das Wort ab.

„Wir warten noch auf Polizeiassistent Horvath. Er wird gleich da sein."

Dorothea war nach Hause gegangen. Marie Luise wartete, gemeinsam mit Vera, in den Hofstallungen voller Ungeduld auf ihre Rückkehr und die neuesten Nachrichten aus der Polizeidirektion. Der Graf hatte darauf bestanden, dass seine Tochter nicht einvernommen werden durfte. Und Gustav war das nur recht. Er hatte Sorge gehabt, das hysterische Gerede seiner Halbschwester würde Rudi komplett verwirren.

Erzherzog Karl Konstantin saß mit dem Rücken zur Tür. Er war sich nicht bewusst, dass es Zuhörer gab. Diese Vorgehensweise war zwar nicht ganz korrekt, doch das interessierte den Polizei-Oberkommissär nicht. Er hatte nichts anderes im Sinn, als den Frauenmörder von Schönbrunn seiner gerechten Strafe, dem Tod durch den Strang, zuzuführen. Kaum war Polizeiassistent Horvath eingetroffen, begann er mit dem Verhör.

Karl Konstantin verhielt sich von Anfang an arrogant und herablassend.

„Diese Leute sind komplett verrückt. Entführung eines Erzherzogs – das wird Folgen haben!", sagte er und zündete sich betont genüsslich eine Zigarette an.

Er ließ Rudi seine natürliche Überlegenheit durch seine Herkunft deutlich spüren.

Aber Rudi blieb ruhig. Er fragte den Erzherzog höflich nach seinen Alibis für die Morde in Schönbrunn, in der Hermesvilla in Lainz und im Schlosstheater.

Karl Konstantin beantwortete keine einzige Frage, sondern empörte sich weiter über die Gauner, die ihn überfallen hatten.

„Ich verlange, dass Sie als k.k. Polizei-Kommissär ..."

„Polizei-Oberkommissär bitte", warf Rudi ein.

„Egal. Nehmen Sie diese Aufrührer sofort fest. Ich, Erzherzog Karl Konstantin von Österreich, Großfürst der Walachei, Graf von Transsylvanien und Großneffe des deutschen Kaisers Wilhelm II., befehle es Ihnen!"

Gustav und sein Vater sahen sich kopfschüttelnd an. Gustav hielt dem Grafen ein Zigarillo hin. Obwohl dieser normalerweise nur Zigarren rauchte, griff er zu.

Vater und Sohn rauchten schweigend und blickten dem bläulichen Dunst nach, während sie dem Verhör folgten.

Als Karl Konstantin zu begreifen schien, dass Rudi weder gewillt war, einen Anwalt, noch den Polizeipräsidenten, und schon gar nicht jemanden aus dem Kaiserhaus von seiner Verhaftung in Kenntnis zu setzen, sagte er nichts mehr.

Rudi wies dem Erzherzog mit ausgesucht höflichen Worten nach, dass er, aufgrund der Aussage von Graf Batheny am Tag des Begräbnisses der Kaiserin, genügend Zeit gehabt hatte, nach Schönbrunn zurückzukehren und die Hofdame in der Badewanne der Kaiserin zu ermorden.

Karl Konstantin lachte höhnisch.

„Wenn Kaiserliche Hoheit nicht willens sind, meine Fragen zu beantworten, betrachte ich dies als Schuldeingeständnis", sagte Rudi leise.

„Tun Sie, was Sie nicht lassen können!"

Gustav kannte seinen Freund gut genug, um zu wissen, dass er nun zur Höchstform auflaufen würde. Nichts konnte Rudi mehr provozieren als affektiertes Gehabe und Überheblichkeit.

„Ich nehme an, Sie haben auch für den Mord in der Hermesvilla kein Alibi.“ Rudis Ton war schärfer geworden.

„Sind wir hier in einem Kasperltheater?“ Karl Konstantins Stimme verriet keinerlei Unsicherheit.

„Dass Sie den Mord in der Kaiserlichen Menagerie nicht begangen haben, wissen wir. Der Mörder sitzt längst hinter Schloss und Riegel. Aber die junge Baronin, die während der Vorstellung im Schönbrunner Schlosstheater erdolcht wurde, haben Sie sehr wohl auf dem Gewissen. Und dafür gibt es Zeugen!“

„Machen Sie nur so weiter. Ich werde dafür sorgen, dass Sie demnächst wieder als Wachmann auf der Straße Dienst tun werden.“

„Wie es Euch beliebt, Kaiserliche Hoheit. Trotzdem, auch ein anderer Polizeibeamter wird nicht einfach ignorieren können, dass Sie in der Loge der Baronin zu der Zeit, als sie ermordet wurde, gesehen worden sind.“

„Sie war die Geliebte dieses italienischen Schmierenkomödianten. Vielleicht sollten Sie diesem einmal ein paar Fragen stellen“, gab Karl Konstantin zurück.

„Das ist uns bekannt. Er war aber nicht im Theater, während Sie gegen Ende der Vorstellung in ihrer Loge gesehen wurden.“

„Von wem?“

„Von einigen Leuten im Parterre.“

„Absolut lächerlich!“

„Warum? Weil Sie eine Maske trugen, so wie bei dem Überfall auf Dorothea Palme? Es war dieselbe Maske. Dorothea Palme hat sie eindeutig identifiziert. Eine Volto nero.“

„Eine billige Hure“, murmelte der Erzherzog.

„Dorothea Palme?“

„Nein, du Idiot! Ich meine die Baronin Längenfeld. Sie hat ihren Mann seit Jahren betrogen."

„Und deshalb musste sie sterben?"

Karl Konstantin blieb ihm die Antwort schuldig.

„Ich habe Sie etwas gefragt", beharrte der Polizei-Oberkommissär.

„Alles Huren!"

„Woher wissen Sie das?"

„Finden Sie nicht auch, dass Frauen eine einzige Bedrohung für uns Männer darstellen? Sie sind lediglich Körper und Materie, bar jeden Geistes, jeder Seele und jeder Sittlichkeit. Die Frauen allein sind schuld an unserem Elend ..."

Sein scherzhafter Ton ärgerte Rudi.

„Sie meinen Frauen, die sich wie die verstorbene Kaiserin um Unabhängigkeit von den Männern bemühen", unterbrach er den Erzherzog.

„Nein! Ich spreche von zügellosen Weibern, die ihre Männer betrügen, erotisch freizügig, ja richtig wollüstig sind. Diese Weibsbilder in Engelsgestalt sind vom Teufel besessen und nicht würdig, der Herrscherin über Österreich-Ungarn zu gleichen. Sie sind nichts als Schmutz und Abschaum. Zur Hölle mit ihnen."

„Dorthin haben Sie diese Frauen ja bereits gebracht. Warum haben Sie Ihre Opfer eigentlich gekennzeichnet? Wollten Sie den Verdacht auf einen Mörder à la Jack the Ripper lenken?"

„Sie halten mich tatsächlich für Jack the Ripper?" Der Erzherzog brach in irres Gelächter aus.

Gustav und Graf Batheny tauschten bestürzte Blicke.

„Ich vermute, dass sein Hass auf Frauen durch die Infizierung mit einer venerischen Krankheit verstärkt worden ist", sagte Gustav leise zu seinem Vater, ohne den unerfreulichen Abend mit dem Erzherzog in dem Stundenhotel zu erwähnen.

„Er gehört in eine geschlossene Anstalt." Graf Batheny tippte sich mit dem Zeigefinger auf die Stirn.

„Du bist der Einzige, der dafür sorgen könnte, dass er auch dorthin kommt. Rudi wird ihn spätestens morgen wieder gehen lassen müssen."

„Psst", unterbrach ihn der Graf.

Rudi fragte den Erzherzog soeben, warum er die alte Obdachlose in den Hofstallungen erschlagen habe.

„Ich weiß nicht, wovon Sie reden. Aber bestimmt wird diesem Weib niemand nachtrauern. Wir haben mehr als genug Plageweiber in Wien."

„Er ist komplett verrückt", sagte Graf Batheny.

„Das ist keine Entschuldigung."

„Selbstverständlich nicht!"

„Hast du etwa Mitleid mit ihm? Ihm gebührt der Tod durch den Strang und nichts anderes." Gustav sah seinen Vater wütend an.

„Beruhig dich, Gustav, ich bin ja ganz deiner Meinung."

Durch den Türspalt beobachteten Vater und Sohn, wie Rudi dem Erzherzog die neuen Handschellen mit dem modernen Schlossmechanismus anlegte. Dann befahl er seinem Assistenten, einen Mann von der Sicherheitswache zu holen, der Karl Konstantin in eine Zelle bringen würde.

Gustav und Graf Batheny verließen die Polizeidirektion, bevor der Erzherzog abgeführt wurde. Sie wollten ihm nicht begegnen.

Gustav begleitete seinen schwer erschütterten Vater in sein Palais in der Herrengasse und ließ sich dann im Wagen des Grafen nach Hause bringen. Dort wartete der Kutscher auf Marie Luise, die bei Dorothea und Vera weilte.

40

Die Damen tranken Tee in Gustavs Zimmer und wirkten relativ gefasst, als er eintrat.

Marie Luise war zwar entsetzt und schockiert gewesen, als ihr Dorothea beibrachte, dass ihr Verlobter der mutmaßliche Frauenmörder von Schönbrunn war, hatte aber keinen hysterischen Anfall bekommen, auch nicht, als ihr Dorothea von dem Überfall auf der Gloriette erzählte und ihre zerschnittenen Handflächen herzeigte.

Gustav bat Dorothea, bevor er ihnen das Verhör schildern wollte, ihn in die Küche zu begleiten. Er ersuchte Josefa, ihnen ein kleines Abendessen zuzubereiten.

„Jessasmarandjosef, wir haben fast nichts daheim", jammerte Josefa.

„Ein paar Eier wirst du wohl haben. Mach uns einfach eine Eierspeis", schlug Dorothea vor.

„Mir wäre eine kräftige Rindsbrühe mit Fritatten oder eine Marmeladepalatschinke lieber. Ich fürchte, ich werde krank", sagte Gustav.

„Du Armer." Dorotheas Worte klangen in seinen Ohren verdächtig nach Spott.

„Erzähl mir rasch, was bei dem Verhör herausgekommen ist", bat sie ihn.

Gustav berichtete ihr das Wichtigste.

Ausnahmsweise waren beide einer Meinung: Seine Halbschwester konnte heilfroh sein, diese Bestie nicht geheiratet zu haben.

Als sie in Gustavs Zimmer zurückkehrten, bekamen sie gerade noch den Schluss von Marie Luises Hasstiraden mit. Sie schien keinerlei Mitleid mit ihrem Verlobten zu haben, bestand darauf, dass er zur Rechenschaft gezogen würde. Drohte, einen Skandal zu machen, allen Zeitungen Bescheid zu geben, sollte der Hof seine Schandtaten vertuschen. Vera bemühte sich vergeblich, sie zu beruhigen. Marie Luise war sich nun sicher, dass es Karl Konstantin war, der sie damals auf der Bank im Schlosspark zu erwürgen versucht hatte.

„Ich verdanke dem Frantischek mein Leben“, stöhnte sie, „und dafür sitzt er jetzt im Gefängnis. Niemals werde ich mir verzeihen, ihn verdächtigt zu haben ...“

„Ich kann dich beruhigen, liebe Marie Luise. Dein Vater hat bereits dafür gesorgt, dass der Gärtner wieder auf freien Fuß gesetzt wurde. Und dieser verkrüppelte Zoowärter Zoran ist auch schon längst wieder in Freiheit.“

„Gott sei Dank“, seufzte Marie Luise und hörte dann Dorothea mit roten Ohren zu, als diese versuchte, sich über Karl Konstantins Motiv für die grauenhaften Morde klarzuwerden.

„Einerseits bewunderte er die Eigenwilligkeit und die Exzentrik Ihrer Majestät, andererseits jagten ihm Frauen mit genau diesen Eigenschaften fürchterliche Angst ein. Frauen wie Kaiserin Elisabeth waren für ihn unberechenbar, unkontrollierbar, allein deswegen forderten sie seinen Hass heraus. Er musste sie runtermachen, hat ihnen und der Kaiserin Affären unterstellt ...“

„Sie hatte keine Affären!“, protestierte Marie Luise.

„Ich glaub dir ja, aber das ist nicht wichtig. Es geht allein um die Fantasien von Karl Konstantin.“

„Du meinst, Karl Konstantin hasst emanzipierte Frauen, Frauen, die nach Bildung und Selbständigkeit streben und erotisch freizügig sind", warf Vera ein.

„Bitte unterbrecht mich nicht andauernd, sonst verlier ich den Faden. – Nach dem Tod der Kaiserin dürfte er den Verstand verloren haben, völlig durchgedreht sein. Alle, die ihr ähnlich sahen, und ähnlich wie sie um Unabhängigkeit von den Männern kämpften oder sich in seinen Augen unmoralisch verhielten, sollten sterben. Ja, ich bin überzeugt, er ist ein Psychopath!"

„Und ein Sadist", warf Gustav ein. Als ihn Dorothea fragend ansah, blickte er rasch weg. Alles musste sie nun auch wieder nicht wissen.

Josefa servierte ihnen eine Fritattensuppe als Vorspeise. Gustav warf seinem alten Kindermädchen eine Kusshand zu. Die Marmeladepalatschinken erlangten sogar Marie Luises Beifall.

Nach dem Essen zog sich Vera in ihr Zimmer zurück. Sie gab vor, arbeiten zu müssen. Gustav hatte den Eindruck, dass ihr das Gerede über die scheußlichen Frauenmorde zu viel wurde.

„Du hast mir unlängst Karl Konstantins Familiengeschichte erzählt, liebe Marie Luise", fing Dorothea wieder davon an, sobald Vera gegangen war. „Ist sein Vater, der Erzherzog Friedrich Karl von Österreich, nicht in jungen Jahren in geistiger Umnachtung gestorben? Und seine Frau Mama soll eine sehr ehrgeizige und dominante Person sein, mit der er bis heute noch zeitweise in einem Haushalt lebt, wenn sie nicht gerade auf ihren Gütern in der Walachei weilt. Ich denke, er ist viel zu früh Familienoberhaupt geworden, das ist ihm zu Kopf gestiegen."

„Du meinst, im Grunde hasst er seine heißgeliebte Frau Mama und wollte eigentlich sie umbringen?“, fragte Marie Luise.

„Ist sie nicht eine deutsche Prinzessin, eine Cousine von Kaiser Wilhelm?“, warf Gustav ein, der inzwischen im Gotha nachgesehen hatte.

„Ja, und diese Hohenzollern sind genauso krank wie die Habsburgersprösslinge. Jahrhundertelange Inzucht führt eben zu Geisteskrankheiten aller Art. Das ist medizinisch erwiesen“, sagte Dorothea.

Marie Luise starrte ihre Freundin verblüfft an.

„Sind wir Bathenys etwa auch geisteskrank?“, fragte sie.

„Wenn ich mir Gustav manchmal so ansehe ...“

Gustav schlang lachend seinen Arm um Dorotheas Hals und drohte, sie auf der Stelle zu erwürgen.

„Nein, im Ernst“, sagte Dorothea, nachdem sie sich aus seiner Umklammerung befreit hatte, „ich fürchte, dass Karl Konstantin unter einer Psychose leidet.“

„Mir ist es egal, ob er seine Eltern nun gehasst hat und am liebsten seine herrschsüchtige Mutter umgebracht hätte. Ihr gegenüber hat er übrigens meistens klein beigegeben. Sie hat damals unsere Verlobung vorangetrieben. Ich war jung und naiv, habe mich von seinem Titel und seinem Vermögen beeindrucken lassen. Ich weiß schon lange, dass er nicht der Richtige für mich ist, sonst hätte ich ihn längst geheiratet. Karl Konstantin hält aufgrund seiner hohen Geburt die meisten Menschen für dumm und ihm unterlegen. Garantiert ist er davon überzeugt, dass man ihn nie überführen wird, dass er ungestraft weitermorden kann.“

„Im Grunde ist er seinen bestialischen Fantasien erlegen, die beherrscht sind von Dominanz, Gewalt, Macht und Kontrolle“, sagte Dorothea.

„Warum versuchst du andauernd, seine abscheulichen Taten mit Krankheit zu entschuldigen?“ Marie Luise sah ihre Freundin böse an.

„Ich versuche nicht, sie zu entschuldigen“, protestierte Dorothea.

„Sein Hass und seine Abscheu gegenüber Frauen wurden durch seine Ansteckung mit einer venerischen Krankheit bestimmt noch verstärkt, das habe ich auch schon deinem Vater erklärt, liebe Marie Luise“, warf Gustav ein.

Die jungen Frauen schwiegen betreten.

41

Ein paar Tage später erlitt Marie Luise dann doch einen Nervenzusammenbruch, als sie erfuhr, dass sich Karl Konstantin voraussichtlich keinem Richter stellen musste. Ihre Reaktion sprach, sowohl in Gustavs als auch in Dorotheas Augen, für sie. Dorothea beteuerte, wie sehr auch sie schockiert war angesichts dieser Missachtung der Justiz und des von Gott gegebenen Privilegs der Herrschenden, zu töten.

Vera und Gustav waren außer sich und fragten sich einmal mehr, was sie tun könnten, um den Frauenmörder zumindest hinter Gitter zu bringen.

Graf Batheny schickte seine Tochter Marie Luise auf Kur nach Bad Ischl, obwohl ihr Dorothea einen Besuch bei Doktor Freud empfohlen hatte. Sie maß der Geschichte von Marie Luises Verführung durch den Reitlehrer große Bedeutung bei.

Erzherzog Karl Konstantin, der Jack the Ripper von Wien, war laut Polizei-Oberkommissär Rudi Kasper bei allen Verhören, die der ersten Einvernahme gefolgt waren, wenig mitteilsam und äußerst hochmütig gewesen. Nach der Visite seines Anwalts war er sich sicher gewesen, dass ihm nichts passieren könne.

Der Wiener Hof schien tatsächlich große Anstrengungen zu unternehmen, um die bestialischen Taten des missratenen Sprösslings zu vertuschen. Keine einzige Zeitung berichtete über die Verhaftung des Erzherzogs, nicht einmal die Neue Freie Presse. Gustav bestellte sein Abonnement ab.

Die Gerüchteküche vermeldete, dass Karl Konstantin nach Madeira „verbannt" werden würde, mit dem Auftrag, sich dort um den Verkauf der Güter der verstorbenen Kaiserin zu kümmern.

Eines Abends kurz vor Weihnachten sinnierten Gustav, Vera und Dorothea bei Kerzenlicht vor dem Kamin in Gustavs Zimmer über die Ungerechtigkeit des Systems.

„Die Monarchie gehört abgeschafft, wir brauchen eine Revolution", sagte Vera. „Eine Revolution der Frauen."

„Und der Männer", fügte Dorothea hinzu. „Allein werden wir es nie schaffen, die Verhältnisse zu ändern."

„In Russland brodelt es", warf Gustav ein, „ich sage euch, diese russischen Revolutionäre werden die Welt verändern, glaubt mir. Die Arbeiter werden sich erheben und ihre Rechte einfordern. Schaut euch nur an, in welchem Elend die Massen leben. Sie werden diese furchtbaren Zustände nicht ewig erdulden. Irgendwann werden sie aufbegehren."

„Hoffentlich bald", seufzte Dorothea. „Die Monarchie ist eine völlig veraltete und längst überholte Regierungsform. Denkt an die französische Revolution. Es ist kaum hundert Jahre her, seit das Volk in Frankreich die Macht übernahm ..."

„Und jämmerlich gescheitert ist", unterbrach Gustav sie.

„Ich ertrage den Gedanken nicht, dass ein Frauenmörder wie Karl Konstantin mit seinen grauenhaften Taten einfach davonkommen wird, nur weil er ein Mitglied des Kaiserhauses ist."

„Rudi sammelt, obwohl er mit anderen Fällen beschäftigt ist, nach wie vor Beweise gegen den Erzherzog. Ich habe die Hoffnung, dass er es schaffen wird, ein Verfahren gegen den Erzherzog einzuleiten, noch nicht aufgegeben."

„Justitia ist eine blinde Frau", warf Vera ein.

„Rudi wird alles tun, was in seiner Macht steht", beteuerte Gustav.

„Ein frommer Wunsch." Vera und Dorothea tauschten tiefe Blicke aus.

„Ihr beide seid so was von pessimistisch. Ihr werdet es schon sehen, Rudi wird Karl Konstantin aufs Schafott bringen."

„Und du bist so was von blauäugig, Gustl!" Dorotheas Stimme klang gereizt.

„Lasst uns ins Bett gehen. Diese Diskussion führt zu nichts. Wir müssen abwarten, was die polizeilichen Untersuchungen ergeben", sagte Vera und erhob sich von der Küchenbank.

„Bitte bleib noch eine Minute, Vera. Ich habe euch etwas Wichtiges mitzuteilen. Ich habe heute die Zulassung zur Medizinischen Fakultät in Zürich bekommen. Das heißt, ich werde kommenden Februar nach Zürich gehen und ab dem Frühjahrssemester dort Medizin studieren. Weihnachten und den Jahreswechsel werde ich noch mit euch verbringen."

„Was für eine großartige Nachricht! Das ist ja ganz wunderbar. Ich freue mich sehr für dich, mein Kind", rief Vera.

Gustav war bei Dorotheas Worten erblasst. Er bemühte sich um Contenance und sagte kurz und knapp: „Ich gratuliere dir“, bevor er sich einen Cognac einschenkte. „Prost“, stieß er etwas zu laut aus und trank sein Glas in einem Zug leer.

Vera warf ihm einen besorgten Blick zu.

„Ist das nicht wunderbar? Unsere kleine Dorothea wird tatsächlich Ärztin. Darauf muss ich noch etwas trinken“, sagte er, schenkte sich nach und stürzte auch das zweite Glas in einem Zug hinunter. „Gute Nacht, meine Damen! Schlaft gut und träumt von der schönen Schweiz.“ Unsicheren Schrittes ging er in sein Zimmer.

Dorothea und Vera schauten ihm verwundert nach.

Kaum lag Gustav im Bett, begann sich alles in seinem Kopf zu drehen. Ihm war speiübel. Er wollte sich keinesfalls die Blöße geben und sich einen Kübel holen, solange die Damen in der Küche saßen. Seine Tante ahnte wohl ohnehin längst, dass er Dorothea liebte.

Ihm war jetzt erst, als er sie zu verlieren drohte, klargeworden, wie tief er für sie empfand, dass sie die große Liebe seines Lebens war. Er wollte sie zurückhalten, verhindern, dass sie nach Zürich ging. Gleichzeitig wusste er, dass es ihm nicht gelingen würde, sie von ihrem Plan, Medizin zu studieren, abzubringen.

Voller Verzweiflung wälzte er sich in seinem Bett, kam auf die verrücktesten Ideen, beschloss, ihr am nächsten Morgen beim Frühstück einen Heiratsantrag zu machen, befürchtete jedoch, dass sie ihn auslachen würde. Dorothea wollte keinen Ehemann, sondern Ärztin werden. Vielleicht sollte er mit ihr nach Zürich gehen und dort eine Detektei eröffnen? Er verwarf diesen Gedanken wieder. Sein Stolz verbat es ihm, von dem Geld einer Frau zu leben, und etwas anderes würde ihm in Zürich nicht übrig bleiben. Die Schweiz war ein teures Pflaster, er würde sich dort keine anständige Wohnung für Dorothea und sich leisten oder gar für ihren gemeinsamen Lebensunterhalt sorgen können.

Man kann nicht allein von der Liebe leben, sagte er sich. Ich muss sie gehen lassen. Doch sie wird nicht ewig auf mich warten. Nicht lange und sie wird in der Schweiz einen interessanten Mann kennenlernen, einen Mediziner, sich verlieben und heiraten und süße sommersprossige Kinderchen von ihm bekommen ...

Epilog

21. März 1899. Frühlingsbeginn.

Gustav saß im Ohrensessel seines Großvaters beim offenen Fenster und starrte auf die Innere Stadt. Die untergehende Sonne tauchte das Monument der Kaiserin Maria Theresia in ein gespenstisches Licht. Der Frühling zeigte sich von seiner besten Seite. Unter dem Dach der Hofstallungen nisteten Schwalben. Fröhliches Vogelgezwitscher erklang aus den Büschen vor seinem Fenster und ein warmer Südostwind brachte die frischen grünen Blätter auf den Bäumen zum Rascheln.

Dorothea war seit einem Monat in Zürich und ließ kaum von sich hören, hatte ihm bisher nur einen kurzen Brief geschrieben, den er sogleich ausführlich beantwortet hatte. Seither wartete er schon gezählte sieben Tage auf ihre Antwort. Vera saß Tag und Nacht an ihrer Schreibmaschine und kümmerte sich ebenfalls nicht um ihn.

Auf seinen Knien lag aufgeschlagen die Neue Freie Presse, die er sich, seit er das Abonnement gekündigt hatte, fast regelmäßig kaufte. Bei dem schwachen Licht hatte er Mühe, die Worte zu entziffern. Er zündete eine zweite Petroleumlampe an.

Es ist an der Zeit, sich um die Elektrifizierung der Wohnung zu kümmern, dachte er und verfluchte seine sparsame Tante, die ihm beständig vorrechnete, wie teuer das Leben war und dass sie sich all diese neumodischen Extravaganzen, vor allem nachdem Dorothea nicht mehr bei ihnen wohnte, nicht leisten könnten.

„Erzherzog Karl Konstantin von Österreich wird sich, sobald der Nordatlantik wieder befahrbar ist, auf dem Kreuzer ‚Kaiserin Elisabeth‘ einschiffen. Die Reise wird ihn ins Franz-Josef-Land führen. Diese österreichische Kolonie liegt am Nordpol in der Höhe von Nordgrönland und nördlich der russischen Insel Nowaja Semlja. Nichts als Schnee und Eis …“

Was für ein schöner weißer Tod, mein Freund, dachte Gustav und schenkte sich einen Cognac ein. Dann spuckte er aus, verfehlte den Spucknapf seines Großvaters, der knapp neben seinem Sessel stand. Sein Speichel landete auf dem Doppeladler, der die rechte Seite des silbernen Kübels zierte.

Edith Kneifl
Der Tod fährt Riesenrad
Ein historischer Wien-Krimi
Originalausgabe
HAYMON taschenbuch 78
240 Seiten, € 12.95
ISBN 978-3-85218-878-2

Wien um 1900. Die fünfzehnjährige Leonie ist verschwunden. Alle Indizien deuten darauf hin, dass das Mädchen entführt wurde. Kurz darauf geschieht ein zweites Verbrechen: In einer Gondel des Riesenrades wird ein toter Zwerg entdeckt. Der Privatdetektiv Gustav von Karoly wird von der besorgten Mutter Leonies mit den Ermittlungen beauftragt. Unterstützung bekommt er von Artisten und Hellseherinnen, Jockeys und Praterstrizzis. Nur der reiche, tyrannische Großvater Leonies hält nichts von Karolys Bemühungen. Hat er gar etwas mit dem Fall zu tun? – Spannend und mit viel Zeitkolorit erzählt Edith Kneifl einen historischen Kriminalroman, der die Leser bis zur letzten Seite fesselt.

„Edith Kneifl, Österreichs First Lady des Kriminalromans, hat wieder einmal die eigene Lust an Abwechslung unter Beweis gestellt ... und füllt historisches Wissen in den Gang des Geschehens.“
www.der-neue-merker.eu, Renate Wagner